十分远，非常近

末之 著

广西师范大学出版社
· 桂林 ·

目　录

萍　踪

心　影

萍　踪

澳洲记游

澳洲到了

现在的我基本没有时间概念,虽然澳大利亚的布里斯班和上海只有两个小时的时差,但是经过了一路上的飞机辗转,加上前一夜基本没有进入熟睡状态,现在的我,亢奋有余,体力不足,面对南半球的这个小城,几乎有些恍惚的感觉。

但是恍惚这个词很不符合我应有的状态:这是我有生以来第一次出国,可是冲击力居然不如2004年出境时火车过了罗湖进入香港的那一刹那。走在安静的布里斯班的大街上,我笑着对D说:或许出国也有疲劳症,我除了莫名的亢奋外,没有新鲜的刺激,也没有激动的惊喜。我们坐的是日航的飞机,从东京成田机场转机再飞布里斯班,一共十多个小时的飞行,让我在早晨过海关时,觉得机场的地面都一直在颤抖。

成田机场的全封闭check-in候机大厅让我原本觉得终于到过日本的自我慰藉顿时消失,大厅内无法看到户外,而成田距离东京又有很长的距离。好在,唯一能给人到过日本感觉的恐怕就是日航的空姐了,她们的笑容灿烂而优雅,细节处透出细腻。我在机场大厅给旅客传送带旁的鲜花拍照时,日航小姐笑容可掬地经过身旁,竟然主动提出要给我们来张合影。飞机上的服务更令人如沐春风:举手投足间都是优雅与和善。我竟然对一旁的他大发感慨：原来美女是可以后天经过锤炼而成就的。

最有惊无险的经历莫过于在布里斯班机场过海关检疫了：因为仓促，我们在申报单上竟然勾了“没有带任何食物”。结果，一过扫描设备，就被勒令开包检查，海关人员还对我们的不实申报提出了严重的法律警告。其间，方便面被拆，牛肉粒被没收销毁，工作人员甚至因为我们的明知故犯而吓唬说要处以最高额度的罚款。手心出汗，心里叫冤，为了几包食品，竟然遭遇了这样的危险。幸好，海关官员最后念我们初次进入澳大利亚国境，仅仅口头警告，记录备案。出了机场，我虚惊得浑身发抖。

机场大巴的门到门(door to door)服务让我们在很便利的情况下就抵达了 YMCA 的 George Williams 旅馆，房间虽然小，可毕竟飞了太久，想有个地方休憩，我们就等着别人办理退房手续。一个多小时里，我只能到公共洗手间清洗那张青面獠牙的脸。

在电脑前，我的大脑分裂般地一直想着这次飞行途中看完的《八零年代》(查建英)。二十世纪八十年代的我尚处于懵懂状态，而书中谈话的十余人中，大多是八十年代的艺术青年和学者，他们的青春燃烧在八十年代，对于给予养分的七十年代，以及失却真情的九十年代，他们于学识、创作、生活中都有淋漓尽致的感悟。阿城的某一段话特别引发了我的共鸣：只有在国内是主流的人，才会在出国后失落迷惘受不了，而原本就是边缘人的他，反而觉得国外的空间很让他有一份自在自由的感觉。李陀感慨友情的失落，感慨上海人曲解了的咖啡馆文化，遗憾现在真正的公众空间在失却，不过，书中又提及了一段话：中国什么乱七八糟喧闹的事情都有，就是没有无聊，而国外的 privacy 让人和人之间的安全距离淡漠了应有的关心和友爱。

如今，我短期内也离开了中国，可是在异乡的马路上，我也有一种虽然安静却相当冷清萧条的感觉，觉得如若在这里老去，或许对中国老人来说是一件特别残忍而痛苦的事。英语从耳际擦身而过，激荡不起我心中的安定，西方人的幽默让我有种不知所云的尴尬。

当天的开幕晚宴倒是十分精彩，在布里斯班的艺术画廊里，大家随意地拿取食品、饮料,一边交谈,一边有演员们在一旁饰演莎士比亚戏剧的各种人物。大家似乎暂时抛却了学术的严肃,游戏精神十足地聚会着,在国际莎士比亚协会秘书长的建议下,大家异口同声地喊着"嗨,恺撒",迎接布里斯班教育局局长的致辞。就连晚宴的邀请都成了一出莎剧片段,在宫廷的号角声中,人们鱼贯而出地跨过布里斯班河上的维多利亚大桥,去奔赴这个难以用词语来概括的"盛宴"。

换了一个地点思考问题,而且是那么遥远的一个地方,或许会在某个瞬间闪现顿悟,明白自己在很多事情上,永远只是枉然。而这,就是我目前所能体会的旅行意义。

感受布里斯班

布里斯班的晴天,明晃晃的大太阳映衬着瓦蓝瓦蓝的天空,是那种在上海一年只有极少数几天才会有的澄净蓝色。醒来后,仔细确定了自己正在地球的另半边,清醒后更觉得像是在做梦。

10点左右出门,发现周一的城市多少有了点人气,慵懒的当地居民这时才开始进入工作状态,"衣冠楚楚"地走向各个公司和部门。这样的一个城市里,人们的穿着跨越四季,从毛皮大衣到短衫短裤,应有尽有。走在维多利亚桥上,我突发感慨地觉得,只有在这里(我相信其他西方国家或许也是)我才不在乎周遭的目光,大胆地乱搭衣服,即使将披肩围在腰上当裙子也觉得逍遥自在。D马上同意了我的看法,并强调了他的外国论:干净自由。干净不仅是在环境上的,慵懒和简单的人际关系也是干净的某种表现,而让人为的建筑衬托自然(不像国内那样以前者来征服后者)的和谐关系也给人一种不被压迫的舒适。上海的街头,满是广告和海报,几乎时刻充斥着商业信息,而且将原本平民的咖啡酒吧文化做成精英主流的高消费基地,肢解了公共空间的真正意义。

我们从维多利亚桥下的 NORTH QUAY 乘坐轮船（轮渡航运有个很有趣的名称：City Cat）到了昆士兰大学。校园全无围墙地开放着，湖泊、山地、草场散布在整个校区，比上海的森林公园更像公园。恰逢新生报到和毕业生举行典礼日，暑期的校园竟然毫不冷落。这里和香港中文大学的味道颇为相似，不过自然成分更多。湖边的野鸭和鸬鹚根本不怕人，把相机镜头对准它们时，一点都不用担心这会打扰或惊动它们。幸好有相机的随时记录，我可以节省很多笔墨。不过，在这个城市中，中国人的脸随处可见，在校园里，中文也充斥在耳畔。

能在这样的校园里学习应该是一件幸福的事，每每走进某个校园时，我都会以学生的心态来评判。我依然清楚地记得在宁波大学读书时，那一片绿色的树林和无垠的田野曾经激发过我许多的灵感，让我可以无怨无悔地定在书桌前。这里，躺在草地上读书，在河畔小径上跑步，在户外咖啡桌旁讨论，无论从哪个角度看都是无上的享受。

当天，还发生了一些意外的状况，原本预订好了悉尼及蓝山三日游，临到确认前，却得知自己弄错了一个重要环节，往返机票根本不含在报价中！一阵失望过后，我们商量了若干个解决计划，最终在当地的一家以飞机票务为服务专项的门市里，以几乎同样的原价格（居然包含了从布里斯班往返悉尼的机票）定下了自己的悉尼蓝山之旅，回来后费尽周折地打了国际长途让日航改了我们回东京的日期，这才松了一口气。

在两天的经历中，唯一让我有些沮丧的是自己的语言问题。作为大学英文系的老师，我常常会有滥竽充数的自卑感，这种感觉到了澳大利亚后更加深重。我也深刻地意识到：语言是具有生命场的，离开了某个环境，一旦没有像母语那样时刻必备的使用率，它会在每个我自以为最简单的时刻发生最低能的错误。在课堂里，我甚至还游刃有余地使用着漂亮、艰深的词汇，可是在真正滋养英语的生活环境中，简单日常的英语听说都会像搭错了线似的，不断偏离正确的轨道，让我不知所措。坐在电脑前，我意识到这或许不是我个人的问题，也不应该成为我自责的原因。

我一次次地告诫自己，人生的下半程，最重要的是学着多欣赏自己，接受自己,不苛求自己。要打破心理学家所谓的一条自卑定律,即走过镜子时,人永远在第一瞬间里只关注自身的缺陷和旁人的优秀。在这里,我的第一反应是:我是如此矮小,比例失衡,身材呆板,因为满街是或高挑修长,或丰满健康的外国人,亚洲人的劣势一览无遗。不过,克服了这样的心理后,我就渐渐学会了自我调整,因为我会以敏锐细腻来补充所有的不足。

晚上在市政大厅的主厅里观看了一场 rehearsal reading,剧名为“忘记哈姆莱特”。哈姆莱特成了一个只会思考人生哲理的弱者,没有勇气,也没有激情,甚至消散了价值道德标准,而其他人物则进入了聚光灯,以他们的视角来重新看待这场权力野心下的悲剧。剧作家是伊拉克人,因为母亲生病而缺席了,在场的学者开始讨论后,我们就离席了。在一阵阵的莫名晕眩中,我坚持走到房间里,记下了一切。

经典的结束似乎发生在我生活的每个角落里,我对今夜的哈姆莱特没有讨论的兴趣,因为,我决定不以收藏古董式的捍卫态度来对待经典,而我确实也从来没有收藏古董或精品的能力。

布里斯班一日

那天,我们参加了布里斯班当地的一日游。在力争准时的情况下,我俩也亲眼目睹了老外们拖沓、懒散的毛病。旅行一旦成为要相互约束尊重的团体活动,其精彩度就会大打折扣。根据旅游手册的介绍,一日游看来项目繁多,内容丰富。可是最后发现,许多节目也就是在大巴里走马观花。在南岸漫步时,发现曾经让我们向往的“热带雨林漫步”原来就是比复旦大学燕园还要小的一块区域,而布里斯班河边的 morning tea or coffee 也远没有想象中的那样有味道。

一路算计时间和景点次序,这样的心态下所见的景物就常常无法进入心灵的深处。或许,唯一可以写上一笔的就是在布里斯班游河结束后,我们曾以为自己掉队了。一场虚惊后，两人开始自我检查，觉得问题就在两个英语教师竟然听不大懂澳大利亚英语。导游兼司机的那个小伙子插科打诨的工夫一定不错，因为车上常常爆发出笑声，而我们俩却面面相觑；常常在重要信息出现之前，听力处于麻木状态，会忽略掉后来的关键语汇。即便听懂了，也会不太肯定地反复确认，自我感觉窝囊极了。

幸好，下午的半天游程弥补了上午因为旅游车迟到及“掉队事件”的不快，在考拉保护区里（布里斯班的这个保护区是世界上最大规模及最早的），我平生第一次看到了从年幼跨越到年老的考拉熊，保护区里分设了“雌性考拉生育区”、“考拉养老区”（据说最年长的曾经终老于21岁）、“幼年考拉区”、“光棍雄考拉区”等，加之憨态可掬的wombat（袋熊），不惧生的袋鼠等动物，它们都在和谐美好的自然中怡然自得地生活着。那个保护区有个很有趣的名字，Lone Pine（我们认为应该叫作“龙柏”），那些挺拔、秀美、苍劲的大树映衬着湛蓝的天空，美得令人心颤。最后，在Mt Coo-tha（布里斯班的最高点），城市的一切尽收眼底，为当日的旅程画上了浓墨重彩的一笔。

行千里路，破万卷书，我相信人会在不同的地域里，重新审视以往的很多问题，多多少少地得到某种程度的感悟。我呢？在英语的国度里，失去了使用英文的信心；在激情逐渐褪去的爱情中，体会衰老将至的恐惧和担忧。可是，我一直在走，也努力在消极中寻找积极和乐观。

会议晚上有一场所谓的“圆桌讨论”，主题是“Is Shakespeare still relevant”，但学者们都兜着圈子，说一些让人昏昏欲睡的话，其间的一位中国学者（其实是在英国旅居了近二十年的中国人）大谈莎士比亚对中国戏剧和艺术生活的影响，她还以此出了专著，但是，我听下来，多少觉得她在对老外们传递着表象正确，实质差池含混，甚至落后的中国信息。不过，英国的生活和大学教职让她的英语驾驭能力游刃有余，这或许就是到达“成功”所需要的那段距离。

我逾越不了这段距离，现实的生活决定了我行走的界限，而我，这次在澳大利亚，认识到必须要坦然地接受这个事实，学会习惯于自己的平凡和不足。

漫步布里斯班

澳大利亚和北京仅有两个小时的时差，电脑上显示的是18:57，而在布里斯班，此时已经20:57了。这是最随意自由的一天，清晨醒来后，慵懒地喝了咖啡，吃了早饭，出门直奔植物园，因为昆士兰科技大学就坐落在植物园内。走在上午的阳光中，我的相机镜头不断记录着那里千姿百态的大树，一边比较着科技大学与杭州的浙江大学玉泉校区，两所大学都在城市的植物园内，前者更是和自然消散了界限，虽然规模不大，却处处有可以让学生沉思、遐想的草坪、小道、躺椅和露天咖啡座。不过，布里斯班的城市植物园几乎没有任何造园艺术，和杭州植物园相比，就显得精巧不足了。好在，亚热带海洋性气候让这里的大树都呈现出独特的姿态，郁郁葱葱的，让行走其间的人们感受到了蓬勃的生命力。

城市文明的风向标就是各种博物馆和艺术展，最令人激动的是，这里所有的展览都是免费的。一个上午下来，我们参观了科技大学的艺术馆藏、布里斯班表演艺术中心、科学博物馆、艺术馆等各处，欣赏了许多风格迥异的作品，尤其看到了大量孩子们徜徉在博物馆中如饥似渴的神情。相比之下，我太少带儿子去博物馆和艺术馆了，这倒是暑假里必须要补上的项目。走在阳光和清风中，我的肺部几个月来第一次能够彻底地吐纳空气，路旁不断有跑步和骑自行车的锻炼者，甚至还有年轻的母亲推着婴儿车在晨跑，健康的氛围让人欢欣开朗。

午饭过后，我们继续探索之旅，一路步行走到中国城。途中，拍摄了好几张教堂的照片，还包括中央火车站等建筑。其间，我几天来还是第一次看到了街头的流浪汉，看到他们躺在长椅上，懒洋洋地晒着午后的太阳；而在附近，就是布里斯班的苏格兰后裔所立的苏格兰诗人罗伯特·彭斯的铜像。中国和澳大利亚分隔在地球的两半和东西方两种文化里，这使我看到的一切都带上了新鲜好奇的味道,举起相机的速度也都很快,频率也很高。诚如所言,中国城通常在国外代表着便宜和中低档生活水准。临近中国城的街区时,周围的建筑、环境,甚至行人都有了某种微妙的变化,更暗淡、肮脏和邋遢,除了旧金山的唐人街,世界上很多国家的唐人街都是灰色地带,甚至是红灯区。听到旅居英国的学者L大谈莎士比亚对中国的影响,发现中国城依然在西方代表着落后、迷信、便宜的文化,嗟叹不已。

返回途中,另一收获是我们又去了 Woolworth 超市(一家美国的跨国连锁超市,据D说最早的创始人是从羊毛发家开始商品批发和零售的),在那里,我们物超所值地买了好几种咖啡粉和茶叶,一算价格,比国内便宜了一半。购物就像是一场具有加速度的跑步,越买越起劲的结果是,我们晚餐时品尝了当地生产的一种啤酒(两瓶5澳元),号称品质上佳,不过确实名不虚传,几口之后,我就脸红心跳了。

没有导游和旅程的散漫的一天,收获却很丰富。

黄金海岸

参加了 Day Tours 公司的“黄金海岸游”,给我深刻印象的是那位白发苍苍的司机兼导游,他的服务非常专业,态度热忱,讲解也非常仔细认真。布里斯班到黄金海岸需要一个小时左右,一到那里才发现,冬季的海滩虽然行人不如旺季,但是那瓦蓝的天空、碧蓝的大海、白色细密的沙滩却始终让人有一种愿意敞开胸怀恣意撒欢的冲动。我们穿着外套、毛衣,戴着围巾,可是沙滩上却依然有一群身着泳衣的年轻人,迎着浪花冲上去,嬉戏着,欢笑着……不时地,我还看见有人提着冲浪板向沙滩走去。

那是一个比江南的杭州还休闲的小城市,白色的沙滩边全是一幢幢度假旅店和公寓楼。我们在坐船旅游时,船上的导游还介绍说,河两岸的别墅和私人游艇都价值千万,世界著名的富豪们买下它们后,一年只在这里过上几天而已。藏匿在这个美丽的蓝色港湾,暂时躲避世人的关注和聚光灯,这些明星和富豪们,是如此挥霍着生命和财富!

当天中午,我们一同在一个家庭餐馆里吃了一顿典型的澳大利亚的家常午餐,下午,在 Mt Tamborine 里,徜徉在热带雨林中,从山里俯瞰着黄金海岸,山里的住家们不知道如何看待自己宁静的生活,是孤寂、冷清,还是怡然自得呢?走出了这片山林,告别了这个美丽海滩,我们的生活在继续着,只有让不断遐想来丰富这段经历了。

回到布里斯班后,我们坐上城市的列车(车厢内的破旧让我吃惊)去机场。国际机场和国内机场竟然还有三分钟的火车路程,看来,我们回去时还得有一番折腾。我发现,越是在中国国内奢华的地方,在国外就越普通。机场的大厅里很安静,澳大利亚国内主要有两家航空公司,Qantas 和 Virgin Blue,而一旦在网络上抢到了绝妙的时机和班次,机票的价格会低到令人咂舌的地步,而电子机票的登机手续也便利之极。不过,低价的飞机旅程连一杯水都没得喝,除非自掏腰包。

到了悉尼的酒店,已接近午夜。我们住在市中心的 CBD 地段,靠近中国城,倒可以看悉尼大桥,和歌剧院的 circuit quay 只有 45 分钟的步行旅程。次日一早,我俩一路走到达令港,参加蓝山一日游。一天三百多公里的行程下来,虽然跑了不少地方,可是感受却没有在布里斯班的深刻。或许,全世界通行一条原则:越是大城市,很多景致就越无法进入游人的内心。

蓝山是一片很美的高地,汽车开到一定程度,游人会怀疑山里有何美景,但是突然,在一个转弯处,断裂般的山脉和云遮雾绕的世外景色就会把曾经的怀疑瞬间抛却。我们是全车上唯一没有听从导游游说的两个人,省下 52 澳元的山间缆车和陡坡火车费,徒步在山间,踩着林间的落叶,在一个个峰回路转的片刻中用镜头记录眼前的感叹。虽然,根据导游手册,我们失去了 15 分钟的森林木道行走的体验,但是,有得有失,其他游客也肯定没有我们当时这种带点小小的紧张,一意孤行,最终找到出口的刺激,当然,还有自由漫步的释放感。很多路,有了一个抉择后，就永远不会有另一番体会了，我们的修养已经教会自己接受并享受自己的选择了。

从 circuit quay 走回酒店，一路上都是都市的繁华，那个时刻，我最想念杭州家中普通的一顿晚餐，有汤，有小炒，有米饭，热气腾腾的，家常的味道在抚慰我们胃肠的时候，其实最安抚的，或许就是我们的心灵。

悉尼时间

半天的城市观光后，又是自由行走在悉尼的时间，一天瞬间滑过，坐在电脑前，整理着照片，也整理着思想。

司机导游的英语非常清楚，我们终于从几日的困惑中解放出来了。同时，我们还确认了一件事，这位司机一定接受过高等教育，因为他的英语具有顺畅合理的语法和结构。我们还打趣说，原来我们的耳朵只听得懂文明人的英语（哈哈，这肯定是阿 Q 精神了）。

悉尼的中心城区和许多大都市一样，繁华而高楼大厦林立。不过，城市多了几个海湾，就多了许多蓝色的水域魅力。不时，在冬天的街头有穿着背心短裤跑步的健身爱好者，健康美丽，为这个城市增添了不少活力。悉尼歌剧院和港口大桥终于从书本和画面上落实到了真实的景色，这种落实也成了旅行的某种执著的目的。不过，从画面到实物的过程，也带着从虚幻回归到真实的想象落差，一般都是真实在低处。

邦迪海滩在冬天才会有它特有的纯净，海浪不时地冲上沙滩，阳光抚摸着细腻的沙石，而这样的景色，据司机说，在夏天几乎就是奢望。旅游车在大街小巷中穿梭，司机清晰的解说让我们对这个城市多少有了全面的认识。不同风格的教堂散布在城市里，港口附近山坡上昂贵的住家也隐藏着许多名流，而维多利亚女王的雕像从来没有笑容，悉尼的中国城居然是中国大陆之外最大的华人聚集区。

下午,我们沿着百老汇大街一直走到了悉尼大学。那个古典的古堡式环形建筑及庭院强烈地吸引着我们的注意力,而两点的钟声在塔楼敲过后,编钟竟然奏响了一段段美妙的乐曲。靠在廊柱上,我几乎沉醉过去了。这个片断肯定会深刻地进入我的记忆之中,难以忘却在这恍若隔世的校园里,有那么一段时间,音乐让我暂时跳脱了肉体。一个城市的文化坐标一定会是它的标志性大学校园,这是我历来认定的,这里让我联想起剑桥的三一学院,不知道将来画面落实时,又会是一番怎样的感受。

从悉尼到布里斯班

前一日上午 11 点开始,我们就像两个流浪者一样,从悉尼街头到布里斯班国际机场,一直没有安顿的地方。一天里,我们俩走过海德公园,冒着大雨乘坐火车到了悉尼港口大桥的另一端,然后在雨渐止、天渐亮的过程里徒步跨越了大桥,一路走到悉尼歌剧院,总算零距离地欣赏了这两样澳大利亚象征建筑。不过,印象尤其深刻的还是悉尼歌剧院旁的 Government House,它安宁地躺在海湾边,整个庭院只有若干游客,欧洲式的喷泉花园仿如从电影画面上跳脱出来。

近午夜时分,我们从悉尼飞到布里斯班,一番折腾后,终于从国内机场到达国际机场,可是大厅里几乎空无一人,我想起了日语关于机场的那个词汇“空港”,还真是形象。于是,为了省时省钱,我们按计划在机场的大厅里度过了一个晚上。在洗手间里梳洗一番后,两三张椅子就成了我临时的床铺,一开始我还很不好意思,怕被工作人员当成盲流,随后,睡意越来越浓烈,我终于倒下了。D 的精力和体力着实让我佩服,居然在我昏昏然的时间里,还能阅读英文作品。几次三番地,我挣扎着从倦意中醒来,想提醒他注意休息,但是他仿佛根本没有睡意。

凌晨的风穿过清冷的大厅,我被吹得有些寒意,围巾、披肩、大衣都用上了,躺在风口的我依然难以支撑。好在,他又开辟了新的"床位",找到了软沙发,把行李拖过去,两人倒头就睡。这时,我连一丝不好意思的歉意都没有了,倒在软软的沙发上,终于进入了梦乡。

清晨,5点左右,我们终于醒来,经过了三个小时的睡眠,一个艰苦的夜晚过去了。机场里渐渐人声嘈杂起来,流浪的一天一夜也将结束。

初到霍巴特

这是时隔几年后第二次游访澳洲,去的是南部的霍巴特。我一上飞机就取掉隐形眼镜,抓紧睡觉。近八小时后,我们到达澳大利亚的墨尔本。中饭实在很难解决,无奈在机场买了面包卷,外加两杯咖啡。

塔斯马尼亚的霍巴特,这个城市和美国北卡罗来纳的威明顿有很多类似之处。我们住在 Old Woolstore Apartment Hotel,房间里有基本的厨房设备,宽敞明亮。于是我们就去了附近的超市购买了几日所需的食品。回到住处,一番烧制,饱餐一顿。终于品尝到上次游访时喝过的啤酒,下面几日,应该不会饿得乡思深重了。

我们希望即将进行的亚瑟港之旅顺利。尽管一路辛苦,虽然不时会有所担忧和抱怨,可走出了生活的舒适区,生命的体验会更加深刻,也会更有收获。我始终相信这一点。事后回忆起来,一定是一段难忘而美好的经历。

亚瑟港

旅游大巴准时在旅馆门口接我们上车。导游和司机是同一人,这在澳大利亚好像是惯例，只是，这位老男人的口音十分重，我听得相当吃力。一路上，他介绍些基本的信息，我体力不支，倒头就睡。

开上霍巴特桥后，窗外大多是自然景色，空气清冽，近日来气温保持在21℃左右，实在宜人。渐渐，右侧神经痛间歇时间长了一些，到了后来，疼痛程度也减低了，我多少放心许多。

一路上经过塔斯马尼亚拱门（Tasmania Arch）和恶魔厨房（Devil's Kitchen），都是海边的旖旎风光。行走路程也在三十分钟之内，属于国家公园的一部分，满目美景，又没有疲倦之困，确实很愉悦。到了亚瑟堡，这个曾经关押犯人的封闭之地，一段四十分钟有讲解的览胜之旅后，上船游览了三十分钟的河湾，余下的就是自由时间。

这是一处曾经结合了监狱、兵营、工厂的地带，其中尤以劳改为重，是英国社会学家对犯人进行改造的试验场。其中充斥着各种传奇和故事，走在其中，虽然自觉历史并非悠久（与大多中国的古迹相比），可是，蓝色天空洁白云朵，新鲜之极的空气，使我们暂时脱离了国内深重的空气污染和雾霾的痛苦，彻底清洗了心肺。

旅行中，看到不少年轻夫妻，拖着刚蹒跚学步的幼儿，手里还抱着襁褓中的婴儿，很是惊讶。看来，家眷所累并非是真正的阻碍旅游的借口，这一家家人都成了风景。当然，还有许多银发旅客，精神矍铄，心情开朗，无论是夫妻还是好友，都尽情享受着生活。我心想，夏天一定要让父母出远门旅行，让他们在远离繁琐的美景中好好享受生命。哪怕旅程是短暂的，领悟和收获却是巨大的。

原本想到当地的小教堂里安静地端坐片刻，谁想走近才发现那是一处教堂的废墟。安静成为现代人的奢侈品，我哑然失笑。然而，有这份寻求安静的心，到哪里都能找到安静的。春节期间，打算再沿着灵隐寺往中天竺、上天竺的山路走，好好地在行走中体会安静。能做到的。

路过墨尔本

又是艰辛的旅程，一早就从霍巴特机场飞至墨尔本，时间尚余，便准备在墨尔本略做观光。

心里恨恨地懊恼着澳大利亚高昂的物价。走在街头，看着千篇一律的城市景色，实在提不起兴趣。墨尔本气温为28℃，可是阳光猛烈，走了许久，体力耗费仍然很大。拿着地图，我们从 Southern Cross 火车站走到河边，再沿河绕到市中心地带。街头的人群拥挤，商店格局与上海无异。打折商品店铺中五成以上是华人，有个别顾客还一边用手机上网查价格，一边对照着商品标牌购物。墨尔本号称澳大利亚的伦敦，可满眼望去，毫无欧洲街头的优雅和悠久，又没有霍巴特小城的安静与恬淡，实在乏善可陈。

步行过商业区，看到不少店铺门口贴着“庆祝中国新年”的字样，华人的购物能力惊人，对国外品牌又青睐有加，富有的群体虚荣心重，国内关税又高，诸多因素促成了居高不下的购买实力和欲望。走到旅游热点维多利亚女王市场，我更是感觉失望。虽然那里堪称颇有历史，可与国内的各种市场相比，规模、种类、特色方面都毫不起眼。

烈日下我们不想辜负这次填空式旅游，决定好好利用午夜登机前的这段时间，就朝着墨尔本大学方向走，可到了那里，却不出所料地发现，其实没有太大必要专程前往。结果，原本打算10点左右返回机场，7点时我们就已经在机场等着办登机手续了。

我们静静地坐在候机厅里。办手续时，看到不少旅客行李超重，不得不重新整理；还有人把包都塞满胀破了，搞得地面一片狼藉。我真诧异：哪来这么多东西可买？进入出境候机区，看到免税商品店里人头攒动，作为旁观者，我真是满心疑惑。

从墨尔本至吉隆坡，飞行时间八小时二十分钟。幸亏我早早在机场梳洗干净，还拿掉了隐形眼镜。全程断断续续地睡了几次，总体感觉尚好。一路上阅读莫言的《丰乳肥臀》，该书书写了很长一段魔幻式的家族历史，几代人的命运，其实也从另一个角度纵览了中国近代史。母亲上官鲁氏坚韧不屈，粗犷美丽的生命让人折服，很多片段都让我不禁落泪。阅读的体验很怪异，我不时有“身在何处”的疑惑，周围时而充斥着英语、马来语，时而是汉语，以及不知是何方的语言。恍惚间我屡次觉得时空错位。

走来走去，走不出的是人性格所造就的命运轨迹，我决心更豁达坚强。

法国记游

初到巴黎

从浦东机场出发,乘坐东方航空公司的飞机,十二个小时的飞行令人疲惫之极。恍惚中,竟然到了巴黎。飞机上,我睡睡醒醒,醒醒睡睡,十分不安,激动夹杂着担忧,觉得现实和理想的距离太接近后,反而让人有一种惶恐。

到达巴黎后,耳边充斥着另外一种我丝毫不能明白的语言,我开玩笑说:现在听到英语都觉得像母语,哈哈!

刚从戴高乐机场出来,完全没有方向感,上了 RER 火车,发现巴黎的地铁好像没有语音报站系统。天刚蒙蒙亮,有的站台连站名都看不清楚,好担心会坐过头,或是坐错站。巴黎的二月是个奇怪的季节,时雨时晴,太阳出来,不久后又会飘雨。

再仔细观察环境,发现原来巴黎人民对母语自恋到极端的程度,许多重要地方的标识,只有法语这一种语言,连英语的影子也找不到。极端困顿紧张的我,对周围的环境相当不适应,甚至想早点返回中国了。尤其是到了 ACCOR 集团下属的 ETAP 酒店,拖着两个大箱子,我们已经疲倦坏了,可是前台却告知要到 12 点左右才能有房间空出来,就在那个时候,我的忍耐几乎到了极限。

在等房间的这几个小时里,我们不顾劳顿,丢下行李,出门去熟悉周边地形。等一圈回来,终于看到住所的房间,进去后吓了一大跳:里面居然连烧开水的器具都没有,简单到了简陋甚至是寒酸的地步。两个人住,只有一张椅子,我环顾四周,连台灯也找不到。于是,一头栽倒在床上,崩溃!

权宜之计就是买电热水壶和台灯,没有热水喝,会让人永远没有安全感。下午,我们坚持去走了西岱岛(塞纳河上巴黎的发源地),走过了巴黎圣母院、艺术桥,在左岸逗留了片刻,甚至还进入了法国司法部。塞纳河一下子把梦幻推进了我的现实,当时的恍惚几乎无法言喻。即使脚底发酸发疼,步履艰难,这里的一切都太让人兴奋,兴奋到几乎没有了体会疼痛的心情。直到最后真的一瘸一拐地走着,发现几米路都是艰难的跋涉。

或许是运气不佳,亦或许是机缘巧合,在游玩回来的地铁火车中,火车意外停止运营。这时,我差不多是挣扎着迈出每一步。无奈极了,但只有咬咬牙齿,慢慢地走向目的地。终于,在超市买到了电热水壶和台灯,蹒跚着到了房间后,我再也没有力气去吃晚饭了。甚至,晚上累到连照片都没有输入电脑,连牙齿也刷不动,连抬手的气力都耗费殆尽。一睡就如同死去,这恐怕也是我活到今天,为数极少的困顿之极的一次体验。

游走巴黎

我们的出游方案又是高强度、高密度的,上午经过卢浮宫,一直走到协和广场,沿着香榭丽舍大街,再步行到凯旋门,徒步登上凯旋门后,又再接再厉地搭上地铁,直奔埃菲尔铁塔,坐着电梯一直上到铁塔顶部。在第二层平台上,冷风吹得我全身发抖,加之脚部的疼痛丝毫没有缓解,真是欲哭无泪。

香榭丽舍大街商业路段的两旁是奢华的店铺。曾在摄影照片中看到过那家著名的香水店,走进去,美女如潮,倩影弥漫,鼻翼间全是香水味,真正体会什么叫做“审美疲劳”。两天来，美女的出现，随着数量的增长，让我从惊异、赞叹到麻木，甚至到漠然。这个世界原来不稀缺美女，尤其在优雅的巴黎，看到美女们努力地在锦上添花，我在渐渐的麻木中忽然意识到：影响的焦虑无处不在，如若美得差不多，失却了独特，依然消失在人群中，稀缺价值在外表上依然成立，若没有独特性，美则美矣，却在记忆储存中，不会保留太久。美丽，在巴黎有了新的意义。这个世界时装中心，让全巴黎的人都在着装上有着时尚和简约流畅的风格，但是巴黎的时尚留给人最大的感慨，或许依然是那份独特和不羁。韩国和日本的成衣虽然时髦考究，与巴黎相比，就拘谨呆板许多。虽然，巴黎时装总是透着阔绰奢华的味道，但我觉得更值得欣赏的是在奢华背后的独一无二和自信坦然。

往家打了几通电话，这里没有任何的春节气氛，那遥远的地方，在埃菲尔铁塔顶楼上有着具体的数字标注：那里距离上海（杭州也差不离）9 285 公里！淡淡的几抹乡愁，在离开杭州两天的时间里，就已经挥散不去了。

巴黎我爱你

尽管我得自己拿着地图，按图索骥地寻找那遍布巴黎的美景和文化胜地了。我们还是把一天的行程排得几乎饱和：上午坐郊区火车到达凡尔赛宫，午后又到达左岸，从圣米歇尔喷泉，一直走到索邦大学区，参观万神殿，它的地底下一层的国家先贤祠中，有太多的名人墓穴，如伏尔泰、雨果、左拉、居里夫妇、莫奈等，让我们停留了许久。几日来，不断看到哥特式建筑的拱顶设计，以及希腊式建筑的古典柱型布局，几乎于眼前掠过的，都是历史的优雅。无论在巴黎的哪个角落，现代文明都无法干扰法兰西悠久的古雅，即便是贝聿铭为卢浮宫设计的玻璃金字塔，也只是现代的摩登更深层次地衬托了古典的优雅。一路走着，不经意间发现了许多值得用镜头捕捉的美景，一直到傍晚才从中国城的超市里采购了面条、罐头等返回住所。

天气十分奇怪,太阳雨都出现了,时而大风大雨的,时而又阳光普照,令人莫名其妙。早晨在凡尔赛宫前排着长队,打着雨伞,忍着寒风的感受,我现在都觉得刻骨铭心,深刻的身体痛苦,和后来进入宫殿后对国王奢侈生活深刻的惊讶和感叹,交织在一起,回味无穷。

原来可以买一周无限次乘坐地铁的地区交通卡(橙卡),那样的话,一个人行动时,找到地铁入口就等于找到安全的想法和兴奋的情绪冲击着此刻的我,对此,我非常憧憬。

实话说,这两天多来,在高效率和高强度节奏下,我着实有些体力透支,或许,一个人来掌握时间和活动内容后,就会轻松许多。晚上,看了半部电影,那是飞巴黎前,特意从学校旁一条街上淘来的《巴黎我爱你》。身临其境地看这部电影,感觉所有的爱情故事和生活琐碎中的顿悟都发生在我的周围。还是那种感受:梦幻靠近现实后,让现实顶着层层光晕,也让我云里雾里的。

(后续:晚上看完了这部电影,许多音乐依然荡漾在我的耳边。其中的一个故事令我印象深刻。一个操着笨拙法语的中年女性在讲述着自己的巴黎梦想,为了到巴黎,她认真地学习法语,在远离故乡的城市中,她想到了往昔,想到了曾经的男友已经结婚并有了三个孩子。一天,她坐在街区的小花园里,嚼着面包,忽然顿悟:在没有人认识自己的地方,在耳际充斥着非母语的国度,她有了释放的感觉,觉得巴黎爱她,她也爱巴黎。这个其貌不扬,甚至有些呆板的女人,竟然在巴黎的花园里,眼眶湿润,体会到了生命的美好!)

一个人的巴黎

一个人的旅行开始了。一早,在地铁站里买了一周可以无数次任意乘坐的橙卡,此后,独自的巴黎游开始了。我向来不太喜欢做事计划周全,但这次在巴黎，在有限的时间内，计划多少是必需的。前一日，翻阅着旅行手册，决定了当日的游览项目为“马莱区徒步”，最重要的原因是这个区域中有毕加索美术馆。当年，我曾阅读到这样的故事：三毛小时候看到毕加索作品后，迫不及待地等着长大后要嫁给这位画家，后来长大了，明白了这位旷世艺术大师已然离去，伤心不已。因此，在我后来的画册阅览经历以及美术教育中，毕加索占了很重要的一个位置。把马莱区安排为我独自旅行的第一个目的地，另外的原因在于，我从手册上得知，那是一个充满愉快气氛的区域，在狭小的中世纪街道里，有着十七世纪的房子、迷人的小店、拱廊和酒吧。

或许是受到前一晚的电影《巴黎我爱你》的影响，我一直不敢和路上的行人有任何眼神的交流。早晨7:50从住所出发，经地铁到达巴士底车站后，天刚蒙蒙亮，巴士底广场上的纪念柱在镜头中只是逆光下的黑影。很多作品中的巴士底狱，已经消失在历史中，只是旧址上出现了许多新的建筑，包括争议很大的巴士底歌剧院。

方向感很弱的我，捧着地图，不断走错路，折回，折回，绕了许多弯子。好在，拿着橙卡的我丝毫不畏惧迷路，信心十足地走在恍惚如中世纪岁月的街道中。而且，迷路的好处在于，不经意间会发现计划外的景致：街头的艺术小店个性飞扬，连巧克力手工制作店的橱窗都让我着迷。沿着孚日广场，我走过了雨果纪念馆，最后终于到达毕加索美术馆。

法国终究是一个启发灵感的地方，虽然毕加索出生在西班牙(1881—1973)，但是他成年后的大部分时光是在法国度过的。我用相机记录了许多作品，走在各幅作品前，除了惊异，就是感叹艺术家的天真纯然，确信他有着一双没有被规矩束缚和蒙尘的眼睛。反观自己，觉得已然被滚滚红尘淹没，唯一可能的就是在循规蹈矩的生活中找到缝隙，让灵魂重新洗个澡。对此，毕加索给了我许多启示。无论是在雕塑、绘画，还是其他形式的作品中，那些线条的张力都在强调着独特和个性。渗透在毕加索骨子里的才华，从每一件作品中飞出来。

一个人的漫步，虽然孤独，但是很随意，按图索骥地走在那个截然不同的空间中,时间也发生了变形。巴黎,记忆中的、想象里的、阅读过程的、梦想终点的,都消融在了许许多多的瞬间。

带着橙卡看巴黎

带着橙卡,我不断地穿行在巴黎这个轨道交通可谓阡陌纵横的城市中。当日的路线是这样的:第一站拉德芳斯新区的新凯旋门,第二站罗丹美术馆,第三站加尼叶歌剧院和"老佛爷"百货大厦。从上午 8 点多出发,回到旅馆已是下午 3 点。

拉德芳斯新区的建筑全然不同于旧城,大胆创新,充满了摩登情趣。曾经有人很淡然地对我说,新区不值得细细观赏,毕竟那里没有悠久的历史。不过,那里依然充满了巴黎的情韵。拉德芳斯的法文象征的是 1870 年法国抵御普法战争中的入侵者。在这片区域中,古老荡然无存,充溢着高速、快节奏的现代气息。广场周围的建筑和广场上的雕塑时刻提醒着人们,巴黎人既有古典的先锋精神,又有现代的开拓气质。大型综合购物中心有一个很有趣的名字:Les Quatre-Temps(四时),它竟然是目前全世界最大的购物中心!对面的那幢三角形的建筑 CNIT 创建于 1958 年,已经是新区最古老的建筑。据说新凯旋门遭遇了巨大的争议,远看像个中空的方块,号称是全世界最大的窗户,竟然完工于 1989 年法国大革命 200 周年纪念日。漫步在广场上,想起为了搭乘抵达拉德芳斯的地铁,我竟然等了四辆火车,车厢里密密麻麻地挤满了人,都是要赶赴新区的办公地点。看来,巴黎的新城为旧城腾出了自由呼吸和养护的空间。

罗丹美术馆中,我亲眼目睹了那些充满了生命力的作品:《思想者》《吻》等顿时落实到了实处,尤其是《吻》,充满情欲、恣意深情的两个人近百年来一直在大家艳羡的注视中。我在手册上读到了这样一段话:"此处除了罗丹个人的作品,其中最知名的是才华横溢却命运坎坷的卡蜜儿,她也是罗丹的情妇。罗丹在1898年抛弃卡蜜儿之后,她的病再也不曾好过,余生在精神病院中度过。”

我注视着她的作品,在我的眼中,同样出色!只是,我一直在想,罗丹是性无能者,那么,这些美好的爱情作品,以及这位情人的命运,却与事实发生着巨大的冲突。走在这幢洛可可建筑的四周,欣赏着花园里那些大型的罗丹作品,我无从找寻答案。

加尼叶歌剧院与“老佛爷”百货大楼几乎在同一处,而这片商业区的繁华,与上海最大的区别在于,这里更遵从艺术的享受,尤其是“老佛爷”这家老牌百货大楼,里面的穹顶几乎可以用美轮美奂来形容,打心里觉得,浏览橱窗现在成了我旅游中的重要乐趣。午后,饥肠辘辘,我买了巴黎式的午餐,夹心长棍面包,边吃边走,回到了住地。对了,我还拍了一张面包陈列照呢。

墓地徜徉

从上午9点出发,一直迷路,加上语言障碍,直到下午3点半才到住处,中午饭也没有吃,饥饿加疲劳,心里还有低迷的倦怠。

在巴黎总要遭遇罢工,比如我们第一天抵达后,地铁工人罢工了近三个小时,又碰上一次,奥赛美术馆工作人员罢工!我原本已经一路走错路,错把国立美术学院当成奥赛美术馆,在里面迷糊了很久,到明白后,才记得拍了一张照片。终于走到目的地,却发现一路跋涉是徒劳的!周围的人表情淡然,没有一张脸是愤怒的,看来,大家对巴黎人的散漫和不按常理出牌,已经早有心理准备。

于是,我决定改道去另一家博物馆,即被人推荐了许久的下水道博物馆,结果,到了那里,突然发现我根本不知道法文的下水道是什么,面对着地图,发了一阵子愣,还错走到了另一家现代艺术博物馆,拍了几张照片后，匆匆返回地铁站。

深深的沮丧中，我又钻进了地铁，要去蒙帕尔纳斯墓地，因为要去寻找萨特和波伏娃、圣-桑，还有波德莱尔的墓地。终于到了墓园，大半天中雨一直在下着，墓园里几乎没有人，肃穆宁静到只听见乌鸦的叫声。萨特和波伏娃的墓地比较好找，波德莱尔的墓也在七拐八转中找到了，唯有圣-桑的墓，怎么都寻觅不到。偌大的一个墓园里，我一个人孤独地穿行着，看着那些摆放着鲜花，甚至古旧得长满了青苔的墓碑，我的心里一直有一种莫名的凄凉和紧张，天色暗得就像傍晚，太久的独处，加之地底下的长眠者，天上的乌鸦声，都让我无法对生死做出冷静地思考。在这个特别的地方，有的是哀思和纪念，也有的是尊崇和仰慕，墓地艺术一直是一些哲学家不愿意错过的景致。注视着萨特和波伏娃合葬的墓地，我心想，这是一对怎样的恋人呀，他们彼此相爱，却能容忍对方拥有别的情人，萨特是男人，或许更能够接受这样的感情，而波伏娃呢？我曾经读过波伏娃的传记，她生命中的很长一段时间不断地与嫉妒作斗争，在自省自己对这段感情和萨特其他情人的忍耐和接受上，波伏娃一定思考了许多，最终超越了某种世俗的男女关系。萨特的存在主义影响了波伏娃，《第二性》就是最好的明证。可叹的是，萨特生命中有那么多年轻美丽的情人，但是他在情感和思想上，却始终离不开波伏娃。这块墓碑上，摆放着新鲜的花朵，比周围的墓地都绚丽，那白色简约的墓碑，其实说明了两个灵魂最终的和解和统一，面对着它，我长时间无语，灵魂的声音，都被我清晰地聆听着。

死生契阔，每个生命的价值何在呢？在圣-桑的墓前，我深深感慨，“天鹅”一直感动着世界上每个角落的人们，而作曲家就静静地长眠在这里。

走出墓地时，我发现自己已经没有任何心情再作新的探索了。搭乘着地铁，我只想回到温暖的房间，并且对自己说，孤独是一种噬人骨髓的伤感。雨一直在下，再也没有晴朗过，当日的巴黎，令人寂寞伤怀。猛然一想，当日居然是情人节，而在巴黎街头没有任何节日的迹象，但是在遥远的中国，肯定每个角落都在提醒着人们“情人”二字，无论是玫瑰、咖啡、西餐，还是音乐、报纸、电视、短信、电话……我哑然失笑，刚觉得当日造访墓地的荒诞，又幡然清醒，明白原来这是萨特和波伏娃给我的最深刻的情人节印象。

蓬皮杜艺术中心

阳光明媚的一天，8 点半左右出发，一直到 4 点左右才回来，行程为：巴黎市政厅—蓬皮杜艺术中心—阿拉伯世界研究所—堤诺荷西公园—植物园。

走在街头，太阳明晃晃的，市政厅前面的滑冰场上，制冰机在轰鸣，一大群孩子们雀跃地等待着进场，欢笑声阵阵，还有孩子与父亲击掌加油，跃跃欲试，街头的景象与前一天截然不同。

我看地图的水平渐长，很轻松地就沿着马路到了蓬皮杜艺术中心。几年前，曾经看过关于蓬皮杜的照片，那些相片差点让我于此番巴黎行中取消这次参观，我先入为主地认为，蓬皮杜是戏谑玩笑的，是不严肃的，也是缺乏美感的，走进那里才感叹：我大错特错了！

博物馆的建筑古怪之极，大型的水管、暖气管裸露着，凸显着无所谓和粗犷，在我不断地仰视中，建筑的独特之美和勇敢的创新完全超越了以前照片里的二维空间。那个透明的大管道式电梯连接着大楼的七层建筑，走在其间，金属质感十足的神秘音乐弥漫在徐徐上升的楼梯中。进入展厅，现代艺术作品的灿烂夺目几乎让我感到语言的匮乏。当年在南大听周宪老师口若悬河地介绍西方二十世纪的现代派艺术，其中的许多流派和过渡，都在这里一一体现，一个一个的展厅就像魔术宫殿一般，让我的心情许久无法平复，当时的感觉，完全不同于参观卢浮宫时，那点影响的焦虑荡然无存，工业革命带来的技术和信息爆炸的优越充分展现。现在，我终于深刻明白现代艺术中“有意味的形式”的某点含义了。当年，维吉尼娅·伍尔夫在英国的那个先锋团体（Bloomsbury Group）中，有人第一次提出了这个词，于是，充满意味的线条、色块、光影都从追求形似的束缚中跳脱开来。是的，站在这些作品前，通感的效果告诉我，小说的发展流程和艺术的现代过渡，其实是高度统一的。

毕加索等艺术家用立体主义打破了人们禁锢的视觉感受，而包豪斯的空间建构理念也一直在今天的建筑和装饰中延伸。每一个艺术品的每一个角度都呈现着这种其实统一的内在节律，创新和有意味的美成了现代艺术的生命力，奢华和写实退却了，简约和抽象走到了聚光灯下，而艺术的螺旋式上升的循环，让我们在现实和虚幻中领略真实，是由外向内的。这时，我再次想起蓬皮杜艺术中心建筑外墙上挂着的一段话：艺术家并非领先于时代，但是大众却远远落后于时间。

巴黎人的创新（或者说，巴黎所滋养的创新），每一天都让我赞叹。下午，在阿拉伯世界研究所，我再次领略了完全金属屏的大厦外墙设计创意，设计师受到阿拉伯图案的启发，用现代金属屏来构成相似的图案，而其中的机械装置，竟然能够控制进入大楼的光线多寡！我乘坐着电梯，并且多次乘坐，感受着光敏电梯和大楼里光与影交织互动的魅力，这种感受，让我搜肠刮肚都无法找到一个合适的词汇。当时的我，就是那个漫游仙境的小姑娘爱丽丝。

结束一天的行程前，我沿着塞纳河，走到了植物园，选择在旋转木马前的长椅坐下，下午的阳光慰藉着每个人的身心，我嚼着三明治，看木马上的孩子从眼前掠过，看白发苍苍的老人在安静地发着呆，叮咚的音乐随着旋转木马欢喜地唱着，孩子们笑着。此时此刻，我也微笑着，从内心深处向《巴黎我爱你》里那个嚼着面包说“巴黎爱我，我爱巴黎”的女人点头致意！

荣军院

心情如当日的天气。上午，依然给家中打电话，第二天就是中国的除夕夜了，而这里却什么喜庆的气氛都没有，多少有种人在他乡为异客的感受。唯独巴黎的春天百货，商店的门上还标有“恭贺新禧”的中文字样，甚至出现了生肖猪的图案。巴黎春天在上海一直是热衷时尚的白领们追逐的目标，或许，中国新年，对它而言，还是有些意义的。

本想利用中午的两个小时午休，去下水道博物馆走走，结果，走到那里，竟然闭馆。更难堪的是，我急着寻找洗手间，却发现，偌大的城市中，人居然比狗可怜，连放松的地方都寥寥，居然地铁车站里都没有！好不容易看到洗手间的图标，急匆匆过去，发现原来是关闭的！这么多天来，发现巴黎厕所稀缺，真是一个缺憾。

打起精神走进博物馆。在两次世界大战厅中，地上的标记不断提醒着我时间的渐进，博物馆从法国的主体视角，讲述了法国在大战中的经历，其中有许多电视电影屏幕的视觉说明，周遭一片炮火，可是配音却是法语，不甚明白。其后，还有两个展厅，分别是表现戴高乐时期历史的“Museum of the Order of the Liberation”，以及一些军事收藏展。

荣军院是法国巴黎一个异常醒目的地标，在我的视线中，除了埃菲尔铁塔，就数它了。这套宏伟的建筑群完成于1676年，是由太阳王路易十四下令兴建的，目的是收容伤残或穷困的士兵。那庄严肃穆的古典建筑曾让我顿然生畏，也始终提不起参观的兴趣，为了内急匆匆赶过来后，倒让我觉得不虚此行。不过，在大厅里，才发现参观巴黎的各个博物馆原来可以买套票，信息障碍的代价。

让我印象尤为深刻的是圆顶教堂中的拿破仑的陵寝，据介绍，拿破仑的骨灰是1840年下葬于此的，他的棺椁也放在地穴中，棺椁四周的十二座庞大的胜利女神大理石雕像和星形的马赛克镶嵌的地板，以及彩绘而明亮的圆顶，都让人感受到拿破仑的荣耀和辉煌。

回到住处，过了下午4点。整理照片时，发现其中一张是荣军院墙上几个法国名人的话，我把它们记录在此：

Of all the different establishments that we have made in the course of our reign, there is none so valuable to the state as that of the Hôtel Royal des Invalides. —— Louis XIV

I wish my ashes to lie on the banks of the Seine, in the midst of the French people I have loved so much. —— Napoléon I

France was made by the sword. —— Charles de Gaulle

左岸寻踪

在中国的大年三十，在法国的左岸街道上，居然也挂起了中国的红灯笼，只是，走过的行人大多漠视，毕竟这里不是中国。在我的记忆中，这是唯一一次周围没有任何喜庆气氛的除夕。

在枫丹白露，我给家人及Z老师去了电话，那一端的声音，明显比往日高了好几度，甚至有飘飘然的感觉，只有在吃年夜饭的人才会有。枫丹白露的景色确实美丽，挺拔的大树映衬着蔚蓝的天空，喷泉河塘都在天空下显得蓝莹莹的，格外清澈动人。枫丹白露的古堡中，游人甚少，这里原本就是国王到森林里打猎后休憩的住所，山林环绕，湖水倒映着蓝天白云，在此发呆都是件无比享受的事。小镇上，有许多仿古的别墅，可能都是巴黎人周末的度假场所。如果，生命旅程中还有第二次到巴黎的机会，我一定要再到枫丹白露来，坐在古堡的湖畔，呆呆地，任时间悄然过去。

我拍了很多很多照片，整理时，发现已近千张。异乡的美，在过客的眼里，始终有种不堪长留的感叹。对我，走遍千山万水的愿望，暂时漂泊的渴望，都会消融在这种感叹中。

下午，从万塞纳古堡又来到左岸区，寻找了当时一些著名美国作家曾经的巴黎寓所，包括福克纳、斯坦因、海明威、菲茨杰拉德等，他们大多居住在卢森堡花园周围，那时，美国作家自我放逐到巴黎，在这里寻找创作的灵感，尤其在女作家斯坦因的寓所，很多当时尚年轻的美国作家聚集在那里，被斯坦因戏称为:“你们是迷失的一代。”由此,美国文学出现了如此瑰丽的一页。埃德加·爱伦·坡也是先被法国人接受,才慢慢被美国文学界承认的,纳博科夫的《洛丽塔》也曾是禁书,直至一家巴黎的出版社首度将它推出。法国确实是个开放而充满艺术前卫精神的国度。

不过,目前颇令人遗憾的是法国人对法语过于保护和排外的态度。商品说明和许多景点的介绍只有一种语言,对英语的敌对态度从人们日常生活中也可略见一斑:法国人非常不愿意说英文,他能听懂英语,却一定坚持用法语回答。这种语言保守态度,其实是在遏制语言的生命力,虽然都德在《最后一课》中,向全世界宣称“法语是世界上最美的语言”,可是,这无非是一个作家从心灵深处对祖国和母语的致敬。我想,对于任何一位使用着母语的作家,祖国的语言一定都是最美的。开放民主的欢迎态度,以及多为世界各国的游客考虑的细致,才会让一个国家显现出它的深度魅力和魄力,这一点,法国显然不足。

蒙马特高地的闲散

这里的上午9点多,就是中国的下午4点多,我给所有应该问候春节的亲人、朋友们分别打了电话。之后,就去了拉雪兹神父公墓。在后来的回想中,我忽然觉得大年初一去公墓似乎意味着什么,因为晚上恰好又看了《落叶归根》,讲一位民工承诺要将工友的尸体背回家,让他入土为安,并竭力兑现诺言的故事。照理说,一天中连续两次经历或目睹与死亡有关的事物,多少会令人感到不安,但是,我却基本没有。倒是没有墓地经历的D,情绪明显紧张,行动也略有些不自然。我们在公墓地里,花了近两个小时,找到了肖邦、普鲁斯特、王尔德的墓地。肖邦的墓地朴素而干净,摆放着新鲜的花朵和寄托思念的条幅,看来,许多来自全世界的后人天天都在瞻仰他、惦念他;普鲁斯特的墓地也毫不显眼,甚至差点被我们错过,不过宁静是他一生的总结；只有王尔德的墓地，墓碑上全是唇印，许多慕名而来的人都贴上去，留下了让人印象深刻的印记。在《巴黎我爱你》中，那位带着未婚夫来看王尔德的女人，也是如此深情地吻上石棺的，这现象，让我们不知道用什么词汇来形容。

星期日，蒙马特高地的圣心大教堂外，艺术家们在石阶上表演，有竖琴、吉他弹唱，手工制作等，甚至还有一个电影摄制组在那里拍镜头。所有在那里的人们，都似乎对周末的热闹习以为常，他们坐在台阶上，坦然晒着太阳，欣赏着音乐。蒙马特高地一带是红灯区，那里既有艺术家、游客，也不乏骗子、小偷，鱼龙混杂。尤其是在红磨坊的那条街道上，两旁都是与色情业相关的店面，包括色情博物馆、情爱超市、色情电影及脱衣舞表演等。我们匆匆地在那里拍了一些照片后，就赶紧离开。

为了感受周末的休闲氛围，下午，我们在卢森堡花园里，单纯地晒晒太阳，看老人们下棋，年轻人和孩子们围着喷水池，聊天、打盹……我当时对他说：这里和虹口公园差不多！确实，巴黎人在周末绝对是懒散的，大多超市关门休息，许多商店也停止营业。在索邦大学广场的咖啡店，我们坐了许久，买了两杯咖啡，静静地看着广场外同样无所事事的咖啡客。有人说，到了巴黎，一定要感受一下咖啡馆文化，可是，如若带着过于明确的目的，那么，坐在那里就只能感受皮毛了。我并不认为，仿效同样的举止，在表象上做到一致就是在感受文化。咖啡文化是渗入欧洲人骨髓的东西，形式上效仿，不一定就能从精神上领悟。毕加索、萨特、波伏娃等艺术家、哲学家、文学家们曾在左岸的咖啡店里一坐十余个小时，谈天论地，思考辩论，这难道是旁人可以模仿的吗？不过，坐在阳光下，面朝街道，看人，也让人看，自己和他人都成为一道风景，这倒确实是巴黎独有的风雅。

大年初一的这番冷清，我此生第一次感受到，直到傍晚在华人聚集的区域，才听到放爆竹的声音，多少感觉春节的到来。再过几天，我就回上海了，虽然那时，年已结束，但回到那个能够让我深深感到文化归属的地方，回到原来的轨道中，那么这次“出轨”，或许就有了特别的意义。

孤身进入下水道

上午,从卢浮宫走到奥赛美术馆,结果,似乎我和奥赛之间没有缘分,当日又闭馆,我得三顾奥塞了!沿着塞纳河,走过法国国会大厦,经过亚历山大桥,一直走到了下水道博物馆。当时离上午11点的开馆时间还有二十多分钟。这个地面上看很不起眼的白色蓝色相间的小亭子,居然让我几次从它身边走过,都没有注意。我冒冒失失地推门进入,以为虽然时间没有到,但既然没有人阻拦,就可以参观了。

下水道散发着霉味,光线幽暗,水汽非常大,我的相机在咔嚓了几下后,镜头就蒙上了一层水雾,根本无法工作。机器轰鸣着,地底下似乎只有我一个人,我心惊胆战地走着,心里想:恐怕事后我又得后怕了。D之前一直竭力推荐我要到这个极端“非巴黎”风格的地方来认识真实的巴黎,尤其提及了《悲惨世界》,说没有这段下水道经历,我就无法深刻领会巴黎光鲜之后的其他面象。

我一个人在水管中间走着,真人大小的工人模型让我走在其中时着实吓了一跳。周围的文字说明全都是英文,只有一处“危险”的标志让我后脊梁冒冷汗,因为我不明白自己站立的地方,两边黑咕隆咚的一片,是否就是危险所在,也不知道自己是否进入了禁区。这时,我的身边传来一个男人低沉的声音,魂飞魄散的刹那,我顿时明白他可能就是下水道博物馆的工作人员,从他的言语态度,和其后的英文表达中,我明白此刻是闭馆时间,我不受欢迎。我仓皇地问清楚走向地面的路线后,就在黑暗中依稀看到了“toillett”的字样,当时惊吓过后,已然内急,刚要推门,前方又阴魂似的出现了另一个人,还是类似的话,我可怜巴巴地请求使用洗手间,许诺稍后马上离开,他答应了。

走出地面,我的心悸动不已,好久都无法平静下来,连那天雨中的墓地经历,在当日的惊恐对比下,都不足为奇了!摸着心口,我还是决定要坚定一些,接着去探访名人的巴黎寓所,因为那是我前几日未完成的行程,同时也希望地面的阳光能冲散刚才的恍惚。坐地铁到了 Varenne 站,走上 Varenne 大街,我才发现那是一条名声显赫的街道,77 号是罗丹美术馆,也是罗丹当时的创作和居住地,沿街走过去,是法国农业部办公地,69 号是总理官邸,而 53 号就是伊迪丝·沃顿夫人曾经的巴黎寓所,门牌上记录着她留下的一段话:"My years of Paris life were spent entirely in the rue de Varenne—rich years, crowded and happy years."("我的巴黎时光完全在瓦朗涅路寓所度过,那些年丰富多彩,宾朋满座,身心愉悦。")

之后,我又转到了另外的一条大街,找到了庞德和海明威曾经在巴黎的住所。不过,沃顿夫人毕竟是名流,她看到的更多是巴黎美丽明亮的一面,所以会用"rich, happy"来褒扬巴黎。我到过下水道后,忽然领悟到,巴黎其实还包括许多阴暗的部分。例如,作为一座开放的国际化大都市,太多的重要景点没有英文标识;城市的卫生状况并不理想,烟蒂、纸屑、果壳随处可见,最无法容忍的是我多次见到的呕吐物;地铁车厢里有乞讨者,令人讨厌的酒鬼,还有企图逃票的人,有些地铁站里,甚至尿骚味严重;巴黎的街头很少有厕所的标志,当然,厕所自然很少,每次内急时,我们总觉得自己还不如小狗自由幸福,而好不容易找到厕所后,又发现里面肮脏不堪。这段回忆多少让美丽蒙上了擦拭不掉的污点。另外,在超市买东西,我发现收银员也相当恶劣,当她发现我是一个语言不通的外国人后,找零钱时,就故意少找我 0.80 欧元,等我信任地接过钱,走出门口再数时,才发现纰漏,而这时,语言障碍加上我的粗心,已然无法补救。我仔细回想,这种有意出错的现象,好像已经发生了若干回,前几次我还以为是自己算错,这时才领会到,原来巴黎也有人如此贪小,用这种下三滥的手段。

如果我是一个随着旅行团大巴,听着导游的精彩讲解,匆匆在巴黎停留三两天的游客,那么,巴黎的光彩肯定会没有任何污迹。不过,大千世界的妙处就在于没有绝对而纯粹的东西,而智者才会明白相对性的永恒。体会到这一点,我轻松了许多。那个说"巴黎我爱你"的女人,不知看到了这些丑陋的地方没有。好在，那部电影本来就写实，除了赞叹巴黎的美丽，还揭露了巴黎的种族主义、街头暴力、阴暗世界中的吸血鬼、莫名其妙的恋人，以及执意要在王尔德墓碑上留下唇印的女青年。

一位朋友曾说，法国人信奉天主教，美国人信奉新教，因此法国人耽于享受，而美国人勤勉刻苦。更有意思的是，法国的商店在周日大多闭门休息，而那个时候，勤劳的华人开的超市和商店中就人满为患。法国人潇潇洒洒地把生意让给华人同行，因为天王老子也阻止不了他们的娱乐和休憩。那天还听J说，有一家法国餐厅生意好到令人咂舌的地步，它竟然每日闭门营业，老顾客得敲开了门才能进入！要是换作中国老板，肯定会挖空心思扩大门面，甚至开辟连锁市场。还有，法国人喜好在街头旁若无人地热吻，舌吻之所以被称为“French Kiss”或许正是因为法国人民的恣意浪漫和奔放激情。因此，在这里，如果有人津津乐道“生活作风”问题，就会被大家嘲笑没有档次没有水平。对于私人情感等事，法国人向来没有好事之心，所以当然就不可能有媒体挖掘所谓的“拉链门”事件。达官显贵们除了要经济廉洁，办事秉公外，作风问题大可不必紧张惶恐。据说，密特朗死前要公布他和奥赛美术馆的女馆长所生的私生女，竟然得邀请媒体记者们，拜托他们向公众曝光一下，听来真是荒诞。

这些天来，我们赞叹咖啡、红茶、红酒、奶酪、牛奶在法国的价廉物美，觉得它们是少数几样让中国人都觉得便宜的物品。我们每日消耗着它们，过着这种不遵循历来饮食风格的日子。数数马上要离开的日子，我很是泰然。许多扇门，不是我随意可以进出的，身为过客的自己，总会向往回家，向往那一扇扇门后面必然会属于自己的生活。

三访奥赛

第三次到奥赛美术馆，运气依然不佳，广播里说：由于罢工，开馆时间推迟到11点。入口处的队伍长得可怕，一看，还有近一个小时！无奈，我只能加入长队。据他说，前一天上午他们也遭遇了地铁事故，差点迟到。巴黎人的罢工或“意外事件”说来就来，不温不火的，甚至有些冷漠。队伍中的众人无所事事，大庭广众之下拥吻的人倒是增加了不少，真是的。看来，到了巴黎，只能耐心，并在耐心中保持镇定。

来奥赛多次，我常常经过卢浮宫的玻璃金字塔，看一团团的游客在那里拍照，满脸激动的表情。对比之下，我显然已经过了这一阶段，每次走过他们，我都有种常客看新客的感觉。

在巴黎，排队的秩序相当好，没有插队、拥塞，一切都井井有条的，一旦自己的位置确定，就不会有任何焦虑的情绪。例如，此刻我就拿出了MEMO，用笔记录着即刻的情绪，这不啻是消磨时光的好办法。

前一晚，看了《巴别塔》(Babel)，英文词语中，babel及babble都是该词的衍生，根据《旧约》，诺亚的后代们曾想修建一座通天的巨塔，耶和华得知了，他在这群人中设置了语言障碍和混乱，让这些使用各种不同语言的人们产生了隔阂，分散于世界各地，彼此间充满了沟通的困难和文化屏障，根本无法交流，更何谈通往天堂。电影正是以一则则似乎有着内在联系的故事来表现人与人之间的沟通问题，文化风俗上的相互误解，以及不可避免的意义扭曲。一位美国游客在摩洛哥被当地两个玩枪的牧羊少年误射，于是，一场意外伤害被恐慌的人们和虚浮的媒体理解为政治事件和恐怖主义活动，一个人的身体痛苦折射了一群人的心理反应和道德水准，又导致了另一些人的厄运；失聪的日本少女由于母亲的自杀事件，无法与父亲及周围的人们沟通，用幻觉和臆想面对生活，她渴望被关怀，被重视，被爱，却做出了令人误解和费解的举动；墨西哥女佣私自带着美国东家的孩子从美国越境去家乡参加儿子的婚礼，返回途中，开车的外甥与边境警察的沟通错位，酿出了一出悲剧——孩子们差点在沙漠中丧生，而她则必须选择自愿放逐离境……面对着这样的故事，我唯有嗟叹，其实，我们都渴望能建成巴别塔，渴望通天的透彻，却始终误解别人或遭旁人误解。此刻，站在队伍中，耳畔尽是各种如同鸟语的外国话，我何尝不是迷失在混乱之中？

进入奥赛美术馆，我尽量用相机记录下眼睛所看到的一切，从印象主义之前，到印象主义，再到后印象主义，所有之前图片上的作品，都如此真实地展现在我面前。当年在上海美术馆，必须小心翼翼地隔开很大距离才能欣赏的油画，此时却能够如此近距离地观赏，甚至拍摄，我激动不已。希望能有再来的机会，我一定好好地、静静地凝望。

回住处之前，去了 Les Halle，那是个热闹的购物区，但是行走在其中，我没有任何兴奋的感觉。我常常自问：是因为物价的差距抹杀了我的购买欲，还是我原本就没有这些物欲呢？总之，两种原因都有，这里和上海的购物场所几乎没有什么差异，新鲜刺激感不够，自然不会觉得激动。

初进 UNESCO

兴冲冲赶到索邦大学，却被拦在大门口，被告知：no visit，只好在附近的书店和唱片摊上闲逛了一会儿，看时间差不多了，就赶往 UNESCO（联合国教科文组织）。

马上就要返程了，却一直没进过 UNESCO，沿途发现，UNESCO 建筑物的四周冷清萧索，除了零星分布的咖啡店、餐馆等，几乎看不到任何色彩明亮的点缀。街角公园里的梅花开了，淡粉红的颜色，总算给周围的凄清增添了几分暖意。

十余天中，对巴黎几乎是地毯式地探寻，如今，已经不觉得脚步紧迫了。对一个地方，到了深入不下去的阶段，就会想要离开。对于真实的城市民居生活，我们是渗透不进去的。原本想临行前去买点东西，却发现大量饰品其实都印着“Made in China”的字样，多少有些扫兴。

在教科文组织的餐厅里吃了一顿中餐，然后到他们的办公室里看了看，庭院里走了走，总算对这里的工作区域有了一个大致的了解。在毕加索未完成的画前，我驻足片刻，依然回想着听来的故事：当时，联合国教科文组织请毕加索在会议厅外作画一幅,双方的名声地位相得益彰,最初画家答应无偿绘画。画着画着,毕加索突然觉得不能没有报酬,率性的他再次交涉,提出要改变初衷,双方再也没有达成一致,于是,画家掷下画笔,连名字都没有签,拍拍屁股走人。后人的诠释各式各样,较为常见的是:连名人都无法免去金钱之俗!不过,个中的感受或许不是后来的解释可以说明的,愿意咋想就咋想,这倒是一份坦荡荡的态度,至于联合国,依然保留着这幅未完成的画,其实也是对画家最大的尊重和评价,两者的分歧,以一幅未完成作品来结束,其实已然是一定程度的圆满。

圣米歇尔喷泉边的晚餐

傍晚,我和D相约在圣米歇尔喷泉处见面(真像小说一般浪漫),说好了在临行前,一定要品尝一顿正常的法式菜。据我从阅读中所得,法国文化部在1990年曾经发动过一场"唤醒味觉运动",教育部准许小学开设专业的烹饪艺术系列讲座,先请老师们普及饮食文化。这也就是说,法国是依靠国家权力把饮食推广拓深到了文化艺术的层面,甚至到了国际化的程度。法国美食由来已久,在电影《玛丽·安东瓦奈特》中,我见识过精美繁复的宫廷美食排场,也看到过身着华衣的贵妇们用优雅的姿势吞咽食品的样子。据说,路易十六在上断头台前,还饕餮了一把,塞满了肚子才奔赴刑场。那场革命,让大量宫廷厨师走向了社会,让高贵和平凡有了一个完满的结合。来巴黎前,我们曾看过日剧《美味关系》。原来,日本人竟然如此推崇法国饮食,专做法式菜肴的厨师居然地位身份了得,还兼具骄傲儒雅的气质,让女人们崇拜爱恋。当然,日本人把烹饪文化上升到爱情艺术的程度,也并非夸张。前一天在左岸的拉丁区,遍布于喷泉边的书店中,烹饪书籍和哲学书、艺术图册摆放在一起,丝毫没有低眉顺眼的谦卑,倒像是彼此well comparable(相得益彰),烹饪书的画面精致,境界当然不同于我们所理解的柴米油盐。

坐在一家小餐馆里，我们从最简单的看菜单、点菜，到三道菜式（开胃菜、主菜、甜点）最基本的品尝开始，佐以手中的红酒一盏。其实，菜的内容并不特别，服务生却十分文雅，不卑不亢，充分显现拉丁区文化的温暖质感。喝了薄酒的我，觉得离开巴黎前的这一夜让我对这个城市陡生好感，因为，在巴黎的夜色中，过客的距离感倏忽消失。或许，在这个区域的夜晚，人们都放弃了时间的概念，悠然游荡在石砾铺就的小巷中，或闲坐在餐馆咖啡店里，纵然点菜、上菜速度很慢，也丝毫破坏不了安闲的心情。尤其是从餐馆出来后，大家还能在喷泉边听到街头艺人的吉他弹唱，甚至看到路人忘情地随音乐摇摆，夜色阑珊中，我竟然有了不想离开的念头。

下次再来，我一定要放慢速度。这半个月来，为了扫盲，我迅速地走遍了这个城市，却没有多余的时间坐下来沉淀，然而，巴黎的味道，就是要用大把的时间，以及愿意挥霍大把时间的人才能品味。对了，下次一定要去花神咖啡店（Café de Flore），从容地在萨特和波伏娃聊天、写作的地方落座，在空间狭小，居然到了摩肩接踵的座位上，体会一下闹中取静，大隐隐于市的泰然滋味。

是的，活到如今，我发现我欠缺的就是这雷打不动、我行我素的泰然，对周遭的敏锐和过激反应一直干扰着我的内心。到了巴黎，看到那里的人们在拥挤中保持优雅，在激动时恣意忘情的样子，我逐渐明白了，自己所谓的“敏锐”“警惕”或“敏感”，其实并不真是优点，有时候，就是一种无法自立、自足、自信的怯懦。有时候，少关注别人的存在，就是对别人和自己生存状态的尊重，更深层面来说，就是对自己生活的更大享受，对自尊底线的最大维护。一定的，我一定要安坐在咖啡馆里，无所谓被观察或是观察，在融入的同时保持自我，这才是我要的高贵。

D 比我做得好，例如，他和其他同事朋友的关系，就是一种彼此尊重、不干涉的默契，或许，这种泰然，也是他的一种自信，与生俱来，而我，则需要后天培养。挖到根子里，觉得自惭形秽：自己时常保持着警惕和独善其身的姿态，却还是免不了要远远窥探的好奇。想起了萨特、波伏娃，想起了毕加索、巴尔扎克、海明威，想起了王尔德，想起了曾经拜访并苦苦找寻的墓地，想到了他们生前死后都只是拥挤地占有着那块小小的空间，但是，他们却拥有最为宽广的心境，因为泰然。

离开巴黎，我要学习活得泰然而独立，学会尊重自己，放弃窥探，自由自信地活在广大空旷的心灵天地里。

相信，会再来。一定。

英国记游

行走伦敦

伦敦当地时间下午 6 点多，飞机安全抵达希思罗机场。就这样，英国之旅开启。机场共有 5 个航站楼，不过当时初来乍到，觉得似乎从广阔明亮的浦东国际机场，换到了陈旧狭窄的希思罗机场，有一点期待的误差。后来渐渐纠正了看法，希思罗的历史远远长于上海浦东，历史悠久的老牌，品质在底蕴上。这些初步印象，此后不断验证。新颖时尚立刻被后来的审美准则纠偏，外表之下的东西历来都是更重要的。

伦敦的夏季光照时间非常充分，第一天到达后，才发现晚间 10 点，依然天光可见。泰晤士河边一群群的学生旅客，笑声阵阵，暑期原本就是学生们专属。十几摄氏度的室外温度，穿各种衣服的人应有尽有，从羽绒背心到吊带露肩赤脚装束……而我，即便尽量多带了衣服，仍然觉得天气凉得有深秋的感觉，势必得购买保暖用品了。

来英国前，曾经听过歌手信的那首《英国的夏天》，他高昂激越的声音，甚至几个片断的近乎“声嘶力竭”，让我以为遥远他乡的夏天热情似火，看来，没有亲身体会，感觉都存在误差。

已经在半个地球之外，从上海的 38℃ 突然过渡到伦敦的寒冷，这个反差，始料未及。天空时雨时晴，云朵在天际迅速移动，这样的天空，未曾在想象中见过，D说，这样的天，这样的云，让他顿时明白为什么这里的文化中会有天使，会有如此多的篇章描写上帝赐予人光明，以及天庭的圣洁宁静。

其实，伦敦之行，就是把所有地图、画册、书本中久负盛名的那些名字一一落实，"原来真实是这个样子的"，这就是我第一天行走伦敦的唯一结语。有些汗颜，我在阅读中想当然的景物，都与想象有着截然不同的样子。我以为合理的诠释和理解，在现实面前也不堪一击。文字原来是障眼的，即便有几十个版本描写伦敦，其实都不能成为现实中的亲眼目睹。这个事实让我突然明白，原来我们通过阅读、聆听、想象的图景，只是个人的拼贴。不过，这样也好，这让千山万水，都成了个人独特的体验，无法从别人的解释中得到最终的验证，也让阅读和想象成了不断可以得到挖掘的宝库。

这样一想，觉得我再用文字来表现所见，或许都不会超越旅行图册的精准，客观的信息已经被无数版本交代过，而我，所能记录的，就是一种个人的感触，唯有这点，或许能在记忆深处勾画出我理解的文化图景。

行走一直是我最喜欢的接近城市的方式。通过徒步的行走，我可以近距离地接触各种场景，可以体验久负盛名的景物安放在某种"场"中的特殊感觉。更重要的是，最好那个目的地是你经过跋涉、探寻而至的，并没有人事先安排好时间、行程，甚至很专业地为你讲解。因为有过若干年担任导游的经历，我深知被人解读和讲解的景色，如同饮食被人搅拌切碎乃至咀嚼过的食物，安全，容易消化，却少有风味和独特的享受。

行走在伦敦，这个历久弥新的地方，让人不由自主产生一种亲近，原因就在于其中满目遍及的绿色，丰富的植被，以及可以随时到达的绿肺。那些绿草地、参天大树，张扬着其蔓延伸展、生机盎然的蓬勃生命，没有汽车干扰的步行道，时刻在告诉行人，这里、那里都可以接近，没有关卡、岗哨，也没有进入所需的票证与资格。除此，皇家骑警、白金汉宫的警察、国防部、警察总局（苏格兰场）、农林渔业部、科学院、白厅、议会大厦、王宫等，都朴实地展现在人们面前，从来没有拒人千里的冷漠和高傲。很早以前，中学的一位语文老师曾无比感慨地说："最平易近人的，恰恰是最有深度涵养的人。”原来，景物与人在这一点上是接近的。傲然冷漠的事物，总没有过尽千帆的泰然大度。

抵达距伦敦两个小时车程的赫斯蒙梭堡（Herstmonceux Castle），在这片如此安宁甚至有些寂静的地方，广袤的绿野中的这幢文艺复兴时期的古堡，还有零落一旁的住所，令我惊讶到艳羡：如此平静的生活，简直是一种莫大的享受和奢华。当时电话那头的他，不该如此淡然地提到这里的环境，这份远离尘嚣的恬然，已经不能用“远离尘嚣”（*far from the madding crowd*，英国作家哈代创作的小说）来形容了。这里，虽然离开了都市，却最接近人的灵魂，很多嘈杂下想不清楚、弄不明白的问题，到这里，只消对着茫茫的绿野远眺，都豁然开朗了。

清晨，从古堡吃完早饭回来，一路上看到三两个学生，匆匆地赶往教室，反方向走往住所的，只有我一个人，擦肩而过时，笑着问候一声，心里很满足，满满地装着对安宁空间的渴望，想着回到房间里，泡上一杯薄荷香茶，对着键盘，把感受好好地记下来；想着大量信息存在我的电脑中，下面的行程要好好计划，还有屋里屋外仿佛只有我一个人的那种自由自在，太开心了。

看风景的我，已经慢慢从填补旅游信息和空白的焦虑中过滤出来，渐渐懂得，有名有姓的风景，看过了，就像洗过的底片，成像后能成为某种佐证，冰冷客观，可只有心灵里那道无法描摹的风景，进入的不仅是视线，还有思想和灵魂，它们会像精灵般潜入不知何方的深处，时常会来抚慰人焦虑的情绪。

虽然现在还没有走访任何知名作家的故居或曾经的寓所，从目前的体会看，我充分明白在这样的视线和节奏中，他们容易流注笔端的情绪，还有那份敏感细腻的心情。此刻，我尤其能体会亨利·詹姆斯在多雨的清晨坐在窗旁，一个人静静地想着远离他的人群，还有那一颗要执著于文学的决心，以及愿意为之舍弃人世亲情爱情的慎独。

或许，正是这份深入骨髓的孤独和冷静，让他编织起了这样的文字之网，精细到让人觉得他太耽于耗时玩味这样的文字组合，然而，面对着这茫茫的天地，或许作家就是有这种可以肆意挥霍的自由和时间，还有可以静下心来揣摩的意境。

联想到诗人华兹华斯，彼时他曾经从西敏桥上，为伦敦这颗巨大的心脏深深地吟唱，如今看来，景色全然不同，摩天轮大转盘在桥畔缓缓转动，游人如织，也不复当年清晨时分寂寂沉睡的宁静，这颗心脏仍然在搏动着，看尽了历史的沧海桑田。今天的我们，还是站在这样的桥上，个中感慨不同，唉，同样的空间，有了时间的差距，盛放的感受和故事如此不同。真是历史和人世的奇妙。

散　念

在非母语的环境下，买东西总是不尽如人意。我们去了离古堡大约二十分钟车程的 ASDA 超市，看到了价格合适的产品，省却了挑剔的提问，直接刷卡买下了。鬼使神差地，忽然想到看看这个日本牌子的相机是否会出现“Made in China”，极为讽刺的是，这几个字出现了。千里迢迢而来，依然买了中国货回去，哈哈！在回古堡的路上，美国老太太问及我们购买了什么，我俩居然忘掉了爱国文化教育，充分而诚实地表达了买到中国制造产品的失望和担忧。这样反讽的表现，是我表达情绪后才忽然意识到的。看来，全世界都离不开便宜的中国货，可是连中国人也担忧国货的品质，这反映了严重而又严肃的问题。买价廉物美的东西是人人的心愿，可是，当品质成为首选要素时，中国货却陷入了尴尬的位置，而且这种认知，居然也成了我们的集体无意识。

下午，在伊斯特本（Eastbourne）的购物区，居然看到了许多价格低廉到难以置信的东西，大脑里的第一反应就是“Made in China”，决定买东西时，甚至要查验标签，希望不出现那几个字。矛盾的消费，矛盾的心态。在这样一个海滨旅游城市，饮食消费一路走高，我们对此的解释是，这是中国货渗透不进的产品区域。饿一顿饭，居然可以消费饰品、服装，这样的等价，女人一定会毫不犹豫地放弃饮食，虐待肠胃。

作为女性的我更偏好形而上的感受，行走在乡间田野，看缤纷纯然的小花遍布乡村，蜿蜒的小路指向远方层次不一的原野，内心就会涌上莫名的快乐和满足。那个时刻，所有品牌能带来的感官快乐，似乎都悄然隐退。哪怕有热衷旅游咨询的人士提供某处某地的胜景，告知不到何处枉来某地，我也会心生倦意。景色原本就是落在心里的那点感应，非常个人，不关乎社会人的信息需要和面子问题，很多必到之地，在于我，都是可以免去的。

跟着自己感觉走的我们，有时又不得不陷入某种无奈的被动。所有美好的东西，都要有信息传播的载体存在，转瞬的感动和赞叹，没有客观的评判准则，没有人拿来将它们落笔化实，就会像孤魂野鬼一般飘荡在无形中。同时，感喟如若没有可以交流的对象，也会随着记忆和生命同时老去甚至消亡。诗人在寂寞中，依然要吟诵，为着那些不知是谁的听众或读者。

这样想来，名胜古迹还是要落在行程和计划的实处，只要撇去那份僵化刻板的心情就好。

坎特伯雷的思绪

气象预报当日有大雨，原计划去看一处古罗马时期的废墟，暂时作罢。也好，房间里暖暖的，看窗外风雨大作，自然有一种很惬意的感觉。走了坎特伯雷小镇，还有奇勒姆(Chilham)村，也可以趁此空闲记录下来。

从伊斯特本坐一个多小时的火车，就到达了坎特伯雷西站。一路想起从伦敦到那里的一百多公里路程，在从前，徒步要走上两三天，从而有了乔叟的《坎特伯雷故事集》。打发时间，每个人讲述一些故事，然后汇集起来成书，这就是这本文学典籍的来历。现代交通缩短了朝圣巡礼的时间，自然也剥夺了人们在行程中因跋涉劳顿而激发的想象。车窗外一片迷人的田园牧歌风光,牛羊马群自在悠然地在青青草场上徜徉、栖息,甚至懒洋洋地卧躺、匍匐。这样闲适的环境,总勾起人心底那点相隔天涯的怅然,觉得跨越了千山万水,看到这样一幅似乎没有忧虑的图景,心生羡慕,备觉无奈,同时又自我安慰,毕竟这是表象。

坎特伯雷是英国国教会的总部,因为同名的大教堂而闻名于世。抵达后,又是一番感慨,这是一个多么古老而怡然的小镇,走遍全镇不过半小时路程,可是那许多古老典雅的建筑,蜿蜒而过的小河,不远处散布的以"坎特伯雷故事"为主题的旅社、蜡像馆、纪念碑、博物馆、教堂、修道院等,都弥漫着回到往昔的怀旧情怀。

小镇的步行街上,不期而遇一位街头中国乐师,弹奏着电子独弦琴,悠扬的宛若丝竹的乐音飘荡在异乡的街头,竟让人有魂不守舍的感觉,这种乐曲,负载了魂魄,勾了人心。恐怕这样的波长,正好拨动了某一群人的心弦,至于其他人,我驻足观望过往行人的表情,好像找不到那种沉醉怅惘的神色。真所谓"众口难调"(One Man's Meat)。耽于想象的我,在下面的路程中,总是遐想这名乐师或许不平的命运,他在中国或许有曲折的故事,有委屈不公,流浪到了他乡,把音乐带入了这个截然不同的文化氛围中,思乡抑或忧伤,我们只能从流淌出琴弦的声音中,不断揣摩,发出共鸣了。

坎特伯雷大教堂的雄伟壮观,不进入是很难体会的。这也印证了我之前所说的"亲身体会"。走在那样的尖顶建筑中,看穹顶绵延的勾勒线,顿时觉得心灵一定要有一个归属,在回廊的环绕中频频感受到某种冥冥的牵引,透射着天光的彩色玻璃似乎在呼唤着灵魂的皈依。可以想象,一个落魄困顿的异乡客或是长途跋涉的朝圣者,站在那个气场中,会得到怎样的抚慰,激发出怎样虔诚宁静而悠远的感动。当地教会大学的毕业典礼在主殿中进行,长长的学生队伍,个个都穿着学士袍,好像奉上帝的旨意,要追随神圣的天命而去。

喜欢回廊的环绕,喜欢在延宕不尽的转弯中看到层层叠叠的门和廊柱,仿佛其中的转折中隐藏着许多神秘,仿佛光线在这样的婉转中,发生了偏离，飞出了轨道，让人恍惚间看到了往昔、现在和未来的交错。我更着迷于那些带有残垣断壁风格的建筑，或青灰或黑的砖石中透着点风化的白，就像被时间细细地抚摩过，有些沧桑，却依然雄浑。

我常认为旅途中的迷路和行程的迂回曲折是命定的，往往会指向不期的惊喜，因此，我从来不会为所谓的冤枉路感到焦虑愤懑。没有这段似乎是多余的行走，我们就不会发现坎特伯雷古城的遗址，不会看到这样三层的建筑物，在自然的风化过程中，每一寸细节上都铭刻着岁月的密码。脚底是酸痛的，心情是欢悦的，因为走偏了路，遇到了原本不会擦身而过的景物，一定是生命的缘分。

终于把《坎特伯雷故事集》落实到了具体的时空和具体的体验中了，回去一定要好好再阅读这部经典，在拓展深化的语境中再次聆听这些叙说片断。在这个不再是想象的地方，我们曾坐在西城门的阳光下，看着流水绕城而过，咬着面包，眺望绿草地、一排排的屋舍，在午后享受着半小时的光阴。如果再邀上三两好友，拥有这方居住小舍，搬出几张靠椅，一起坐在河边草地，如何？我问D，他想了想，摇头，如此回答，“当这些东西成为生活必然的一部分后，人就不会珍惜，就像我们只有离开家，才明白那份热闹嘈杂是如此活色生香，觉得人与人拥挤着，靠近着，摩擦着，也会是另一种快乐”。对了，另一种快乐形式，因为熟悉，所以忽视，我们不断在重复着这样的熟视无睹的模式，就像吃了一个月西餐的他，吃了一盘稍稍加工的方便面，都会露出如此满足的快乐表情。

这样的故事，依然发生在我们后来前往的奇勒姆。这个恍若隔世的中世纪风格小村庄，有陶渊明的世外桃源风味，寂静的小路居然大方地拥有“The Street”这样浑然跋扈的名称，可是路上行人只有我和他。我们沿街行走，路过园艺精妙的小楼庭院，看到阻隔了现代时光的中世纪屋舍，缓缓的坡道，一路回响的只有我们俩人的话语。喝喝茶，聊聊天，坐在长椅上，才符合村庄的节奏。

英国的典雅悠长和法国的浪漫洒脱，都是一种被岁月铭刻凝练的形式美，只归属于那样的环境和那样的人，如果旁人、他处要模仿，就会显得拙劣累赘。在英国,古典其实毫无刻意的劳顿感,就像浑然天成,绝无有意为之的僵硬。例如,优雅宁静的小镇、火车站或汽车站居然比中国内陆乡村都要俭朴谦和,通往国际机场和大都市的火车月台,除了一个略可挡避风雨的透明顶棚,别无他物,比一户普通农舍都要简单,交通中转的功能之外,毫无有意装饰之嫌,极端简约。这让我不得不联想国内一些气势轩昂、环境考究的车站,它们大多恨不得立即抛却拖曳在身后的漫长历史,以全新的摩登姿态忘却祖宗八代。其实,这种截然不同的态度,恰恰反映了新贵一族的文化失落,他们拿原本不属于自身文化的“贵族”头衔来框定自己的人生坐标,从而在其中做戏显摆一番,财富的充足或许有了,真实的身份和自然的文化生态却失落了,真所谓文化负荷过大的消极受害群体。

这几日居住在古堡附近,不知道是否每日三餐大致体现了典型的英国饮食习性,我和他在饮食文化上有较大的观念差异,此刻很有随笔记录的愿望。

在吃的方面,男女有别,或者说我和他的差别很大。他十分热衷于探寻美食,把享受塞入肠胃,获得满足,而我,或许更为虚荣,觉得饮食放入身体,除了感官享受外,留不下记忆凭证,消费上有些可惜之嫌。当然,古堡餐厅最大的弊病(哪怕这只是我若干天居住后的观感),就是单调枯燥。英国作派的饮食,在街头巷尾可以略有体会,标志LOGO明确有趣,朝南的阳光座位类似于法国,当街大快朵颐的文化毕竟相通。正式的室内餐饮,也大多谦和有礼,笑语轻低,其乐融融。不过,从店门外的招牌往往首推“今天有新菜式”来看,菜谱单调重复恐怕是一大特征。

十七世纪,英国开始从中国进口数量不多的茶叶,此后英国人对茶叶的需求量不断提升,到了19世纪,喝茶的需要和兴趣达到了高峰,他们就在殖民地印度种茶取得原料,红红火火地延续着好茶的举国品质。现在,英国人每天消耗的茶叶,大部分来自印度、尼泊尔和锡兰。因此,每日到餐厅吃饭,总可以取到品种各异的茶包,四周飘散着面包、沙拉、烤肉、咖啡的气味,这和中国人品茶的诗意纯净好像有很大的出入。茶香飘逸这个词,恐怕中英两国人民随之而起的联想会截然不同。对于中国人,茶香了,除了悠扬出世的音乐，一般不允许有其他味道的介入与干扰；而英国，茶香中弥漫着饼干、糕点、牛奶等的香味，是入世热闹的混沌，可以和生活的各种味道调和，弥漫出新的味道。

因此，回到屋里，泡一杯红茶，加上各种调味，看窗外风雨大作，就是一种享受。田园风光长驱直入心脾时，最好也手捧一杯红茶，这时的心情，完全不同于中国山水和中国绿茶的清冽，纯粹是一种厚重调和的感觉。因此，从我这里向窗外眺望，草坡、树丛、野兔、远处的茫茫天际，就是一种入世的调和，也带一点通俗的富足感。这样的环境，出了那么多前卫反叛的作家，还真是一种反差。

王尔德向世人宣布自己的同性性爱取向；劳伦斯大胆描写男女性爱的和谐和血性主题，用以弥补机器工业对人类的戕害；亨利·詹姆斯执笔用心理现实主义潜入了少有人探究的人类内心；伍尔夫放弃对外在的关注，把视线投向水流一般无从由逻辑把握的内在……

当然，有人说："世界上许多的罪名，是不正常人对正常人的宣判。"这句话有时候颇有道理，在这样的富足浑厚的文化氛围中，滋生出一些新的混合和交融，结合许多新的元素，这原本就是这片土地所赐予的优势，这些前卫者，初尝了某种杂糅，品出了新的风格，最初的不被理解，或终身的冷落寂寞，都交给了漫长的历史。

小城巡访：莱伊、黑斯廷斯、索兹伯里

两日的行程紧凑紧张，每天回到住所已经过了晚间9点。将当日照片编辑好，常常睡眼惺忪，一整日超过五个小时的行走，也让我无法坚持把每天的感受记录下来。

晚间9点，太阳刚刚落山，天哪，无法想象，羊群还未徐徐归去，白昼的时间就这样多出了许多，生命的质量和含量或许也提高了不少。我反复

说:“终于明白莎士比亚十四行诗中‘把你比作美丽夏日’的真正含义了。”夏日的美丽,首先是很少超过25℃的暖煦柔和,更重要的或许是长长的阳光普照,让人忘却了黑暗的恐惧。

两日来,我们从南海岸的莱伊(Rye)和黑斯廷斯(Hastings),一直探到了英格兰中部的索斯伯里(Salisbury)。说真的,所有具体的信息都在客观的资料和拍摄的图片中,复述本身并没有太大的意义。点滴的感受,常常让我有转瞬即逝的担忧,因此愿意牺牲睡眠来好好整理。

其实,最让人觉得温暖美好的是沿着莱伊的牧场一直走到坎伯尔古堡(Camber),这一段近两个小时的路程,旅游书上没有,很多资料记载中也会省略,而我记住它的最大原因,是因为D的细致。在我没有抵达英国的时候,他已经跟随着一次学生的实地考察来过莱伊,走过这段遍地羊粪,散发着夏日泥土气息的漫长道路。回想起来,心里多有内疚,因为当时的路途遥遥,看古堡似乎越发偏离视线,有些担心时间。牧场四周无处挡风,为了这片美丽的原野牧歌式的英格兰风景,为了能留下我们俩人并肩前行在如此草场的记忆,他甚至架起了三脚架。可是,大风屡次把架好的相机吹倒,最后他遗憾地放弃了这样的打算。现在回想,觉得自己站在镜头的景深中,居然如此平静,没有考虑这样漫长的距离,他已经走了两回,而唯一的目的就是再次和我同行。

几日来,古堡、遗迹、中世纪小城镇风貌、教堂、草场等,在视线中目不暇接,甚至略有重复的单调感,这些美好,就像生活在我身边的他,而任性的我,因为熟悉,以为拥有的惬意是理所当然的。我在旅途中似乎不断体会到自己这种熟视无睹的习惯,无论是对景,还是对人,甚至是面对自己目前的生活状态,看来,是时候反省了。

还有一种特别的感受,当我们把想象一一落实后,究竟是快乐还是怅然,是惊喜还是失望?在莱伊的兰姆舍(Lamb House),刚要踏步进去的我原本是激动雀跃的,因为亨利·詹姆斯(Henry James)十六年的时光留在了那里。进门后,房屋管理人员浮光掠影地介绍了作家的故居,尤为兴奋地提到詹姆斯居然是莱伊镇第一个安装电话的人。

走入小楼，我们发现，除了一些网上可以随意下载的肖像图片，以及一些书籍之外，屋内陈设普通，没有任何具有“深度”的内容。即便是后院的花园，谁知道是现在住户的个人设计，还是真正的原景。想来全身心投入创作的作家，或许也无暇打理这些园艺，就算园丁花了大量的精力，恐怕他也不会过多关注。肖像和头部雕塑都让我原本愿意忽略的作家形象过于真实地落在了实处，甚至和我的想象出现了一些消极的偏移。走出小楼（二楼居然是现住户的私人空间，游客止步），我的心情多少有些矛盾，千里迢迢地来，曾经好多年都在神往、揣摩，甚至感喟的这个人，具体和现实化之后，我原来漫长迂回深邃的思维线路突然被无数“捷径”拦腰斩断，一切明白真切后，反而有点陌生了。

好在当日的阳光明朗温存，田野里远眺着羊群，甚至亲身穿越羊群，徒步走了几个小时后，慢慢地释然了。横亘在眼前的绿色，从来不会让人产生厌倦的感觉，虽然具体，却毫不俗艳，每个角度都不苟且粗略。处处有机肥料，自由生长、随意悠闲、富饶满足的生命，明明承受人类的圈养，却好像从来不受干扰一样的自然。这种田园风光，夹杂着厚重的粪便泥土气味，丝毫没有做作的矫情。

就在这样质朴的乡间，接接地气，看看几百年的历史遗迹都遍地羊粪，突然觉得老天最眷顾的或许就是这份浑然无知的人间快乐。

这样的天然质朴，其实黑斯廷斯小城也有，那里虽然是诺曼人最初征服罗马人的地方，遗迹无数，可是在夕阳的余晖中，海边屋舍、草坡、行人的悠然一体，似乎向所有观者展现了这样一种姿态：这里很古老，很悠久，大家都明白，我也很清楚，可是，生活依然继续，没有什么大不了的。历史丝毫不对这座美丽的小城形成任何的负担，除了自信，还有那点怡然自得，不过，仍然质朴天然。

当然，这样的感觉到了去索斯伯里的巨石阵，就有些被干扰了。修整和展现的气势太强大，游人们绕着漂亮整齐的草坪瞻仰历史的神秘，这份张扬，反而让我有几分抵触。当然，巨石阵没有丝毫的问题，或许这点内心的纠葛，来自于想象的落实。

土地和废墟，遥远往昔那飘散不去的灵魂，这些似乎在古萨勒姆（Old Sarum）展现得更充分，由于缺水，这座曾经的古城中心被全部遗弃，现在只留下四周依然青葱的草地，还有曾经的碉堡、宫殿的残余。这里，被钉住的想象松绑了，盘旋在无法叙说的石碓和风化的遗迹上，竟然带着如此醇厚的意境，一时也挥散不去。

习惯是如此可怕的东西，胡思乱想的白日梦跟随了自己几十年，瞬间被剥夺后，自然怅惘不已，可是一旦有了重新想象的空间，顿时开心起来。白昼将尽时分，不期然地看到索斯伯里小城的花园里有一只美丽洁白的天鹅在水中徜徉，最终回到贝德楼前，看到古堡门口草坪上有一群野鸭（野鹅）悠然自得、摇头晃脑地觅食，还有那棵一直想拍摄的孤独而茂盛的大树，依旧生机盎然，浑然天成。天色终于暗下来了，想象也终于升腾起来。

千里迢迢，原来不是为了对往昔想象的落实。

南岸漫步

海边、悬崖、峭壁、原野、草径，阳光灿烂，更重要的是，踏过这样松软的草地，全身心融入这样的自然，一路前行，不再有任何犹豫。

英格兰南海岸的阳光和海风，怎么如此随性淘气，围巾和头发被吹得群魔乱舞，可远方近处分明就是安逸恬适的图景。“七姐妹”（Seven Sisters）是海边七座白垩峭壁，因为自然的曲折，仿如并列的七个姐妹，在海边如此醒目。走在这样的草坡上，心里却是一种平静的阅读心情，不断回味维多利亚时期小说中的草地漫步，联想着电影《理智与情感》中用直升机航拍才能捕捉的田园神韵，想着如此天堂般的海景和草场、牛羊与行人，居然在我活了近四十年的光阴中才第一次出现。

更强烈的愿望出现了：我愿意生活在这样的地方，终生。美丽西子湖畔成长的我，从来挑剔人居，如此毫无芥蒂地向往，好像是有生以来第一次。虽然，我明白这是理智退位时的情感冲动，可是，这样的想象图景捕获了我的整个心灵：和爱人携手漫步在草色之间，猛然转弯，就看见湛蓝的大海，还有活泼健康的儿子嬉戏在我们眼前……这样的遐想，超过了奢望，属于梦境。

我喜欢攀登和跋涉，这里的人也一样。想起上午坐古堡的小巴，年长的司机在车内播放的音乐竟然是德沃夏克的《自新大陆》，这是旧大陆的人对新大陆的向往，还是世界大同欢腾背后的惆怅？肃然起敬，为着一个普通的老人（或许普通）能在世俗笑闹中保持这样一种善于倾听的宁静。

这样的一段旋律，在我靠近海滩、草场之前，就已经铺陈了非同一般的格调，展开了截然不同的审美坐标。行走的过程中，我一直想，这样一种精神生态，是否会让造物主在欣赏自己的作品时，欣喜不已，偏爱有加？为何，隔了半个地球的地方，却有那么多人不可自拔地陷落在钢筋水泥中，乐此不疲地放弃大自然的恩赐，愿意把森林、田野改造成更多的摩天大厦？那里的司机，怎么可能在杂务繁琐中，捕捉那若隐若现的美好华章？我们俩都明白，这是经济发展中的必然，是要超越了这个阶段后，才愿意回头后悔的必经之路。

我听过别人引述的爱因斯坦的一次访谈："爱因斯坦先生，死亡对您意味着什么？""意味着不能再听莫扎特。"最自然的质朴和最难以解读的美妙乐曲，这对似乎矛盾的连体，也让伟大的科学家折服，我想，爱因斯坦需要的乐音，就像文化密码一般隐藏在那些热爱生命和自然的人们心底，因为这份喜欢和需求，才有了欧洲大陆和英伦大众的这份优势的文化吧。

在这里，抬头低头都是自然和泥土的纯真气息，虽然近在几小时火车车程之外的伦敦，文化堆积得让人劳累，可是，随时跳脱而出的反差，恰恰映衬了这份文明的优雅。下午，在回古堡的路上，车上另外一群人刚刚去了伍尔夫乡间的寓所，据说她和画家姐姐范妮莎当年长期居住于此间，生命的终结也在这片乡村附近。我心里为自己没有参加这次实地考察而略感懊丧,不过立刻纠正了心情。我常说,不要收集过往的种种遗迹,企图留下所有票证、纪念物,这样,记忆负担太重,会无法更好更悠然轻松地拥抱未来。确实,我也告诫自己,不要单纯为了积累文化信息,让自己的行走观感沦为程式化的填空和聚集。

对于内心,我们需要的是一份随时打扫、清空和干净的心情。有过了乡村草径的行走和探寻,面对着牧场和海洋文明,占尽了临水依山的惬意,试问,还有什么样的不快会梗在心头?满山满坡地毯式的绿草,瞬间又跳跃出英吉利海峡的开阔和融通,周围人力作用尽量以谦和的低调出现,无论是原木的栅栏,还是灰褐色的水泥路,都让人随时保持着清空情绪垃圾的便捷。就算到了人潮涌动的城镇,伊斯特本的所有建筑都毫无争奇斗艳的热闹心情,因为最高境界的美,就是浑然天成。

我的向往中并没有不爱家乡的情绪,我明白千里之外的家乡,还在路途遥遥地追随着凸显的效果,回到内敛的低调,还需要等待,只是,希望这份等待"看山是山,看水是水"的真我境界的过程中,尽量少一些不可逆转的人为破坏。

一些文章抨击中国目前的新贵们以"回归自然"的姿态,不停地骚扰自然,破坏生态。我明白这种回归是永远不归的狂飙反叛。当然,试问谁能真正闲散平淡,像河水流入大海般消散自我呢?

当城市中越来越多的人开着排放尾气的汽车去朝圣自然,当家家户户开足空调,在家里模拟森林水泽的舒坦时,我忽然发现,连我们的抱怨都如此胆怯卑微,不够真诚。

回到城堡,正好赶上那里的一次周年庆典,军乐队、仪仗队、全副武装的军人们把野鸭们暂时吓走了,热热闹闹一番,居然还有人模拟女王接受阅兵。散场时,看到一位举旗的老人,穿着军装,趔趄地扶着旗杆大口喘气。半小时晚餐后,走回住地,看到水边的鸭子又出来了,仿佛一切未曾发生,突然觉得,真正胆怯而不真诚的,是被文明浸染的我们。

牛津印象

到了大名鼎鼎的牛津，第一观感就是嘈杂纷扰，拥挤焦躁，竟然莫名地涌上了不合时宜的后悔，我当时的担忧就是，这一趟大学城的“朝圣”一定会有落空般的失望。

这原本是赫斯蒙梭堡夏季学期安排的学生实地文化考察，教师及家属的加入属于附带的便捷利用，本身的目的就不够单纯。两大车子的人到达阿什莫林博物馆前的集合地点时，已经接近上午 11 点，清晨的宁静早已消散，处处人影晃动，具体到我们无法再填入所有关乎牛津的想象。

从牛津城中心的卡法克斯塔（Carfax Tower）往上爬到塔顶，一路旋转式的楼梯转得人头晕腿软，楼梯的宽度也只能容身一人，气喘吁吁地到达顶上后，看到整座城市在熙攘的人群和明晃晃的阳光下，竟然没有一丝我曾经向往的气息。这个从十三世纪就具备了大学城面貌的城市，原本的宁静和厚重，好像被团队旅游的热闹给耗散了。

据说，历史上由于学生和市民冲突的矛盾激化，有一批牛津的师生为了远离纷争嘈杂，东行 80 公里，重新开始学校和教育建设，由此诞生了剑桥。很多年后，剑桥校友又在美国创立了哈佛，名校渊源竟然都发轫于此地。很多人都曾满脸神往地告诉过我，剑桥美丽幽静，加之徐志摩和林徽因的那段故事，更增添了另外一个大学城的魅力。面对牛津，我忽然觉得，这个西方教育的母体，一定承受了太多的负担和包袱，反而很难焕发新的生命力。在埃什莫林（Ashmolean）博物馆里，看到透纳风景画中的老牛津城，对比之下，原来的肃穆、安静消失殆尽，庄严自然也减分不少。记得有人曾说，牛津的名字原本就是渡口之意，彼岸才是它存在的最大功能和使命，看来不假。

曾经的辉煌在我们的博物馆参观中被一一证实，从自然科学史馆，我们了解到,几乎整个近代的科学发展都与牛津产生联系:波义耳在此发现了气体体积和压力的关系,由此得出了伟大的波义耳定律,罗伯特·胡克的显微镜也诞生于此……这些人类史上重要的理论背后,都有牛津的影子,路旁,我还听到有带队老师在那里激昂地高声介绍:"英国三十几位首相和国家领导人都出自牛津……"还有李约瑟博士,他让英国人在沉醉于西方文明的同时,不要忘却了神秘遥远的,拥有文明财富的东方中国。这些几乎凌驾于崇拜之上的人类文明的先驱,就默默地隐藏在牛津的角落,怎么站在其中时,心里却毫无翻腾感动呢?

难道越是伟大,就越消融于历史,越发躲避人们崇敬的视线吗?当然,这种深奥与平实通俗的绝妙结合,在牛津确实有绝佳的实例。数学教师刘易斯·卡罗尔的《爱丽丝漫游仙境》就给世人展现了这种奇妙的结合,害得女王想看此人的新作时,收到的却是高深的数学著作。

当然,用隐秘随和来形容牛津,是对它的褒扬赞赏,如果再放眼,看一堆堆游客杀进商场血拼,甚至看到大家拎着一袋袋减价促销的商品在路边经过时,这又是一种新的反差。在一间平价商店中,我们还亲眼目睹了这样一个插曲:年轻女士在结账的时候,购买的大包中包裹着小手袋,衣物中藏着小饰品,想掩人耳目地占点便宜,被收银员查出,居然也面不改色,镇定依然。这种行为方式和态度,与这个小城倒是发生了一点趣味无穷的对照,规模旅游业的发展,必然与历史人文和自然景物的美好产生些许摩擦。

我自然感慨颇多,原来以为这样的龌龊,不会在这里发生。前几日,在交谈中,我们总是臣服于西方发达国家的文明闲适和优雅,对国内的一些压抑人性格发展的做法颇多微词。看到此处老人悠闲尊严的生活,社会处处设置的对残障人士、老年人、儿童的优待爱护,我们也多有赞同,尤其对西方社会推崇"游山玩水"表示敬意,感到这片土地滋养人们对自然的热爱,对生活的高品质追求,毫无中国人把旅游当作游手好闲或显摆阔绰的消极刻意的态度。可是,对于这种似乎杂音的不雅行为,尤其是行为者恬不知耻的态度,我似乎看到了法制健全背后的刻板和僵化。

走在街头，我们会发现人们在慢节奏中养成了程式化的反应，交谈时一次话题交换，只能输入一类和单个的信息，走路不能随意转身或改变方向，否则会吓着其他人。同样，方才提到的如此不堪的行为，只要没有法律程序严格要求的证据，行为者可以大大方方，因为方程式没有出错，而验包者也不会偏离程序表示出怀疑。

这种刻板的法律方程式，带来一个具体的好处，即只要你不触碰规则底线，走在人群中，就可以毫不在意自己的穿着和体态，哪怕摇曳一头蓬发，抖擞满身的脂肪，都没有人可以找到任何一条规则来限制你。然而，这些有违于常规的表现，在我们生活的环境中就是一种骚扰，就像徐志摩曾经说过的，“我们多长一岁年纪往往只是加重我们头上的枷，加紧我们脚胫上的链”。此话确实无疑，为着年龄，出行时往行李中装入的都是肃穆的白、黑、灰，到了这里才发现暗淡的忧郁好像不应该属于我渐长的年龄。甚至，在某种忘情的快乐、莫名的焦虑、低落的消极中，向往着能独自一人，不成为谁的谁，不被牵着固定计划的线路去填空，在礼貌的介绍中不断成为某人的定位用语，并再次反衬自己的名分。

我不知道自己的行走目的是否符合这个时代的经济考量和生活节奏。出门的小心翼翼，把大半的乐趣消减了，可是不小心谨慎，就无法看到更多“正宗”的风景。十八九岁时阅读散记，最喜欢那句“生活的趣味大半就在不预期的发现，要是所有的明天全是今天刻板的化身，那我们活什么来了”，等到自己要养家糊口，发现这种不可预计的“发现”才是人生最大的奢侈。走在历史沉淀的牛津，看一群群成人、少年排队于此，听着领队的介绍，忽然发现，自己仿佛回到了十几年前带团的心态，觉得旅行是必要的经过，是一种信息的提供或接受，完成它就像完成回家作业一样。这种模式的重复，曾经让我毅然放弃了旅行社的工作，因为这是对生命美学的戕害。所以，牛津的这种游客模式，多少让我遗憾。虽然我明白这是旅行中必然的遗憾（太多经济、时间、安全的因素）。

一早，在餐厅遇到一位加拿大老妇，打过招呼后她采用了设问句，“牛津很美好吧？”我原本的答案是“It’s ok”，可是谁愿意较真呢，老妇人发出感慨:“Oh,Oxford is amazing!”满脸的沉醉。

一个人的牛津,每个人的牛津,不是大家的、一样的牛津,这就是旅行的意义。

古堡之巅

中午时分,和古堡的管理员约好,要登上塔楼俯瞰城堡。绕着迷宫似的楼梯往上走,我感叹自己毫无方位感,时刻会有迷路的困惑,谁知,这位绅士安慰道:“我在这里工作了好几年,有时也找不到路。”古堡的迂回神秘,就在于此了,让熟悉和不熟悉它的人们,忘却身在何处,可耳畔分明能听到周围的人声,偏偏迷惑于自己的位置,这种感觉,绝妙之极。一路绕行向上,也明白了那日周年庆典中军队在塔楼击鼓的意义,这其实是一种古代的仪式,目的在于通知古堡居民,战争结束,或者一日将尽,赶紧回城堡,要关大门了。时至今日,这个具体的功能,成为某种附带文化象征的仪式,文明的过程往往具有这样的程序,就像长城上的烽火台,狼烟四起的庄严景象,带给现代人的不再是具体的外族入侵,而是往昔岁月的一种文化符号和信息了。

第二天即将离开古堡,仿佛巧合,中午在餐厅,司机尼格尔先生坐在旁桌,闲聊中,忽然餐厅大门敞开,走入四个衣着仪态普通的人,其中一位老人驼背蜷缩着身体,看上去很孱弱,走在前面的一男一女,面容镇定,轻声轻语地和坐在门口餐桌的一位女士打招呼。一切都普通到不会让我再多看一眼,可是这一刹那让我震惊,尼格尔慢慢地说:“这就是贝德先生和夫人及家人。”

贝德先生就是古堡的主人,这个早期从事化学制品工业的加拿大亿万富翁,在事业步入稳定后,投入艺术品收藏爱好,买下了古堡,当生日礼物送给妻子,之后,又全部赠送给女王大学,并出资在古堡附近建造了贝德楼，即我们此刻入住的宾馆。他的捐赠，融入了教育投资。此外，每年古堡的维持费用居然高达200万英镑，都由贝德先生默默而慷慨地支付。

真正令我惊讶的是，贝德一家的出现，丝毫没有“艳惊四座”，同样的景象，放在中国，那该是怎样的壮观。记得当年，一位香港的亿万富翁回到他投资了一半建校资金的内地大学，外语系的女生集体穿上盛装，挥动鲜花，高喊着“欢迎”，还要满脸微笑，更荒诞的是，这样的欢迎仪式，居然排练了两整天！再看校领导，早已五体投地，满脸堆笑，恨不得脊椎骨全部疏松。这样的经历，在此后的学院生活中，重复了无数次，只要到了这样的场合，领导们仿佛集体缺钙，当然，捐赠人也仿佛瞬间气宇轩昂了起来。对比之下，贝德一家人进来时，第一个招呼他们的女士，就是这里的学校工作人员，她礼貌和善的微笑丝毫没有惊扰旁人的进餐，再看这一家人，他们居然也和我们一样，拿起餐碟刀叉，融入了集体午餐！

这样的境界，是否和牛津有着异曲同工之效？主人和来者都没有惊讶激动，生活依然继续，节奏照常。没有水花四溅，恰恰是因为水深无底。尼格尔用aproachable（平易近人）来形容贝德先生，尼格尔说话时，也没有戏剧化的表情，淡然从容。这又是一种境界。

真正无法平静的，恐怕只有我们了。前段时间，比尔·盖茨全身投入慈善，580亿身家倾囊而出。这一行为激起了国内新富的层层浪花，让人不得不重新思考富裕的终极目的。此岸的我们，就像到达牛津渡口一般彷徨焦虑，可是彼岸回头看我们的人，早已云淡风轻，荣辱不惊。

这份从容，俗人们已经无权评判，当然，即使评判，被评判的人也无暇、无心关注。这种平易近人，其实是众人最难以企及的境界，又是一个反讽。

尴尬伦敦第一回

结束了在古堡的生活，开始了十天的旅行。到达伦敦后，才发现，在古堡的我们，就像桃花源记中浑然忘世的人，重新投入滚滚红尘，终于明白前段时间的感叹，是风花雪月，伦敦，寸土寸金的地方，人情冷漠，环境拥挤嘈杂，不会给我们丝毫的兴奋和喜悦。

事先预订的住房里面，连开水设备都没有，更别谈茶包、咖啡，四周环顾，椅子桌子全部省略了，小小的房间里飞着三四只苍蝇，开始担忧起下面的几天生活。惭愧，自己原来并非能屈能伸的人，快乐安定于我，竟然也得有相当的物质基础。

想起几天前在贝德楼看过的一个节目，一位英国白人女性，为了体验非洲某部族人的生活，决定彻底融入一个月。这样的决定，勇气已经可嘉，可是第一天到达后，她就被吓住了。没有卫生设施，女性依然处于附属的地位，旱季只能走上很远的路，打到带着黄泥的浑水。她蜷缩在一旁哭，拒绝喝水进食。不过，生活的本能所迫，渐渐地，她终于适应，一个月时间里，从另一个视角看到了不同的世界和不同的文化。看这档节目时，让我哑然失笑的部分是，几个黑人男性聚集在一起，讨论这位白人女性，还说“我们不能以貌取人，她虽然很丑，可是她内心还是善良的”。可是反观那些原住民女性，裸露上半身，“丑陋”到令人瞠目结舌的地步。看来，文化观照的意义就在于此。

因此，我们这种从“天堂”掉入“地狱”的经历也是某种观照。住在贝德楼，饱暖相当知足，自然常常把文化思考挂在心头。到了伦敦，自费旅行，以中国人的经济比照来选择价廉旅馆，当然会有这样的反差出现。

没有热水喝的我们，想到了买煮水设备的点子，把在巴黎的经验故计重施。为了改签机票，费了不小的周折，找到国内某航空公司伦敦办事处，面对的是几张冷若冰霜的脸。这和几日前在古堡人人笑语相迎的温暖又形成了截然的反差。这几位女士，为何你们用英语回外国人电话时如此彬彬有礼，笑容盈盈，可是面对国人的我们，却如此刻板冷漠呢？看来是一群缺钙综合征患者。到达伦敦后，迎着这样的脸色，心里发狠地暗想，以后尽量不要再坐该公司的飞机了。

温莎城堡和伊顿公学去不成了，耽误太久，只好另辟时间。下午近4

点，我们临时改道去了泰特不列颠美术馆（Tate Britain），随后到了海德公园，忙着找演讲角，到头来却发现，那个像厕所一般的雨棚建筑，混杂着兜售咖啡热茶的地方，居然就是我们向往已久，体现西方言论自由和民主的角落。他在一旁感慨，说当年马克思、恩格斯常常流连于此，倾听工人的发言，体察社会阶级的真相和差距，可是，此刻……这样的失落和堕落，原来世界的各个角落都在发生。

这是我来到英国后，感觉最糟糕，身体感觉最疲劳，精神状态最低落的一天。走在车水马龙中，想到了现代都市的均质化进程，觉得第一天初到伦敦的观感似乎并不准确，那种逼仄紧张不断袭来，就像曾经走在上海街头一样烦躁。

曾经，在车上，听到一个加拿大学生说，第一次到古堡，喜欢不已，好想永远不离开英国了，但是此后去了伦敦，看到脏乱喧闹的景象，立刻改变主意，恨不得马上离开英国。可见，破坏人生命质量的，恰恰是城市化进程的狂飙突进，是文明不断剥夺自然和人性自由安定的过程，当然，也是物欲堆积的过程。

国际大都市，于我，已然成为一个贬义词。

剑桥寻访

终于到达了剑桥，虽然行色匆匆，虽然之前抱着寻找情感线索的初衷。我着实有感于徐志摩之“我一生的周折，大都寻得出感情的线索”。当年，他放弃哥伦比亚大学博士学位，赶到剑桥，就是为了追随罗素，当然，由此演绎了一段美好怅然的爱情。

因为行程计划出了点差错，剑桥留给我的时间，实在有限。不过，我做好了心理功课，知道一定不能期望太高，因为摄影镜头的“选择性省略”，让我们无数人在沉醉的同时，忘却了镜头之外的平凡甚至是杂乱。徐志摩曾经告诉人们,要了解剑桥的好,必须给它一个与自己单独相处的机会,他说地方是有灵性的,就像人,太匆忙了,就无从了解。

所以,对于剑桥,多有遗憾和惶恐,我没有在那里发呆独处的奢侈,不过,确实再也找不到了。牛津的嘈杂拥挤,剑桥也沾染了一些,徐志摩再也没法了解,他的康桥,已经随着历史和他的才情,江河东去了。我也不会再有落笔辜负剑桥的担忧了。

康河是无法亲近的,必须在女王学院门口支付两英镑,才能沿水岸走上不出100米距离。那被人称为剑桥所有的灵性全然囊括的这条河,已然没有了秀丽的特性,真是辜负徐大诗人那句“我敢说(康河)是全世界最秀丽的一条水”。站在河岸边,不断遐想,认定了他和林徽因那段情愫,由内而外地幻化了这条原本安静普通的小河。

当然,在不远处树阴下喝茶,等着树上的果实掉入茶杯的奢望,我压根没有过。之前曾想过,这次英伦之行浮光掠影,以后一定要再去剑桥,听听水声、晚钟。不过,这一趟,让我释然地打消了念头。波光宁静、闲牛刍草的日子,已经消失在岁月中。除了依然庄严的建筑在见证着时代的变迁,恐怕也没有人愿意躺在星光中,甘心当河里的一条水草了。

喜欢想象中的剑桥,远远甚于亲身游历的这个小镇。因为,遥远的向往中,这里的水和桥,还有比邻的学院,都是脱俗清逸的。我曾想着自己从深邃的长巷中走过,看爬满青藤和蔷薇的石壁映着瓦蓝纯净的苍穹。然后,这样的行走中,可以反观自己的内心,感喟学院深处弥漫的浪漫底蕴。

但是,这些都成为刚刚逝去的联想。在回来的火车上,我不停地想,这样的亲历,是否破坏了心情,可奇怪的是,并没有。在我们这样的时代节奏中,“带一卷书,走十里路,选一块清静地,看天,听鸟,读书”,已经少有人享受,更少有人较真文学和现实的距离。于我,这次落差并不可怕,毕竟每个人都在寻找爱和美的载体,诗意的感觉,彼岸就是意境。剑桥的美丽,已经幻化成了文字和意境,而这一超脱,就需要以心换心的真诚、恬然和心有灵犀的领会。对于诗人,康河就是灵性的水,而对于要去验证的看客,能看到这一层水下的情韵流动,毫不为客观的反差捶胸顿足,就已经是某种真诚的领会了吧。

于是,康河上的撑船的篙,就真是划出水的涟漪,一波波地靠近人的内心。“轻轻的我走了,正如我轻轻的来,我轻轻的招手,作别西天的云彩。”一路走着,我对 D 说,“诗人真是自恋,谁允许他隆重地来去了?”

没有人可以隆重地来往各处,即使女王,在没有国事重负的时候,也愿意轻轻地来往。可是,对于徐志摩,或许这几个“轻轻”,确实震颤不已,因为康河,他放弃了经济学和政治热情,彻底投入了诗歌文学的怀抱。他可以对世人说:“我的求知欲是康桥给拨动的,我的自我意识是康桥给我胚胎的。”世人听了吗?尤其是今人,当我们走在那个不同心境的地方,当我们寻找落差,拿意境和现实碰撞时,可曾想过,单纯热情,虽然在现实中四处碰壁,但是,却会得到上苍的眷顾,灵魂的宁静。

在环球剧院做一回站客

下午,脚步蹒跚,脚力疲软,来到伦敦的环球剧院,亲身体验早年平民站在台前看莎士比亚戏剧的感受。环球剧场让我的想象和现实毫无差距,站在剧场中,因为疲劳,我趴在舞台边缘,看完了两个多小时的喜剧《温莎的风流娘们》。

舞台是环形露天的,三层看客,底楼座位票 15—20 英镑一位,顶楼座位票 12 英镑,二楼的包厢十分昂贵,我们站在演员身边,环绕圆形舞台,票价最低,仅 5 英镑。我一直疑惑不解,如果碰到下雨,观者和演员如何继续?

17 世纪的舞台,经过了重新修旧如旧,外观全然木结构,最顶上居然还仿旧地铺上稻草,很难想象这居然是 1996 年重建的。舞台顶部还有一个小窗,据说天使降临或人物想象天堂生活时,会有人透过天窗从天而降。更有趣的是,舞台的空间并不封闭,不时有演员走到中央的观众人群中,甚至也有疑似“戏托”的观众在关键时刻插上一两句感叹。

西方人看戏，发生情感共鸣的时刻太多，不时爆发笑声、掌声、感叹声，而且音量很大，好像全场第一个对表演和台词发生反应是一件很光荣的事情。这种互动，给演员很大的鼓励，事后，他说，这是一种善意的推动。谁想看到平静到没有反应的观众，我们不也是最害怕扔出去的话，抖出来的包袱，如石沉大海般毫无水花？

戏台搭建得相当古朴，看来是尽量真实反映莎士比亚时期的娱乐现场，演员们前台后台的活动，表演时毫无扩音设备，全靠自然人声，近三个小时下来，真令人佩服台词功底的深厚。剧场里禁止摄影，对此陌生到令我惊奇的场景，我真想偷偷越规。

喜剧的好处在于观众情绪高涨，不需要严肃沉思，锣鼓号角乐声起来，整个舞台和看台都热闹欢腾。我发现，站客的呼笑声最多，情感投入也最深，往往台前鼓掌欢呼后，座位上的人才开始他们那一波的反应。演员手舞足蹈时，趴在前面的我还要被台上腾起的灰尘呛上几口。福斯塔夫的身躯从眼前跑过时，抬头居然能看到他假扮老女人穿的衬裤。

每每稍有出彩的片断出来，呼声就更起劲了，其中还夹杂着音频不同的尖厉笑声，好像岔气了似的，不想笑的那一批人，也不得不放出声音来。

肢体动作的丰富让我看到了台后的艰辛，一招一式，却看似如此自然。难怪在谢幕时，大家的掌声此起彼伏，好久都不愿停下来。那个时刻，深刻理解亨利·詹姆斯当年如此执著于“author, author”（“作者，作者”）的呼喊，面对欢呼的观众，深深鞠躬，那个瞬间，该是如何的圆满自豪！听到掌声响起来，几乎是所有人追求的某种隐喻性境界，如果掌声热烈，连绵不断，或许其中的人，眼泪都会流下来。

人生需要掌声，无论观看还是被看的人，此次的掌声，可能是我此生听过最热烈持久的。作为观众，我期待下次更热情执著的掌声响起来，而作为演员，我明白这是人生难以抵达的成功，连伟大的作家都为之折腰，自己平平的戏剧创作，终将成为一生的胸中块垒。

那位莎士比亚先生呢？一定在舞台露天的苍穹里，泰然而闲适地观望着几百年绵延不绝的人间悲喜剧。

交给了莎士比亚的一天

一天的时间，交给了莎士比亚。虽然，我们知道，或许所有的景致遗迹，已经进入一种文化旅游的经营模式。从伦敦玛丽勒庞火车站出发，到达埃文河上斯特拉福德两个多小时。坐在安静的车厢里，忽然听到了中国人的声音，原来不远处坐着自助旅行的一家人，正在向国内打着国际长途电话，笑声朗朗，说着由欧洲大陆再到英伦的经历。坐着有些无聊的我们，忽然聊到为何在国外遇到同胞时，往往缺乏他乡遇故知的亲切。

这个答案或许很简单，或许相当复杂，值得好好地做一个文化案例来研究。且听旁若无人的电话聊天，从车厢的这一端传到那一端，外加满溢着得意、富足的话语表情，他们对周遭乘客已经构成某种程度的侵扰，可是，毫不自知。电话里，莎士比亚的名字被大声地说到若干次，已然为他们附着了物质财富之外的文化价值。

据说，欧洲文化大师中，贝多芬和莎士比亚的出生屋所最狭小。到了实地，发现果不其然，我这样的亚洲女子身形，居然能踮脚触及房间的门梁。52 岁辞世的莎士比亚，让后人对他的故乡，如若朝圣一般纷至沓来，而他的创作，造就了多少博士、导演、演员、教授……脑子里很荒诞地出现了这样一个假设，如果莎士比亚这个名词突然消失了，随之“消亡”的该是怎样一个产业链、知识链、文化工程？

小镇已经把全部现实的生计和未来的寄托给了莎士比亚，而这项产业链的关键，就是故居一旁的莎士比亚中心。我们先去拜访了中心的负责人沃尔顿博士（他也是国际莎士比亚协会的秘书长）。他果然如约请我们到办公室小坐，喝了一杯英国下午茶。每天不断的游人环绕在这个迷宫似的中心周围，而这位颇具戏剧形象的沃尔顿博士，在兴冲冲地谈及莎士比亚戏剧时，更让我觉得，此处一切的存在，都因为莎士比亚。

从到达小镇开始，我就决定放弃求证据实的目的，只想从故居出来后，沿着埃文河走走，放空自己已经挤得太满的情绪。几年来，看了无数部莎剧电影，反复阅读剧作，编写了有关莎士比亚的教材，写了多篇剧评影评，参加了不少次学术会议，发表了散记、论文，甚至在课堂上，都要带着学生阅读十四行诗句……这种满满当当的感觉，只有到小镇来释放了，清空了，我才能轻松而无憾地离去。为了情绪而来，为了情绪离去，这样的愿望，似乎有些离奇。不过，也不离奇，小镇承载了莎士比亚的名字，从此再也没有自己原来的本性。

22 岁的莎士比亚，离开小镇时，很可能带着逃离的心情，他在家乡去世时，也没有激起多大的波澜。据查，他留下了遗嘱，其中居然没有提及自己的任何著作，连他的女婿，也从未以任何文字的形式说到莎士比亚写过剧本。这些信息，让后人揣测不已，当然，也让今天的我，更深切地联想到了这位大师大音希声的纯粹和放掉一切的彻底。他的开幕和谢幕，居然都在这里，或许只有流淌不息的埃文河明白这个名字写在水上的伟人，是如何选择在四月二十三日这个日期，把出生和谢世同时安排妥定。有位作家说，这个巧合，是上帝从莎士比亚那里学会的编剧手法。

这让我想到了上午赶赴斯特拉福小镇前的布鲁姆斯伯里区的文化探寻，同样普通的社区，居然是现代美学、文学、经济学的昌盛之地，伍尔夫家的沙龙笑语不断，智者的思想火花来回碰撞激荡，可是我们寻到的，只有门牌号码和平静依旧的居民生活。伟大从来不在意旁注的说明，无数人漠视，也有许多人慕名前往，而后轻叹，连拿起相机拍摄的欲望都排解殆尽。善意的世人把很多当年的低调沉默昭明于世，溯本清源地梳理出许多规则和道路，甚至尽量冠以王室的盛名，孰知，这样的喧哗，或许并不在他们的期待视野。

对于名声的真伪，或者是否名副其实的争论，在文化界从来不会停息。站在不列颠泰特美术馆里，面对着许多后现代的作品，D 激动地说，现在的大师和名作就是建立在媒体推广的工夫上，何来巴黎奥赛那些镇馆之作的气度和泰然？轰动效应和造势运动让很多名不副实的名人名胜广泛流传，可是，我们相信，这样的“盛名”，耐不住文章身后事的检验。更糟糕的是，盛名所累的人无法拥有大师的专心，嘈杂和应酬坏了心情，最后作品成了应景的文债。

但丁说过，“世间的名，只是一阵风”。莎士比亚把名字写在立即消逝的水纹上；梵·高为创作疯狂，割了耳朵，在有生之年只卖出一幅画作，而买者竟然是默默支持他的弟弟；杜甫曾以“千秋万岁名，寂寞身后事”来自省。结果，他们都浑然不知地被镌刻在了人类文化的丰碑上。

请问，你还需要人们的赞美吗？我是俗人，我很期待，当教师，会担忧学生的评价和议论，当学者，要在乎期刊录用文章的可能。这种差距，就在于我没有心无旁骛、专注努力后的自信。当然，虚荣心的多少差异，就是俗人与伟人的距离。

北上旅途中的遐思

一整天都要处于从伦敦到因弗内斯(Inverness)的火车路程中，长达十小时，中间换乘三次，其中在爱丁堡还要停留一小时时间。车窗外或许能见到英格兰跨越湖区到苏格兰的一路景象，如此从南至北的穿越，除了观景、聊天、瞌睡、吃饭外，或许最好就是写随记了。因此，此刻的文字，真真正正属于旅途火车的机缘。

之前刚刚看完一本关于纳兰容若诗词的书，两句话很触及灵魂：“人生若只如初见”，“当时只道是寻常”，细细想着这两句话，只能无语。我们每一次经历，身处其中时，都不会有反观的智慧，常常觉得一切自然天成，普通如喝水看天；而我们每一次命运的转折或邂逅，在美好难忘的瞬间，都无法预知今后之事，真走到了无法坐看云起的惨淡结局，往往感叹如果退回初相识的美好，就一定不贪求花开盛极荼蘼。所以，身在旅途的自己以及身边事，一定要珍惜，精彩的开端一定要感恩。

闭目养神,依然想着这两句,于是对D说,中国诗句实在无法融入这里的风景,同样的想象意境,总觉得古典诗词给了无边的空间,而英国浪漫主义诗歌,总填得比较丰满,留下的凝神,较短。不知道这是否我的偏见。例如,同样的蓝天,同样的黄草地,如果用“碧云天,黄叶地”似乎有波长的差异,安置于此,总觉不安。同样的黄昏和海边,如果站在英国南海岸,“落霞与孤鹜齐飞,秋水共长天一色”,也觉得不属于同一种旋律;同样的叹息时间的飞逝,如果用“林花谢了春红,太匆匆”,又觉这点惆怅,无法在这片土地排遣。

人在旅途,原来就是一种对生活和生命的视角转换,每天的感悟感念涌上来,常常毫无预期,如无形的雾霭。读了遥远中国的文字,思绪盘旋在脑海,三两个夜晚居然都返回了从前,原人原景,让我还“当时只道是寻常”和“人生若只初相识”的债。飞奔的火车上,我对他说,英国文学以莎士比亚为代表,道出的是俗世的热闹欢腾,而中国诗词写不尽的是出世的清冷。于是,思维又回到了莎士比亚。

沃尔顿说起了几件看戏趣事,他在环球剧场看《暴风雨》,敞开的舞台和站立观众的看台上,也遭遇了当夜的暴风雨,真是情境交融,而那一晚,戏剧的所有人物仅由三个演员诠释,他们处在不断角色转换的过程中,令人惊讶的是,在那些之前没有读过剧本、不了解故事的观众中,只有孩子可以毫无障碍地接受这样的变化,丝毫没有困难地看懂人物、场景、情节的演变,反而是成人,对这样的转换,充满了理性的疑惑。看来,孩童是天生的艺术家,他们的心境接受各种形式,他们的思维最接近创造的激情。这个看戏经历,真真是道出了理性的失落,成长的失却。另外一个故事也很有趣,沃尔顿在环球剧场看莎士比亚的血腥悲剧《泰特斯·安德罗尼克斯》时,现场血腥恐怖的场面,加之露天夜晚的闷热,在全场的观众中,竟然有九人当场晕厥,被抬出场外。演绎的成功,还是互动的激越,抑或是初次接触此部莎剧的毫无预期?总之,这样的场景,我可以设想,也能理解。

尼克告知,其实环球剧场的演员并不是很喜欢这样开放的观众席和舞台格局,离反应场太近,有太多分心的因素,身心疲惫。不过,现场的我们,当时毫无知觉，想来确实是不小的心理负担。在斯特拉福镇，此季的演出有三部，《仲夏夜之梦》、《李尔王》，还有《驯悍记》。据说，《驯悍记》的演出效果最沉闷，因为男女主人公之间没有加入任何爱情元素，那种驯服的过程，让观众心情压抑，甚至产生愤懑。这与我当时写影评时的心情完全一样，同样的故事，随着时代的变化，盛放的容器一定得换，好在人间悲喜，换个舞台，加点调料，可以无穷地演变下去，像《驯悍记》这样的，变换的空间相对窄小，确实因为女权主义的兴起，性别角色的变迁，带有矛盾的怪异，个中的人物，怎么安放都觉得蹊跷。

这种安放，怎么弄都无法天衣无缝的适应，就像我之前感念的中国诗词。现在制茶工业和广告推广有了大步的发展，我已经在上海看到了在绿茶里加糖加奶的饮料。只是，对于我，满坡满山的绿茶，情感的安放模式只能接收清风明月，白色或透明的杯盏，无法承受意外的附加。

执拗的我们，在迅疾的交通和匆忙的行走中，必然得学习接受。

“苏北”之行

两天前夜里到达苏格兰北部小城因弗内斯时，天依然放亮，原来纬度升高，夏季日照时间特别长，早上四五点一直到夜里 10 点半，都有日光。居住的小旅馆干净可人，与伦敦的简陋相比，真让人满心欢喜。十个小时的火车车程，居然也挡不住我们激动的情绪。近夜里 10 点，我们还是决定去尼斯河边走走。离开了嘈杂的伦敦，小城的这份安静真让人心旷神怡。沿着尼斯河，看这座宁静古老的小城在将暗未暗的天际下，慢慢地散发着自己悠然的味道，海鸥在头顶盘旋，紧紧地盯着河畔一位拿着面包的姑娘，一只，两只，慢慢地聚集在她身边。我们经过时，哈哈地笑着她，融融的暖意就在街头弥漫。许多天下来，无数城堡、教堂、绿地，不断进入眼帘、脑海，竟然有些激动好奇不起来了。可是，到了苏格兰高地，尤其是目睹街头的男人真真切切地穿着苏格兰格子呢短裙(kilt)时,还是有一种视觉和心灵的振奋。

次日早晨,发生了一个有趣的插曲。我们俩对于某些人所认为的苏格兰乐音一般的英语并不受用。早上抵达餐厅时,按照订房时的条件,准备吃一顿含在房费中的早餐。笑容满面的姑娘叽里呱啦地讲了一堆话,听懂的只有"包括煎蛋、香肠、黄豆、炸薯饼",我高兴地点头说:"good!"结果,还没等人上盘,发现吧台上清楚地写着:大陆早餐全免,要英式早餐,每位另付5镑。哈哈,居然好不容易听到的几个单词,就是英式早餐!

后来,在爱丁堡大学巧遇香港中文大学的孔教授(他本人在爱丁堡大学读完硕士和博士学位),他居然也赞美苏格兰英语"优美"(melodious),而之前我们在办理入住时,那位彬彬有礼的前台女士,说了一句"You should pay on arrival."我竟然把pay(付钱)听成了pee(小便),愕然不已。等回过神来,滑稽之极。

尼斯湖之旅是因弗内斯一天行程中最美好的。游湖时,看到湖畔点缀的中世纪建筑,深色的湖水凉意逼人,尤其是上岸看到的厄卡特(Urquhart)古堡废墟,更令人惊艳不已。这么多次走在残垣断壁中,这种氤氲神秘湖畔的古代苏格兰城堡,还是让人对高地充满了遥远亘古的怀想。司机(兼导游)是位白发苍苍的老者,称尼斯湖水怪时,用的是女性第三人称,站在湖边,体会四周的氛围,觉得水怪被认为是女性,确实符合这里幽深、静美的环境。

有趣的是,我们一直拿当地垂钓者亲眼目睹水怪的证词,和2007年中国陕西省周姓农民发现华南虎,并拍下照片,公之于众的事件相比较。直至2008年7月,"周老虎"事件才尘埃落定,当事人承认了造假,可是聪明的人们,都明白农民背后更复杂的造假系统。为当地旅游资源宣传,为投资环境造势?答案不言而喻。那么,尼斯湖水怪呢?如果是假,我们也愿意为这出尘脱俗的风景,心怀深深的谅解。世上的神话、传说、目击背后,总是会有不同的支撑体系,在相信和不信之间,人类编织着瑰丽的文化,当然,偶尔沉渣泛滥。

若干年前，对尼斯湖充满好奇的人，特意驾驶潜水艇入水，孰知，湖水周边的山石熔岩在水中有大量黑色沉淀，入水三米，四周漆黑一片，湖面的反光倒让潜水艇举步艰难。听完这个故事，我们哈哈大笑，一致认为，那是神秘水怪得到了上天的庇佑。

后来，在去与麦克白有着某种因缘的考德古堡的途中，我见识了高地的魅力。同样是村野，高地的这派风景，更多带有一种恣意蔓延的豪迈。苏格兰诗人彭斯写下了那首《我的心在高原》的诗，吟唱着“我的心在高原，追逐着奔跑的野鹿”。在眼前的场景下，那几句诗跳跃在心头，我充分明白了诗人对高地的热爱，对自由率真的向往和留恋。

因为错误的旅游信息，我们把考德古堡与麦克白联系在一起颇有些一厢情愿，可是，在那座号称全苏格兰最美的古堡中，我们还是看到了某种奢华之下的苍白。考德伯爵是这座古堡及周围花园、林地的主人，二十世纪七十年代，他第二次结婚时，娶了年轻貌美的捷克女伯爵。考德伯爵去世时，写了遗嘱，把古堡和周围领地全部给了心爱的妻子。据古堡的工作人员说，现在，考德夫人每年冬季来古堡居住，其他时间，则蛰居在两英里外的寓所。倾听这位绅士的解说时，我忽然瞥到了他脸上流露出的某种隐约的笑意，果然下面那句话，来得更惊心：“考德伯爵第一任妻子生的子女们，都等着这位古堡的女主人死去，好早点继承地产。”

此语一出，脚底凉意顿生，忽然觉得所有眼中的古董、珠宝、名画、古家具，一切的华贵，都成了人世无情的束缚。再看墙上挂的那幅油画，女主人优雅美丽，眼波里竟然流动着忧郁，想想这是我的移情，油画完成于考德夫妇新婚，这种忧伤，恐怕是我的主观臆断。可是，分明那张秀丽的脸上掩不住那抹伤感，为了无法永远拥有的爱情、财富，还是稍纵即逝的青春，总之，那么多人等着自己死去，这一悲剧，这无谓的执著和执相而求的人世欲望，真是隔山隔水、跨越日月地和麦克白的权欲悲剧发生着千古的交响。走在齐整到令人悲哀的欧洲园林里，回头看古堡，环顾修剪到毫不越矩，对称到令人窒息的园艺，这座最美的古堡竟然成了蓝天下人生的一个悲剧隐喻。

离开考德古堡，走了一英里高地，终于来到公共汽车站，等车的间隙，到附近的村庄看看，正好看到炊烟袅袅的景象，刚刚从考德夫人华美的古堡跳脱，更觉得普通生活如此美好，平凡惬意原来是福。说到平凡人生，忽然忍俊不禁。我们两个人且走且行，一路从南海岸到达了苏格兰，因为人民币与英镑的巨大差异，以及两国消费水平的落差，一直过着非常节俭的生活。其实，即便在国内，我们依然是那种生活上保持草根水平的平民。喜欢欧美国家的一个原因，是我们在许多公众场合，吃着自己配给的平价午餐，在那样充满个性、崇尚自由的环境中，丝毫不会觉得自卑和不安。不过，有趣的是，从爱丁堡去纽卡斯尔的路上，我们竟然坐上了头等车厢，列车服务员推来食品车，主动问我们要茶还是咖啡，要哪种软饮料，并且让我们吃饼干时，我们的第一反应竟然是惶恐，担心这是消费陷阱。结果，一切是全免的，是头等车厢的基本享受。我们相互嘲笑对方，说活到现在，坐头等车厢是歪打正着，想避开高峰时段的高价车票，竟然幸运到低峰时段坐上了头等车厢。然后，联想晚上吃上热气腾腾的方便面都如此心满意足，还相互打气，说自己是物质上的草根生活，精神上的贵族享受。不过，比起那位拥有亿万身家的女人，被人虎视眈眈地盯着，或是为财富撕破人情的脸皮，我们的平凡普通，反而是幸福实在的。

爱丁堡散记

说到平凡实惠的生活，其实很多我以为不用太多考虑物质的人，都乐此不疲地过着。比如香港中文大学的 K 教授。与他在爱丁堡大学餐厅的偶遇实在是很幸运的事。他带着我们走了霍利路德公园（Holyrood Park）。这一个多小时的山坡漫步，让我们俯瞰了大半个爱丁堡城，还听了许多趣闻轶事。爱丁堡是个节日之都，一年一度的艺术节即将拉开序幕。整个城市充满了古朴历史的味道，山地漫步中，路遇的陌生人都热情地打着招呼，天气永远是大家的流行话题。跑过身边的人们，健康快乐，令人羡慕。不远处还有人在攀岩，这片火山沉积岩倒确实满足了极限运动爱好者。草地绿得清新可爱，天空蓝得纯净透明，这样的天气，在苏格兰是少见的，被我们遇上，真是缘分。细心的K教授在带着我们走完山路后，还特意准备了一份他用彩笔画好的线路图，让我们以霍利路德宫为起点，漫步徜徉完皇家一英里丰富的人文景观，然后登上爱丁堡古堡，转道新城（十八世纪初建）的王子街，从古至今地结束一天的行程。

苏格兰的女王行宫霍利路德宫，有着悠久的历史，如今女王每年夏季都要来此小住一些日子。走在宫殿中，发现历史的宏大叙述中，依然重复着个人权欲的悲剧。年轻的苏格兰玛丽女王幼年就登上王位，早早又被迫放弃权力，两次婚姻匆匆告终，个人情感毫无归宿。墙上的画像一幅幅从我眼前划过，对于文化谱系完全不同的我，产生不了任何感情的化学作用，可是，我驻足凝望玛丽女王画像，还是移情入景地认为，那双眼睛底下，分明是惶惑和忧伤。

同样，走过了皇家大道（Royal Mile），从一幢幢的古典建筑和雕像前经过，眼睛和大脑应接不暇地接受着信息，得不到消化。童年博物馆里，看到那句“永远的孩童”（Kids forever），很觉愉快，这是多么不可能的奢望，可是为此，至少要努力经营一份不世故、少庸俗的童心。想到那日沃尔顿先生的莎剧观赏故事，《暴风雨》中，公爵的女儿米兰达由一位男演员扮演，成了长胡子的美女后，当场观众中，只有儿童能泰然接受这种人间奇观。天生的好奇和对艺术美好的敏锐，就在尘世的磨蚀中一点点消耗。因此，谁能永葆这颗赤子之心，真真是最难以达到的理想境界。作家博物馆关门，我喜欢的诗人彭斯无从靠近，不过，走向大门的台阶上，看到一行字，大意是：平凡而没有忧惧的人生是最惬意的。瞧瞧，这一路走来的警句，就像一出系列剧，前后串联，都有内在的逻辑。

走到爱丁堡古堡，其实已经筋疲力尽，走在古堡中，俯瞰远方的城市天际线，忽然觉得负荷的背包就像猪八戒背上的媳妇，越来越重。在军事博物馆看一部介绍苏格兰军事发展的短片时，竟然眼皮开始打架，面对着血性阳刚、好战勇猛的苏格兰民族个性，一点都不觉振奋。一路走下来，脚底的血泡已经出现发散性刺痛,可是,我知道,不继续走,就来不及吸收更多新鲜的信息。这种精神上的贪婪,体能上的缺陷,成为目前最大的一对矛盾。

等公车去火车站的时候,第三次与K教授不期而遇,如此的重复,看来是天意了。到了车站,看到K先生也在积极地问询旅游信息,他的夫人和岳母已经从香港起飞,转天即将抵达爱丁堡。K先生的细致和凡事经济实惠的态度,让我很感慨。当然,他看着我们,竟然另有感慨,“年轻真好!可以有这样的体力一直走下去”,他反复地对我说。

因为这句话,我受到了莫大的鼓舞。为了年迈的时候,少一些遗憾,这一路的行走,将会更有力、更坚定地继续下去。

沿“英国长城”一路向西

从纽卡斯尔车站出发,沿着哈德良长城一路汽车旅行。哈德良长城是这次英国之行最犹豫的一站。这处遗迹,证明了罗马帝国统治英国长达四百多年的历史,也是英国境内规模最大的罗马遗迹,被列入了世界遗产名录。可是,之前,每次说到哈德良,就联想起中国的长城,自然会添上一句:“它与中国长城根本不能相提并论,不过,既然到了英国,总要去看看。”真走到了据说保存最完整的要塞部分,我才明白,即便把期望放低再放低,还是觉得这座仅用了不到十年时间完成的长城,确实粗糙了些。好在周围牧场绿野,不断看到英国本地游客在野地里徒步跋涉,权当户外出游,接接地气。

对于这段历史,我们了解得不多,幸运的是,随车(AD122路,正好是哈德良长城开始修建的年份)的导游是位非常敬业的老人,他一路讲解,甚至纠正了旅行手册上的错误。原来,这段长达117公里的城墙,最初修建并非为了阻挡外族侵略,而是为了征收进出罗马城镇的人头税。老人讲得细致之极，路边的每处历史景观，都巨细介绍，包括当年罗马士兵的生活待遇，纽卡斯尔不再向世界提供它引以为豪的煤矿，自己都要从欧洲买煤了，以及华盛顿、尼克松、阿姆斯特朗、林顿·约翰逊等显赫的家族，最早也是从这片土地发源，火车之父斯蒂芬森是纽卡斯尔人的骄傲，以及 blackmail（勒索）就是此地诞生的词汇，等等。

仔细观察，发现导游身边还备有自己制作的厚厚一本资料，麦克风也自备，很是专业。即便车上只有两三个人，他也毫不松懈，一直介绍。计算一下时间，从上午 9 点出发到下午 1 点返回，他几乎不停地说了四个小时。我们中途下车，一小时后搭乘的还是同一辆车，他依然在那里热情地介绍。从他和别人的交谈中得知，他每周随车做一次导游，完全是兼职。

哈德良长城成了某种背景，我的注意力被几日来不断感受到的敬业精神所吸引。在英国，白发苍苍的职业人士很多，他们丝毫没有人之老矣的垂暮低沉，如赫斯蒙梭堡的几位幽默风趣的老司机，尼斯湖之旅的司机兼导游，湖边游船公司的银发职员，博物馆的服务人员，还有很多类似的老年从业人员，他们热爱自己或许平凡的职业，对任何客户不卑不亢。原来，自尊能让人如此优雅高贵地年长，丝毫不像我平日生活中见到的老人，那种大势已去的松懈和颓然，明明就写在脸上，烙刻在所有表情和举动中。

自由平等从来就体现在最平凡的细节中，口号是喊不来的。或许我在英国时日不长，无法深入了解表层现象之下的真相，可是，许多细节和社会交往中，我看到了至少是仪式上的人人平等，甚至，这里的弱势群体能得到更多的关怀。公共交通上，优先座位从来是空着的，城市公共设施中，残障人士、老人小孩都得到无微不至的关怀。如果这些表面工程能够一一做到，我觉得浅层底下一定会有更宽厚人性的支撑（水静流深 Still water runs deep），这些温馨的细节，相信不是喊喊口号，表层的美丽泡沫。

老导游和我们谈到了中国上海的迅猛发展，问我们是否觉得光荣，我们摇头，说那里空气污浊、环境肮脏、交通拥挤、噪音烦人，让人们无法贴近自然。老人用了一个很好的词 cycle（循环），让人心悦诚服。诚然，人类总是不断在前进中、抛却往昔中，发现退回去的必然。

下午，在纽卡斯尔街头走，心情沉重无比，这个工业城市不可避免地显现出脏、乱、黯淡的特征。可是，他的一句话，忽然让我心情顿时矛盾，“为了英国其他地区的美好，必然有类似的工业城市为此付出人居环境的代价”。

以自我为中心的人们，习惯于挑剔，忘记了，许多脏乱而没有景观魅力的城市，正是为了全局发展，因为自身的优势定位，牺牲了清新可人、秀美宁静。习惯于批判挑刺的人们，在拥有安静干净的生活时，一定要自省，幸福并非天赐，天底下没有真正的孤岛。

明白了这一点，方有了全盘思维。傍晚到达美丽湖区，在凯西克(Keswick)小镇的宁静街道上漫步时，意识到不识愁滋味的人，并非少年。浪漫主义诗歌的诞生，不能抽离了全局语境。这条绵长的反应链，“出尘脱俗”原来只是一叶障目。

格拉斯米尔湖畔

曾经，在翻译《21 世纪批评述介》时，读到过“生态批评”一章中关于英国浪漫主义诗人华兹华斯的诗篇《格拉斯米尔的家》，诗人在肯布利尔湖区格拉斯米尔(Grasmere)的鸽舍(Dove Cottage)谱写了最美的诗歌，也称这片湖区世上最美。

终于，我们用了一天的时间，全身心地亲近这片诞生了英国浪漫主义思想的湖区。巴士从我们出发的凯西克一路翻山越岭，尚未抵达目的地格拉斯米尔，仿佛隔绝尘世的纯净已经让人屏息，眼前的景象迅猛地席卷了我的所有感官，曾经的阅读、沉思时的幻想，全部融入了这片水土，昔日的期盼竟然毫无跌落的无奈。

从浪漫主义诗歌自 1798 年对世人发出了自我的宣言，时间已经划过两百多年，可是，这里的生态，据说改变微乎其微，幸运地逃脱了工业的辗轧，好像一切更新的生命不断重复着从起点走向终点，再从终点重新开始。

我几乎不相信自己的眼睛，只有不断摁动快门，希望相机记录我当时的感动，可是，我明白，数码相机永远也还原不了即刻的生动。通常说，依旧的青山绿水在历史长卷中往往显露着沧桑，可是，这里的山水丝毫没有生命的疲倦，它裸露着皈依大地的自然坦然，把城市人们的拥挤心灵疏朗抚慰了。

之前，我还在写“一叶障目”，如今，面对着真实的山水，深切地感到一滴水见天堂的境界。湖区完全是一个巨大的磁场，让人们明白为何华兹华斯在见到水泽山间的黄水仙后，会狂喜地体会到独自沉思时，脑海中美景跳跃的幸福。

行走到现在，我看过许多废墟、古堡、山水，发现英国人对待历史的态度泰然自若，从没有国内景点圈地运动般一刀切的生硬，也没有古迹修葺过度的怪异和做作。这里的怀古，或是坦白地裸露沧桑废墟，或是与自然和谐友好，从而完整天然地保存天赋的美景。前者，后人可以凭吊，怀古思今，甚至念天地之悠悠，独怆然而涕下。后者，让人们更明白：自然给心境腾出了明朗的空隙。没有废墟古堡，或许就缺失了悲壮沧桑的意境，没有自然山水的坦诚朴素，也就放弃了人类文明的希望之光。

在湖区浑然天成的美好中，我忽然想到了纽卡斯尔街头依然保存的哈德良长城废墟片断，两种形式各异的美，都丝毫不妨碍现代人前进的节奏。两种不同的历史呈现形式，都让人在现代的喧嚣热闹中，发觉了安静的力量。

提到湖区，我们永远无法避开湖畔诗人，尤其是华兹华斯。他缩短了人们从自然进入文化的深度旅程，同样延长了心弦震颤的感受。他的诗歌，让湖区有了品位的积淀，也让自然山水进入了英国文化史卷。至少，诗人的生态和谐观点，简朴、明快而优雅的诗句，缔造了湖区的文化氛围。然而，他的一些诗歌，又不像中国诗的隐遁绝世，偏偏充溢着生活的气息，读来毫不孤独。当然，我的理解是，中国文人的许多孤独往往来源于人世旅途的无奈，多有怀才不遇的幽怨，可是，华兹华斯的诗歌，更多关注人与自然的和谐天成。

我们有意挑选双层巴士的上一层座位，看到怡人的景致，时常想随时摁铃下车。好在，当地旅游推出了一日或几日可以随意上下的车票，让游客随时随地随性地亲近自然。公路蜿蜒于山间，十分便利，或许这也是湖区少数几样不同于华兹华斯时代的现代附加了。遥想当年，此时的公路或许是马车的驿道，或者，是跋山涉水的徒步山径。

另外增添出来的，还有湖区的小店和旅舍。虽然房屋建筑毫不喧宾夺主，各户的园艺还点缀得十分和谐，我还是看到了今天不同的生存观念和消费模式。必须补充一点，呼啸而过的私家车仍然很无奈地揭示了工业的干扰，而那家门牌独特的野外运动装备店，趾高气扬地称自己为“Edge of World”（世界尽头），凸显着人类的活动足迹和征服欲望。

文明的热闹，恐怕到夜晚要消散一些吧。翻看旅行手册，才发现，夜间点缀于湖畔村落的旅舍、酒吧、餐馆，已然成为湖畔生活的主流。鸽舍讲解员所言的“当年年薪最高的也不过 20 英镑”的浪漫主义时代，似乎还是被历史湮没了。我不是怀着念旧的迂腐，毕竟不同时代的人们自然有不同的文化消费形式。

世俗的热闹和享乐，大概会破坏此处的景致和情怀。另外，湖畔越来越多的私人领地，也隔开了人们与湖水亲近的距离。幸好，英国人也不喜欢摩肩接踵的旅行，更不喜欢匆忙的观光节奏。他们在安静地喝茶品酒的时候，即便没有诗情画意，似乎也不会过多地干扰别人安静的感悟和感喟。

围绕着格拉斯米尔湖，走了 5.6 公里，还不时坐在湖边，眺望远方的水域青山。为了不辜负一日内可以无限次乘坐的车票，我们从北至南，一路看到了温德米尔（Windmere）湖，其中，还上错了一趟巴士，差点错过了回凯西克的末班汽车。

几番折腾，最后站在路边，等待近一小时才能来的末班车。一边相互打趣，讨论面对这样的天地造化，是否需要我们拿极度的困惑来表达诚服？终于等来了 555 路公车，一天行程最终被意外拖延的这一个小时，我怎么都舍不得在记录中放弃。心里装得太满了，不仅有真实的山水，还有华兹华斯故居的人文信息，脑海里还浮现着英国水彩画家透纳（Turner）的风景画，身边还不断有小汽车飞驰而过。可是，当这一切慢慢漂浮、沉淀后，最终留下来的，还是那片静默的山水，水边的野鸭，天空的飞鸟。

其他的杂音杂色，一一过滤后退场。

从母亲之湖到父亲之坡

曾经读到过这样的诗句："远游的人啊，日落之前不要回家，你要走到底，直到和另一个自己汇合……"这样的经历，有时候，对走在路上，对目的地茫然，饥肠辘辘的我而言，却多一点俗世的忧虑。因为火车路线出了点差错，售票的当地人胡乱指点，我们竟然比原计划多花了两个小时，才到达凯利（Keighley）。接着，又拖着行李，一顿好找，才到达当地汽车站，乘坐公交车到达勃朗特家乡所在的黑沃斯（Haworth）。令人哭笑不得的是，司机稍一差池，把我们放在了错误的地点，一番折磨人体力的行走后，才到达了勃朗特村家庭旅馆。

这一段路，考验了我的耐心和耐力，几次都想一屁股坐在地上了，可还是咬牙坚持，为了"走到底的汇合"，为了旅途中不断的验证求实的努力。路上，也曾停下脚步，拍了一张颇有勃朗特姐妹笔下风格的景色。近九点了，这里的景象确实有些苍茫感，一下子从湖区的温润纯净走出来，一时难以适应。

上午的整个半天，我们还在湖区的德文特湖（Dewenter Waters）漫步，为那里静逸的水色频发诗意，依然记得一位老者手抱吉他，一副温柔磁性的好嗓音，把人唱得内心翻腾，眼泪盈眶。在那样的地方，常常觉得文字记录是苍白无力的，可是，坐在"呼啸山庄"的另一处，我却避不开地还是想写湖水青山，也许，原本是青山绿水边诞生、成长的我，对湖景怀有一种回归家园的感情。

确实如此，对于我，湖区是一生的初相识，却莫名有一种重归的熟悉，想了想，觉得自己浸润在湖光山水中太久，久到每时每刻心头都会有湖水荡漾。坐在湖边，看各式各样的人群，他们都从这一方山水中得到了各自的需求，有专门来徒步行走的，有湖上泛舟的，还有专程家庭野餐的，我甚至看到一对年轻的恋人，在湖边码头不停地从各个角度拍照，而每张照片中，都滑稽地有一只小小的毛绒玩具兔。我好奇地远眺着这两个人，想起先前在一片广阔的草坡上遇到他们，被要求给他俩拍一张合影，背对着绿草、蓝天、远山和漂浮在山腰的白云，他俩竟然提出只要拍半身，人物巨大突兀地横亘在如此出色的背景中，这样的构图要求让我觉得很是怪异。流连忘返于空濛山色水气中的人，居然还有如此无聊自恋的。或许，对这样的游客，秀丽山水是入世具体的，和毛茸茸的玩具兔可以摆放在同一个画面中。

不同的人，真的从同样的山水中获得了截然不同的享受。对于诗人，走向自然就是走向内心，云朵后面射出的阳光，瞬间就能抵达心灵的深处。在不同的眼睛里，被微风吹皱，被船只荡起波纹的水是有灵魂的，而湖畔的静坐也成了生命中必要的功课。上午的时间是充分的，而这点充分，几乎是十几天行走中最大的奢侈，因为我们来自钢筋水泥的都市，来自拜物主义昌盛的冷漠人群，来自压抑的生存空间，来自无法懒洋洋晒太阳的城市节奏。

果然，刚刚安定下来的情绪，被下午的四五趟转车和疲劳的行走重新搅乱，刚刚腾空的宁静心境，重新被焦躁填补。先前，迷茫地走在街头，自问这样一站站地赶，把所有想象落为现实，是否干扰了之前更为瑰丽的理想。我知道，寻找一直是人生的一大母题，无论人在远古问天问地，还是后来寻找自我的哲学命题，都离不开求证和落实。疲倦地走在街头，焦躁不安，不知道终点何在的我，其实是俗世的庸人，根本无法从求实的“实在”中抽离出洒脱的“空无”。每每到达目的地，喝上热茶，填饱肚子后，才后悔之前意志的一时软弱。

于是，每天的夜里，在字里行间为自己加油鼓劲，补充打气，为此后的寻找补给精神和体力。忘了说一句,当我们终于摸索到这家“勃朗特小屋”时,热情礼貌的女主人让我们对转天“呼啸山庄”的高沼地和山野之行,又充满了激情。

至于是否求实会影响心境,真实会扼杀想象,我此刻的回答是,关键在于境界的高下。寻找的起点和终点,落实的之前和之后,有时候大概都没有探寻求证的过程来得重要。人类的爱情感喟上,常有“此情可待成追忆,只是当时已惘然”的嗟叹,其实,很多过程,都如此。

从呼啸山庄到温莎城堡

我们真正地踏上了勃朗特姐妹的足迹,从她们的故居迈向苍茫的高沼地,来回走了近9英里的路,充分体会了那片充满了苍凉和想象的“呼啸山庄”。当时漫步其中,最初的三个小时里,周围除了羊群和飞鸟,几乎没有其他人。越走越孤寂,而四周的风也越刮越猛。这样的环境,确实如我们读到的信息:人们把肯布利尔湖区比作温柔慈爱的母亲,把勃朗特乡村的高沼地比作苍凉严峻的父亲。现在想来,华兹华斯笔下的浪漫主义诗歌,与勃朗特姐妹的小说及诗作,确实因为地域的距离,有着截然不同的风格差异。

我们走在蜿蜒的山路上,四周的疾风把头发吹得凌乱不堪,即便抵达勃朗特姐妹当时最喜欢的石桥和瀑布时,也觉得那里的美,带有某种山野的桀骜不驯,事实上很吻合作家的笔调风格。石楠花开的季节在8月,虽然这种深紫色的小花还未开遍原野,可是随风摇摆的这些略带紫色的花茎和枯黄的干草,已经把四周的景象铺垫得很有荒原的气氛。我想起《呼啸山庄》中希茨克利夫这个人名,恰恰是由石楠花和悬崖两词组合而成,眼前仿佛浮现了那个凄美的爱情故事,觉得狂风四起时,风中都有他绝望而后悔地呼喊凯瑟琳名字时的声音。

在勃朗特故居,看到了很多意料之外的展品和介绍。当时很冲动地想买下一本名为《勃朗特家族秘闻》(*Myth of the Brontes*)的书,书真是贵,要29英镑,实在有些难以承受。此书是2006或2007年出版的新书,内容是从现代人的角度来分析许多或许是错误的历史推测和假想。例如,盖斯凯尔夫人所写的夏洛蒂传记中,把勃朗特姐妹的父亲写得太过严厉,把她们的兄弟又刻画得太过平庸粗俗,其实,事实或许并不如此。

我喜欢推敲一些历史的盲点和或许是错误的公论。在勃朗特博物馆中,看到一副有趣的展品,即夏洛蒂的一缕头发。这一点,恰好和前日参观华兹华斯故居鸽舍发生了点巧合,两家都留下了名人的头发,或许是理发师的先见,或许是英国人对自己头发的珍爱,我实在猜不透留下头发的缘由。不过,在博物馆中,看到一条有趣的信息,即2007年,英国某大学的一位研究生命科学的教授拿夏洛蒂的头发进行了科学分析,得出了世人或许不能接受的结论,即从头发的成分解析看出,勃朗特姐妹们当年的饮食很规律,营养很均衡,并不是读者所想象的营养不良,生活艰难。这个发现很有趣,因为从简·爱身上,我们一直觉得见到了作者的影子,也多次揣测,牧师父亲的严厉冷酷和母亲的早逝,让三姐妹的生活艰难困苦,对生活抱有很痛楚的态度。其实,或许事实并非完全如此。另外,夏洛蒂的弟弟虽然是父亲认为要重点培养的人才,后来因酗酒得病早逝,但他并非真的木讷平庸,尤其是他画的三姐妹画像,确实很传神,透出了了解和真情,现在被英国国家美术馆收藏,当年他是当地的一位肖像画师。

对于作家的生活,其实我并没有太多兴趣把它们一一落实求证,不过,既然神话离开事实会有距离,也就更证明了一个颠扑不破的道理:文学阅读和欣赏,有时就是内心的感受,不必太担忧真伪和正宗与否。感受的生发本来就是一种缘分,就像我们这次的徒步高沼地行走,只有一步一步地踏过了这片苍凉的荒原,当时阅读的感动和体会才有了更深沉的镌刻。

正因为是这样的一种感受,是靠体力和感情去慢慢积累的体验,我们才会在翻开作品时,带有更深的共鸣和别样的个人体会。

想来荒诞,我们乘坐火车到达温莎小城时,原本的目的是参观温莎城堡,即英国皇家至今都居住的行宫,女王经常拖家带口在这里度假过周末。到了那里,果然看到这壮观的花岗石建筑群有着非凡的拒人千里的气派。可是,长长的游客队伍、嘈杂的人群、高昂的门票、森严的皇家警察,以及繁复的安检程序,让我们立即决定取消进入宫殿参观的打算,因为,王室的历史,形成不了像文学作品那样的吸引力,也无法让我们这样的平民百姓产生深刻的心灵体会。况且,一路走下来,看过许多宫殿、城堡,格局雷同,奢华精美,庄严华贵,墙上的名画和肖像令人目不暇接,离开我们不仅是现实的距离,更有心灵的距离。我竟然对王室城堡带有某种排斥的心情,或许这点讲究和气派,过于宏大,排场也到了拒人千里的地步。

于是,我们朝温莎堡的另一个方向走,去看赫赫有名的伊顿公学。或许那个地方,虽然高贵而远离人群,可毕竟年轻而有活力。学校正值暑期,须购买门票进入,而且不接受信用卡消费,看来这是一笔不必纳税的收入。学校里面古朴庄严,很有一番沧桑的历史感。看到了几位著名的人士画像,知道了英雄的出处,原来,作家乔治·奥威尔、经济学家凯恩斯等都出自这所贵族名校。我还曾经在某本书上读到过这样的信息,前首相布莱尔据说出生贫困,但是富有远见的父母还是想方设法把他送进了爱丁堡最好的费茨学校读书,而那所学校令他骄傲到被人们称为"苏格兰的伊顿公学"。可见,贵族传统和贵族向往深入英国人血液。今天,站在这所有着五百多年历史的学校里,了解国王亨利六世同时创立了该校和剑桥大学的国王学院,结合了英国的贵族精英传统。

另外,查阅了一些资料,我还得知,当年在滑铁卢打败拿破仑的威灵顿将军也毕业于伊顿公学,在滑铁卢凯旋后,他曾说过:"滑铁卢战场的胜利,是伊顿公学操场的胜利。"此外,英国历史上许多杰出的军事指挥官都是英雄出伊顿,而走在学校的中庭,我们也确实感受到了古典中隐约而浓重的精英气息,多少能遐想这些毕业于此的贵族们现今都散落在英国这个庞大机器的各个角落,为贵族体制注入某种年轻的力量。可是,王室迟暮,贵族呢?我被自己这个问题弄得困惑不已,中国人有十年树木,百年树人之说,这样的根基和血统,在经历了昌盛和衰落的历史后,又会是怎样一番情景?

旁观的我们，花了门票钱，甚至排了长队进来，可能是无从得知的。

其实，贵族与否，人类原本渺小，渺小到连一颗星星陨落的尘埃都不如。我在这一天，尤其有这样的感慨。因为，在抵达温莎前，我们先去了格林尼治。站在子午线上，左右脚分站两侧，几分钟前，我们拍照留影，兴致盎然。几分钟后，走进天文台，当时里面正在播放一部科教影片，关于宇宙起源和概貌的，画外音把我拉回到地球诞生的始前终后，浩渺的宇宙，星际的碰撞，几万光年之外的地球的无数邻居，太阳系之外无穷的未知，忽然，蛮荒岁月也成了渺小的背景，更显着卑微缩小的竟然是人类的生命。坐在那个屏幕前，我忽然脚底凉意阵阵，觉得天文学家用仪器洞察了宇宙的纵轴和横轴奥妙万象的联系，虽然我们只知道如此局限的一部分，可是，由此定位的人类，在了解自己渺小的同时，或许也明白了生命的高贵和奇妙。

这样伟大的对比，如此冲突的差异，让我激动，走出格林尼治，我觉得这一程，几乎是我英国之旅最难忘的某个瞬间之一。在草地上，我生平第一次近距离地看到松鼠，它毫不畏惧人群，居然蹲在一位老人面前，企图觅到老人嘴角掉下的食物碎粒。两三个刹那的叠加，构成了我有些恍惚的心境。地老天荒，这个曾经宏大的词汇，突然在心里成了平凡实在的四个字。

傍晚，从大英博物馆出来，我忽然惶恐地觉得，所有看似散乱的安排，原来都有它不可推脱的潜在逻辑和缘由。对于不停行走的我们，不停变换角度地看到皇家贵族、平民百姓、历史上的战场杀戮、现世的世界经济，还有不断登上政治舞台的军事战略……而所有或宏大或渺小的格局，摆放在科学家的天象观测中，都成为永恒的惘然。可是，我们就是这样执著于一事、一物、一人、一生，就是无法超脱于渺小时空中时刻想要抓住的所有。

失望牛津街

在英国的最后一天，原定安排购物，计划从最繁华的名品街——牛津街开始，然后去伦敦东区的一处市场（Petticoat Market），据说那里可以买到便宜货。可是，每日的行走即将到达终点时，我发现自己的体能渐渐弱下来，刚开始走了半小时左右，就厌烦疲倦了。不知道是对牛津街的失望，还是因为自己从来对名品就兴味不大，28℃的气温，已经令人觉得闷热难受，满目的商品，居然激发不了半点热情。其实，很多游客会把关注点放在牛津街，因为世界品牌荟萃，价格又低于国内。在机场办登机手续时，不断听到中国游客在那里兴奋地交流买下了多少品牌货，花掉了多少英镑，如何出关时退税，等等。

站在人群中，忽然觉得很寂寞，这种被骄傲地称为“光荣孤立”的寂寞，在我看来，其实并不幸福。前面有人在交流一个月多少万的收入，后面有中学生游学团嘈杂声一片，讨论过了海关到免税区后再买点什么。对比我们半个多月来省吃俭用的生活，以及多种几近“抠门”的举动，我多半还是有点辛酸，虽然其中夹杂着几许欣慰，毕竟我们没有像普通游客那样，一周就匆匆游览英伦三岛，花费44英镑（据说是优惠价）去看《剧院魅影》，然后感慨剑桥的美景。常规线路的旅行项目，并不是我们所能满足的，而我们所向往的景物，或许在其他人眼里也是超出体力和精力的。

但是，世界的矛盾就在于此，快乐的限度也在于此，物质和精神的需求总会出现此消彼长的关系。我们常常要骄傲地说，金钱并不能买到快乐，我也从来不愿意为某个品牌牺牲掉精神上富足的感受。很真实的感触是，如果我手中拿到的是一本心仪许久或不期而遇的好书，我会真真正正地觉得比拥有一只限量版名牌手袋或香水要更加高兴。

因此，我常宁愿自己一个人自由自在、无拘无束地逛街。这种情绪，在昂贵奢华的伦敦，尤甚。那个片刻，我希望自己是个没有婚姻束缚的女人，不必在意他的感受，无论是节俭还是奢侈，都不让他人和自己不安。面对自己毫不犹豫愿意掏腰包的东西时，可以不必看人眼色，或者因为两人同时的节省情绪，让彼此觉得生活逼仄、尴尬而无趣。

再访伦敦

顺利抵达火车站,打印了车票,找到相应月台,我准时上车前往伦敦帕丁顿车站。一路上阅读。周围座位上有几个中年英国女人,十分聒噪,一直大声说笑。我愕然,觉得十分无奈,原先以为只有中国人才会在公众场合大声喧哗,这才意识到先入为主的偏见有多愚蠢。

入住车站附近的酒店,发现那里环境和硬件设备实在很糟糕,几乎都无法自由转身,房间里居然连一张凳子都没有,简陋的程度实在比我预期的更差。

出行去西敏寺,时间比较合适,居然赶上教堂里的晚祷,还有唱诗班。我们坐在其中,时间大约为四十五分钟,有牧师领大家祷告,管风琴悠扬,哥特式的穹顶让虔诚的信徒更感到神圣高尚的氛围。这是一次难得的体验,个中感觉,我曾经预想过,集体崇拜和膜拜的形式并非是我所欣赏的,不过我尊重个人的宗教信仰,同时也保留自己的观点。迷途羔羊的低姿态和彻底放弃思考的臣服,其实并非我的生活态度和精神向往所在。不过,作为游客,这样的经历值得记忆。

独自的威尔士

一早,从尤斯顿车站上火车,午后到达了威尔士的班戈。这是个非常宁静的小城,我一下子就爱上了它。出站行走大约 500 米,来到了梅奈旅馆,入住后发现房间的条件比伦敦的那家强得多。

之后,又坐公交车去了另一个小城卡那封,专程去看那里的古城堡。

一路上的风景沁人心脾，抵达后，望着眼前的古堡，叹为观止。这是爱德华一世时建造的杰作，不仅是军事要塞，还是皇家居住地。我在其中和周围慢慢行走，不断感叹，人的生命如此短暂，留给世人的建筑遗产中，似乎也透露着权力和富贵下生命有限的无奈。

从城堡上俯视卡那封，更觉得那里安静到令人怀疑的地步。正如我此刻居住的酒店，周围几乎没有人喧哗。因为是周日，附近的店家都闭门休息，超市下午四点关门，我都有些紧张地认为，如果真要在此地久留，恐怕再多安静和美景，都无法填补人心中的寂寥和空虚。

很多想表达和描述的场景，恐怕都留在了相机镜头中，我只想说，行走在那样的古迹中，虚实感觉突然发生了某种程度的变形，恍若隔世可能都并非是最恰当形容当时心情的词汇。时间变得缓慢而凝重高贵起来，肉体的生命越发显得短暂而渺小。

早晨醒来，一直下雨，雨量居然不小。班戈的清晨依然十分安静。威尔士北部的居民形象都颇为怪异，有些甚至可以入莎剧为女巫角色。其中，肥胖群体较大，人们的脸部五官构造也较为粗犷。前一日傍晚，为了找寻班戈大学，我一直在城市中漫步，只见散乱的建筑，并未看见有齐整的规划。不过，在超市附近倒是见着不少中国（亚洲）面孔，想必是此地的留学生。

我于当日前往康威古堡，乘坐火车往返。康威小城是我以往阅读和影视体验的落实。城堡坐落在海边，景象苍茫，雨景中更是迷蒙遥远，视觉冲击力巨大。雨水和风头肆虐，我的相机遭遇了致命损伤。此后镜头效果屡屡出现白蒙蒙现象。不过，站立在那个历史建筑中，登上城墙看海边的小城，看着山坡上绵延排列的屋舍，我感慨不已，觉得时空发生了神奇变化。（北威尔士的六处古堡是世界文化遗产，此行我集中游览了三处。）

天气阴湿寒冷，我用上了冬日里的那条红色披肩，依然觉得寒意无孔不入。

午后，我赶在下午四点多回伦敦的火车班次之前，乘坐班戈当地公交，前往博马里斯古堡。途中经过梅奈大桥，我的票可以随上随下，于是在桥上下车，略体验了这座横跨于梅奈河上的人类历史上第一座拉索桥，眺望两岸静谧的建筑群。

坐车抵达古堡。古堡依然是爱德华一世时期的建筑，并未最终完成。但是，与另外两处相比，这座城堡四周有河水环绕，呈现“回”字结构，依然呈现出独特的风格。在古堡上远眺草地牧场，空旷迷蒙，心里许多郁结被瞬间打开，个人变得尤其渺小。至于荣辱皆忘的境界，我虽然并未企及，但至少已经体会到生命相对于时间和自然万物的短暂和无奈。

巴思即景

这一天的游程安排非常紧凑，然而忙碌奔波中收获丰富。此刻，我在随笔记录中，依然觉得当日的体验深刻隽永，只得不断回味。

上午9时左右，我乘坐火车去巴思。巴思位于埃克赛特与伦敦之间，本来在埃克赛特的几日，就可成行。然而，两位同事游兴不足。因此，我独自从伦敦前往。

维多利亚时期的女作家奥斯汀在巴思居住了五年，完成了《诺桑觉寺》和《劝说》两部作品。她认为巴思喧闹，令自己不安。不过，当火车抵达该城时，从车站出来，我就被眼前的景象震慑住了。远处的山坡高地上，坐落着古风浓郁的建筑，哥特式的教堂尖顶树立在其他房顶之上，埃文河从城市淌过。

在车站外的地图标识上，我欣然得知，全城的著名景点皆在步行三十五分钟范围内。沿路步行，我无须手执地图，因为小城中的路标十分清晰便捷。在此，我不想一一详述旅游信息，只想记下较为感性的印象。

巴思是不可错失的美丽小城，古迹遍布，不知为何，我觉得其中的中世纪风格与布拉格有些神似。鸥鸟落在桥墩桥柱上，丝毫不畏惧游人的相机镜头。哪怕很接近，鸟儿都泰然自若。我忽然在其中意识到了倏忽即逝的意义:如果太在意旁人的目光和看法,那自己就消融殆尽了。真正意义上的自由其实是个值得深究的问题。巴思全城皆可入景,无论是花园、民居、桥梁、教堂,很适合在当地居住一段时间,慢慢体会。古旧感是其一,环境地处山麓河道间,有起伏错落感,这是另一个主要原因。我常想,引发起奥斯汀写作灵感的,恐怕不仅是城中居民的交往和日常起居,也有当地多彩的风格。街上许多事物都在细节上富有艺术特色,如自行车篮筐中的鲜花、园林设计、卵石路、橱窗中的艺术品等,不令人感到有些微的无聊,总是期待转角会有新的惊喜。

下午返回伦敦,去前一次错过的维多利亚和阿尔伯特博物馆。真是感叹时间太少,展品太多,总觉得应该还有下一次。这次到伦敦,看到许多博物馆都免费开放,实在是游客的幸福。知识,到了下午,脚步明显迟缓沉重,精神也萎靡了许多。我感叹于艺术品密集展现对于感官的刺激,同时也领悟:即使人生在世拥有或收集再多,能真正拥有的,恐怕只有影子般的时光。流沙似的岁月,如何珍惜,并非物质拥有就能解决的。多少人感叹"生不带来,死不带去",不能带走一片云彩是人生的常态,只能感恩这短短的一生,好好爱,好好活吧。

博物馆外有一个巨大的水池,孩子们正在欢快地嬉戏游水,在近傍晚的阳光下,童年的记忆似乎再现,纯真无忧的感受也回来了。

伦敦东区

一早,决定乘地铁去利物浦街,再去伦敦东区的几个时尚店走走。我一直走到了地图上都没有标出的 Beyond Retro,据介绍,那是较著名的二手店,许多明星都会光顾。只是,东区的治安及环境相对较差。我一边走,一边担心会被地痞抢劫什么的,负面想象十分狂野。由于时间仓促,加之行走中的顾虑较大,购物情绪并不高,沿途除了涂鸦作品和当代街头艺术外,并没有太多能吸引我注意的时尚设计。在拐过砖石巷(Brick Lane)后,尿骚味越发浓重起来,对面但凡走来皮肤稍黑的壮汉,我的情绪就会紧张起来。中国游客在外露富,才日益招来各种麻烦,这是文化冲突和面子至上带来的负面效应。倒是在威尔士当地,由于民风淳朴,即便是在寂静偏僻之地,我也不太会有恐惧感。

再访环球剧院

午后,去莎士比亚环球剧院看《暴风雨》,我是第二次体会"站客"(groundling)看戏,双手扒在戏台边缘,与演员近乎零距离。三个小时的戏,除了脚底发酸,不停左右交换着支撑身体外,我全神贯注,忘乎一切。

演出是一流的,其中的细节,我会在以后静下心来好好记叙。剧团演出加深了我对此剧喜剧归属的印象,观看过程中,观众笑声不断,演员的台词功底了得,声音仿佛有魔力,能拉观众入戏。

我翻看了当年初次观戏的随笔,很感叹时间的差距并不能改变我于现场看戏时的激动和兴奋。记得那天在埃克赛特的皇家克莱伦斯饭店的晚宴上,我对身边的S教授说,在上海,舞台话剧还是精英们的消遣,票价高,共鸣者少,他补充道,很多人看戏听音乐会都是为了体验身穿正装端坐其中的感觉。可是,在站立着看完全戏后,我环顾四周大声喝彩的人们,感受到进出剧场的人们都是平等的,毫无贵贱等级的差异。席间,有耄耋老人因为体力不支被工作人员搀扶出场的,老人、小孩都得到关注和照顾。幕间休息时,站客观众大多席地而坐,喝水吃东西,井然有序,大家微笑着看着陌生的彼此,也没有买了7镑半低价票的尴尬。我们尽力还原着戏剧作为大众艺术的本真面目,因为莎剧最初的观看形式和观众构成便是如此,贩夫卒子都可以热爱看戏,它是生活消闲的一部分。从今天看来,戏剧高雅化实则是一种颓势的堕落。

这和我那日介绍越剧的观众群是类似的，不识字的祖母们可以坐着三轮车赶到庙里或镇中礼堂看戏曲，而那个时候走村演出的地方曲艺，也具有活泼泼的泥土气和勃勃的生机，一旦要供养和研究，被高雅地端起来，生命力自然枯竭。其实想得远一些，人不也是如此？

港澳记游

过了罗湖

上了上海到九龙的K99次列车，因为在上海办的出境手续，因此一路闷罐子似的直通香港，没有任何下车的机会。由于都是中铺卧铺位，一路上耳朵备受折磨，听左右邻铺的上海旅客聒噪着，真正领会了所谓“地域”文化。从上海城市人所关心的房屋拆迁到香港的饮食起居，从身体的各部位个人或他人、一手感受或二手听说的“医学”新闻，到实则吹嘘自己富有的谈论里，香港真的渐渐靠近了。问题是，没有带多少吃的东西，临近香港时，我们已经出现了“燃料”不足的窘境。看其他旅客鸭蹼、鸡翅、碗面、西瓜等一一品尝，我几乎有了一种幻觉。在饥饿和无所适从面前，让礼仪见鬼去吧！

过了罗湖海关，火车真正进入香港地界。我并没有夸张，似乎世界在转瞬之间发生了巨大的变化，树木、房屋、道路、草地……一切都不像内地那样了，一切都似乎有纪律、压抑、优雅地生存着。文字从简化转为繁体汉字，从单纯的汉语转为中英双语，这里面的转变是神奇而神秘的。我从列车车窗里向外看，感受到的是一种在大陆行走时从未有过的感觉，觉得这是一片我丝毫不了解，而且会产生文化震惊的土地。1997年香港回归祖国，可是在一个多世纪的大英帝国统治和管理之下，香港在情感模式上颇为西化。车向左手开，道路和建筑没有丝毫中国味，就是空气中游移着的味道，都是非中国的。

香港大学（后简称“港大”）坐落在太平山麓，建筑和建筑之间都必须靠阶梯连接。校园从严格意义上讲没有正式的入口，处处都和都市联结着。在港大（也在整个香港）几乎看不到自行车，人们拾级而上，靠的是自己的行走。迎面走过的人，几乎各种国籍的都有，身在这样一个陌生的地方，我的本能开始产生抵抗的情绪，没有任何来由地觉得不适应。可是，因为要在表面上保持一种平静，身体的疲惫就更为加剧。这样的情况，在去了中环后发生了恶化。车水马龙在我眼前川流不息，陌生的语言充斥着我的耳朵，我忽然发现世界上最好的地方就是杭州那间小小陋室。

在从港岛到九龙的渡船上，维多利亚海湾上的水泥丛林不再像电视画面中那样美丽了。原来距离就是这样一种调整工具，它将人的感受进行变形，让感性最终战胜了原本克制而冷静的理性。中国人所谓“眼见为实”在渡船上我是深刻体味了。这种摩天大厦的无间距似的群体矗立，除了让人哀叹文明和物欲的悲哀之外，恐怕没有别的什么意义了。远距离的美感终于被我亲身的体会剥落了。因为，艺术美的至深本是指向其存在的最终意义——生命，对生命的热望，而非压抑自然和自由的人之生命力。我走在灯影璀璨和商业的声色场中，却不知为何多了份巨大的不幸和恐惧，我自问这好像也不完全出于对自身渺小、贫穷、无助的感受，而是发自灵魂深处的一种悲哀。在这样的绚丽中，我丧失了购物欲望，连欣赏的欲望也遭遇了挫折，只想早些回到太古楼那间狭窄却宁静的斗室中。走在中环的喧闹中，我真实地体会到什么是人声鼎沸中的寂寞，仿佛一切都在我身边环绕着，却丝毫不和我发生任何情感的沟通。香港真的是不太搭调。在夜色阑珊中，我备觉异地客的寂寞和怅然。

离岛行

记得若干天前在杭州的家中，我读到大概是尼采《偶像的黄昏》中的一段话，一时颇有感想，就念给他听。内容大约是关于一次博士考试，考试的问卷问道："一切高等教育的任务是什么?"有人答："把人变成机器。"然后又问："用什么方法?"回答是："他必须学会厌倦自己。"当时的感觉，倒在这一天应验了。我们是套着高等教育束缚的人，机器的成分多少是有的。在去大屿山的海轮上，忙着对照旅游手册，于是，在万顷波涛中，我渐渐厌倦自己这种功利的方式。毕竟，当时说好了，纯粹是去大屿山放松身心。但是，我们似乎还是想从这旅行中尽量"挖掘"什么。

挖掘到什么了呢？除了知道大屿山是香港最大的外岛，除了在探趣巴士上走了长沙、昂平大佛、大澳渔村这三个景点外，最大的收获是：我们发现旅游巴士的录音中英双语解说，确实成功地用高等教育的武器，化腐朽为神奇，把或许在大陆无甚特别的景致，给予了合理、优雅的美化。大屿山唯一美好之处应该在于它四周围的茫茫水天，以及在离开港岛仅五十分钟轮船航行距离的地方竟然保持着少有的宁静。长沙不如海南岛亚龙湾的沙滩，大澳渔村无论从历史还是风景上都不如浙江舟山的任何一个(或许只有解说词中那一句"大澳可以说是香港旧貌的写照"，还可以让人有点回味)，另外，大佛在雾气中的若隐若现多少给了我一些了悟。

好在那天所说"厌倦自己"已经从一天的旅行中消退了不少。对于香港的陌生感也在减少。对于完全不同于自己生存环境的这里，此在，我也不再苛求，而是尽量学着去喜爱。

初登太平山

走进港大的图书馆时，那种做学生的快乐和求知欲强烈得令我不知所措。宁静的一楼书馆错落有致地摆放着高速上网的电脑，下午四点以后的光线柔和安详。触摸到电脑键盘后，那种想钉死在桌子前的渴望真像山洪泛滥般袭来。只是，说好了傍晚去爬太平山，到山顶看风景的。

第一次登太平山，我们从港大出发，竟然走了近四个小时山路。登山全程，可以用“迷路”二字来概括。好在，回来一想，我觉得自己不仅仍然具有抒情的能力，而且还具备了这种需要。我忘了在哪里读到过这样一句话：抒情态度是人类的一种生存范畴。只是，山中的雾气实在浓重，在昏暗的灯光中发现自己迷失道路后，我的“诗性智慧”也丢失了。当时，那个具有抒情潜质的我和那个懒散庸俗的我的分裂便产生了。面对着满脸无辜，汗流浃背的他，在清凉山风吹拂下的我竟然开始了“批评”思维。

这种转变，是在到达山顶，感叹山色空濛，赞叹银色光泽普照下的维多利亚湾后，尤其是在走错山路后发生的。我一向识路智商低下，可是在批评他带错路的过程中，竟掩盖了自己真实的笨拙，以分析的理性来实行对失败的补偿。写下这些文字时，我不知道他当时的感受，确实，当我们面对诗性与迷路现实的分裂时，山景的美丽居然产生了片刻的离析。从身旁慢跑而过的身影也比先前单调乏味。第一次纠正了迷路错误后，我们竟然再次被灯光路标所蒙蔽，又从坚信落到了懊丧。

在渐深的夜色中，饥饿的我承认，爬山已不如初始阶段那样令人有抒情心情了。在这将近四个小时的跋涉中，我真正体会了生存在自我与现实对立之中的感受。或许，最初俯瞰港岛和大海的兴奋和陶醉必然要，而且很合理地要渐渐地转化为对现实中不能尽如人意的恐惧和无奈。有趣的是，现代心理学则认为，正是这种压抑的升华产生了文学。

因此，现在我在书写着，没有保留地将思绪和情绪流泻着，或许是由于我重新回到了空调充足，营养补充及时，沐浴更衣之后的舒适环境中，更或许是因为我逐步体会到那段焦虑、郁闷、疲惫后的真实情感。或许梦想和完美像遥远的地平线，永远是不可及的。对于现在的我，具有抒情的胃口，享受爱情的关怀，笔下的文字倒成了对现实缺憾的补偿证明。

太平山的景色是走出来的，是汗水如注下感受出来的。此刻的我庆幸，现在所有的表达冲动的根基或许就是那段迷雾中的茫然和焦虑，而且，我发现自己此在的生活，他处的生活，过去、现在和将来都将不断徘徊于现实和幻想那永恒的沟壑之中。初次遭遇太平山，它竟然给我这样弥漫的氤氲山雾，赠予我如此的天启。还要去山中徘徊是此刻我对太古楼后青山的许诺。我相信，非凡的山景会在那时、那里无数次地自我揭示，热带植被的妖娆终于会覆盖住汗水中的艰辛，可是，无法在文字中现形的攀登足迹，却是更实在而有分量的东西。

另一个香港

那天在列车上听上海乘客说，香港人晚餐要8点进行。在学校餐厅里吃完晚饭后，时间才6点多一些，若照前面论断的推理，那时正是港人准备晚餐之际。从校园向下走，沿路都是狭窄的“山道式”马路。在不同的区域里，我重新看到了另一个香港，正如当年我迷失在上海的灯海中，误以为上海就只有摩登时尚特色一样。这一回的西区漫步，正如旅游手册上所说的，“仿佛走进时光隧道，感受香港从古老渔村发展为繁荣都市的流金岁月”。当然，文字太过渲染，无非说明一点：香港也有璀璨背后的朴实，若中环是盛装的女郎，西区或许就是女人疲倦回家后，褪下妆容，脱去靓衫后的闲适。这个将晚未晚的时刻最是有趣，人群中依然有长袜子、高跟鞋的上班族。虽然即将卸下矜持的盔甲，但表情仍很贤淑，走相也颇多拘束。当然，还有一些似乎永远不戴盔甲的人，穿着比光着身子还少拘束的衣裳，推着装有在大街和市场拾剩所获的小车，奋不顾身地在车流穿梭的下坡道上向下疾奔。

空气中满是海的腥味，还有湿热的都市味道。无论从哪个角落里传来的声音，总是将尾音残存在大气中，始终不肯散去，于是各种音响夹杂着，混响着，让人在短时间里容不下太多的感想。密度黏稠的城市所特有的那种巨大的压迫感，倒是在街头巷尾释放了一些。

我向D感叹原来万事不能仅看一个侧面。第一印象有时会欺骗人。可是在走进一家店面时，里面的售货员立刻就以普通话搭上来。那么，我们给人的“大陆客”这种第一印象又似乎并未具有欺骗性。其实，从不断地比较两边物价的差异，从好奇而不定的目光，外在的穿着和长相，以及没有节奏的步伐中，这种特点就已经暴露无遗了。至于了解一个人，又是另外一回事。他问我是否已经彻底了解他，是否也像在看过中环看西区的德辅西道一样看待他。哼，这个没有自信的家伙，他的心灵早已经在我眼前被太阳翻晒过了，而且，我还狠狠地拍打过阳光曝晒后的灰尘。他如此的担心，不知是出于怎样的原因。

漫步在这一隅，在城市交响的尾声中，我仿佛聆听到老唱机的针头慢慢地划过胶木唱片的声音。岁月原来是有可见的痕迹，而凡人终归要从舞台的落幕中下台。我再次深刻体会为什么我们都喜欢行走，而且也相约了今生的日子要携手行走下去。

周末闲游

周六和周日，我们一直流连于香港的街头，从九龙的油麻地、旺角逛到港岛的铜锣湾。香港的商业支撑，靠的基本是像我们一样流连漫步的消费群。有时我们会不约而同地想到一个问题：在这样一个空气沸腾着商业气味的城市里，香港居民还会有情趣和感动吗？如果说生活的艺术最关键是体会感动、爱情、希望、激情，那么，不知道有多少港人在享受着这样的生活。有人说一个城市的魅力一定程度上取决于那里的女人。在香港街头，匆匆划过视线的女人无数，妙龄时尚的年轻女子，养尊处优的贵妇，小巷民居的主妇，急切兴奋的游客，甚至肤色微黑的菲佣，可是从她们的目光和表情中，却少有那种闪烁灵性的愉悦气质。她们多少是代表香港的（这是一个有趣的结论，因为我把外地的游客也算进去了），在时尚绚丽的形式下，缺乏灵魂深处的火焰。

这种结论多少是虚妄的，不过，要外形和本质都给人激越的冲击力，这无疑是太挑剔香港了。商业发展总是带着残酷的巨大力量，把一个优秀城市应该具有的那种由历史积淀起来的“随风潜入夜，润物细无声”的文化境界给摧毁了。例如，当香港旅游发展局成功地推出了“香港漫步游”宣传手册，并极其煽动地渲染了香港通菜街（即“女人街”）的风情后，我亲临那里后才觉得无甚特别，就是一个人群熙攘的集市。无论从布局、外观、货品哪方面来看，都不如国内的摊铺。只是，作为自由港的香港，充斥着各种舶来品，价格明显较国内便宜，那里才有了蒸腾的生气。金钱真能翻云覆雨，这或许就是这个都市所谓的魅力吧。

我把这段离家的日子称为“轨外的时间”，常常在清晨醒来的片刻迷失了自己的方位。可是，生命的神奇和美丽，有时恰恰在于时间和生活方式上的偏离和“出轨”。在人群中，我突然感受到时间如夏日流水般从身边流淌过去，一愣之下，马上意识到，这里是“轨外”的时空，这一场车水马龙，以及掏出荷包付出港币的经历，都不太真切。甚至所有的担忧、兴奋、恍惚，都要有待回归原来轨道后修葺。

我们继续行走，坐上40M的公交车，从湾仔到了华富。在如鸽子笼一般的新村里，我们碰到了一个年届六十，从上海移民香港四十年的社区女保安。刚回过上海探亲的她在感叹家乡的变迁。她的那番话令人唏嘘。对于她，往日似乎成了她的“轨外”世界，而生命的重复修葺，终于在感慨和沧桑中蹉跎了。我们一路回来，淡然地谈起这个女人，我忽然觉出了自己的幸福。因为，站在“轨外”，我更真实地看到了自己的生活和感情。

回到港大，又在那个每日吃饭的餐厅吃晚饭。走过阶梯连接的大楼，在香港少有的宁静中，我忽然想起港大荷花池边孙中山先生的那句话：“我有如游子归家。”但愿第二天早晨醒来时，不再迷茫。

美食杂感

身在香港这个素有“亚洲美食之都”的城市中，我们的胃却没有享受到这种华美和丰盛。港大的餐厅倒是充分体现了品种多样、营养丰富的特色，中西风格一应俱全。只是，胃口、钱包、脑袋常常要激烈地斗争上片刻，觉得初来香港就大快朵颐似乎不妥，还是以能量和营养比例适中为第一。于是，脑袋战胜了胃口，钱包的内容也令人心安理得起来。

在几次的香港漫步中，我常常看到散落在城市各个角落里的茶餐厅、快餐店、甜品屋、零食站等，甚至连太平山顶都是美食当前，让汗流浃背登上顶峰的人直流口水。对于异乡人，饱饱的肚子首先就是排除寂寞和不安的保障，难怪在风景最美的地方，总是会看到优雅、昂贵的餐饮服务，全世界大概都是这样的吧。

真的，有了食品的地方，就会有说不出的生气和趣味。胃口总是会在舒适美丽的地方，欣欣向荣地滋长起来。比如说，当人在乡村野外行走时，袅袅上升的炊烟总是会安详地近乎优美起来。哪怕是心情迷惘时，一盏淡酒也会抚慰灵魂。就是在我们的这段爱情中，饮食也占着重要的位置。还记得衡山路咖啡馆里那抹冬日的艳阳和杯子里浓郁的咖啡吗？那是我们第一次见面。更不用说西湖梅家坞那醇香的龙井、闲适的心情和风味朴实的农家菜了。其实，饮食真正的底蕴还在平淡悠长的普通三餐中。除了记忆里深刻的美食体验，我们的胃更深切地热爱平淡日子里的三顿饭。在东西贵或便宜得令人激动的时刻，我们都会记得平实中彼此理解和信赖的眼神。现实生活的平淡甚至枯燥，如果有了一份恬淡的心情，其实反而会渗透出绵长而醇美的味道来。就好比说，我永远也不会忘记每次到了餐厅，在排队买饭前我们商量着、比较着、选择着食品时的那种愉悦和默契。当然，也记得在房间里泡方便食品简单解决一顿时的那种单纯的快乐。

此刻，身在美食天堂，我的胃反而少了那份渴慕。兰桂坊和SOHO荷南美食区的诱惑至今没有发生过。全麦面包、牛奶、多种维生素、简餐，甚至是速食面饭的日子没有损害我的任何自尊。我心忖：到了世界的各个角落，我都是那个有着贤良淑德，没有虚荣心的好女人吧，凭着我的胃、我的肝、我的胆起誓，再美味的食品，也逃不过古希腊西西弗斯推巨石上山，再看巨石滚下来,一次次往复不息一般的程序。吃饭,生活的必需,也是生命的过程。其间意味,全看自我修行了。

太平山顶

再爬太平山。天气晴朗,维多利亚湾和都市的摩天大厦尽收眼底。但是,海湾是淡灰色的,天空依然蔚蓝,却无法将九天之外的蓝色心情投射进那片水域。不知为何,随着年龄的增长,我在美丽的景色面前,却多了一些生命短促的感伤。尤其在看到纯净如天空、一望无垠的水域时,那种前世的乡愁就狠狠地拉了拉心中的那根弦。在山顶,广东话不太听到了,于是被隔阂的感觉就少了许多。半山美丽的私家住宅建筑实在使人羡慕,我淌着汗水,在终于攀上了三千余米的山路后,心想这林中吹拂而过的就是海风,想着不知海边半山豪宅中的人是否也有海水那辽阔无际的心境。

其实,山顶的建筑中弥漫的是咖啡的醇香和西点的奶油气息,我的幻想与想当然遭遇了挫折。人群中少有像我们俩这样是一步步流着汗水走上来的。游客们闲适与旅游的姿态给山顶增添了观光的气氛,加之旅游者鼓鼓的腰包总是会给人一种幸福满足的感觉。因此,我们也跨入 PARK'N SHOP(山上一家连锁的名叫“百佳”的超市),抱回几瓶红酒,心满意足地下山了——当然,是一步步走下去。

那时是傍晚,有一些人在风过树林沙沙作响的山径上行走,有许多人在城市林立的商店中徜徉掏钱,有人在星光大道上看海湾无尽的浪漫,还有人看着晚霞尽染的天际。世界真是美得令人叹息。我又开始了那循环往复的感慨:要怎么活才算够本?短暂的生命,我真希望自己是那只虽经无数次燃烧焚毁却每每能重生的火鸟呀!

港大图书馆

凤凰卫视清晨有一档节目，台湾作家李敖快意颠覆一些众所周知的“历史”和“真理”，当然，节目最终绝对不会忘记加上“此节目仅代表个别观点，没有任何导向”。李敖的著作《北京法源寺》曾以其悲天悯人和中国人气节折服过我。因此，他的颠覆和谩骂在节目中也颇具学者的有理有据，这样的声音在香港的电视节目中成为一项专栏，或许代表了港人在思考和言论上的特色。

这个特点，在香港大学的图书馆中表现强烈。几日来，我们一直在图书馆那自由而宽厚的氛围中探索，在高速的网络搜索中冲浪。图书馆底楼的数字搜索区域宁静祥和，潜入信息海洋的读者几乎瞬间就进入了特定的时间和空间中。我们不得不承认，每个楼层的人性化布局和安排足以缓解人在现实生活中无处不在、无时不有的压力。

有趣的是，在通往信息搜索区的必经路上，有一个澳洲摄影展。蔚蓝海洋、珍稀物种等倒没有太多地留住我的目光，唯一令人眼睛一亮的是一张大幅的展现女孩灿烂笑容的画面。那道亮色仿佛是阳光漫射的光线，竟然会一直透入心灵，伴随着我进入阅读。

两三个小时总是过得飞快。在六楼中文书库中，一排排繁体、简体中文的书籍抚慰着灵魂，离开中国文字久了，血液里会有相思似的感觉。港大的中国台港澳地区及东南亚海外华文文学的藏书还是很丰富的。我的目光留在张爱玲那篇《倾城之恋》上，岁月在这个睿智而灵性的女人面前是透明的，时间在她那里折了一个弯，如此美丽浪漫的书名下却是对人性阴影和爱情荒芜的透彻觉悟。D 的手摩挲过我的胳膊，可是那时他肯定不知道我的困惑。面对着曾经熟读过的作品，恍惚的错位感压迫过来。

从底楼的学术材料搜索区到六楼我所在的那几排作品，我想起了某位学者说过的话：作文章与做学问不一样，做学问最重要的是勤勉，作文章最重要的是才气。周作人平淡中的闲适和轻松中几乎要流溢出来的才华其实对凡庸之人是颇为压迫的。“无边落木萧萧下，不尽长江滚滚来”的学术世界才会让人看到希望。海明威在江郎才尽时开枪自杀的绝望，我忽然明白了。李敖二十六岁时写下轰动一时的《老年人和棒子》，终于浮出水面开始发出惊骇之语，他的狂妄和骄傲是因为他即便在病榻和监狱中都始终不懈地阅读和写作。其实，砖头一样的巨著并不令人羡慕，真正重要的是始终有质疑和发现的心情。

在许多其他的图书馆里，我都有逼仄、紧张的心情：Z 大学图书馆阴暗的光线让人始终有阴霾天气的错觉，N 大学图书馆的拥挤和学生疯狂占位子的现象依然令人压抑，F 大学图书馆的冷清和书籍的陈旧也颇让人失望，S 图书馆一道道防人的障碍设置也令人没有被信任和轻松的感觉。然而，在香港大学，前面的不快似乎都消散了。只是，不知道这是否与暑假学生的大规模缺席有关。

中文大学

每天都耗到午夜以后，直到夜出奇安静，而后想写的心情才会慢慢浮现，若有若无的，得用笔一点点将它们释放出来。两天前，香港下了一场很大的雨，可是绵绵不断的雨水说停就停，天空又变得清澈起来，夏日阳光霎时又飞进了窗户，典型热带海洋性气候的捉摸不定。因此，除了热带风暴，要出行的计划一般都是不会改变的，比如，我们去了位于新界的中文大学。在香港，双层巴士、地铁、轮渡、有轨电车，加上步行，解决了我们一切的交通问题。例如，从中大的地铁站出来，迎面就是中大的校园巴士，原本打算沿着山路拾级而上，在偷懒怕热，以及要尝试新事物的打算下，临时变成了搭乘巴士前往。中大的历史比港大短多了，半个多世纪的历史，把这似乎曾是寂寥的山麓一角变成了幽雅美丽的山坡校园。依山而建的大学校园中，我见过的有浙江大学玉泉校区、湖南师范大学，香港大学等，但是像中大这样将学校融于山景的倒确实不多。在青山、潺潺水声、小桥、园林、树林的包围下，我竟然对着这一切无语了。高低错落的校舍掩映在绿色中，两个标准化田径场在寸土寸金的香港几乎带有了壮大的气势。山下校区的留鸟岛上啾啾的鸟鸣声也令人怀疑这究竟是景区还是校园。

在游泳池边的学生餐厅里，我们点了饮料和中饭。看着落地窗外池水上晃动着的点点光斑，我忽然觉得要是在这样的大学里读完本科，那一定要谈一场轰轰烈烈的恋爱才能对得起这些景致。在走下山回到地铁站的路上，我几乎要沉醉在这样温暖、安静的小径上了。记得当年毅然要放弃旅行社的工作去大学任教，就是为了走在校园里这种安全、单纯的感觉。现在想来，这是我对自己命运执意的选择，就是任性地想寻找适合自己栖居的世界。

在陌生城市擦身而过的人流中，淡然美丽的中大被急速行驶的列车抛在了身后，可是这半天的时光，却在我不停变换驿站的旅行中定格了。真的，画面转得太快了，只有几分钟的时间，就切入了沙田的新城广场。

近日我正在阅读戴维·洛奇的《换位》，因此，视线中的突兀转换多少也带上了荒谬和反讽的特色。就像作家所描述的：你无法断定哪一个镜头会延续下去……正如生活往前走一样，人们举手投足，做各种事情……在商店林立的卖场中，我们如同水珠混入了潮流一样，不容思索。难怪我旧时的同事曾对我说，到了香港，你就恨不得把自己的钱包掏空。服装、化妆品、电器、金银珠宝如山花般盛开，时不时还飘来各式食品、饮料、大餐的味道。滑稽的是，我们最后的庇护所竟然是玩具反斗城，在孩童们的喧嚣中，我也蜕变成了不愿长大的孩子，怕自己的天真在刚才的花花世界中被舍弃掉。《换位》中作家对现实和经典的戏谑模仿成了生活的隐喻，而换成小孩心灵的我们，似乎也在这复杂的人世间的体验中，明白了深刻即是天真的意味。

可是,第二天,我们的体会又发生了更为强烈的错位。从港大沿着薄扶林道一直走,在接近华富村(大规模居民住宅区)的地方,有一片触目惊心的铁皮屋区。在周围大厦林立的对比下,那片白色的铁皮屋顶弥漫在山坳中。破落、幽暗、衰败、苍老,我不知该用怎样的形容词来凸显这种贫穷和富裕的强烈对比。我们执意要走入那片贫民区,可是,一阵阵不新鲜的气味强烈地排斥着我们,狭长潮湿的通道也似乎预示着病态的生命。当时正好是傍晚,可是夏天的落日也无法给这冷漠的世界抹上一层温暖的霞光。远处半山豪华的海景房永远会漠视山下角落里蜷缩的这片天地,丑陋的现实给人们的期待心理以巨大的挫折与失望。记得某日我们曾揶揄,香港的工薪阶层都住在所谓的"华富村"、"置富地"、"华贵"等区域,而真正的富人却要将住宅的名称带上诸如"白云"、"清水"、"淡然"等字眼,在众生喧哗的都市中,时时响起阵阵并不和谐的噪音。现在看来,我们的打趣并不幽默。倘若在山坳铁皮屋里的人是我们,那这种换位的结果就是惊愕和深深的绝望。

浅水湾与薄扶林的棚户区

我们去看了浅水湾。还记得两年前前景最黑暗时,我在一封信中似乎是恳请道:"带我去看海吧!"实际上,至今我们一直没有真正面对过那纯净无垠的大海。这一天的浅水湾也远远不是。

不过,车子翻过山坡,我还是被突然在面前铺展的水景所感动。这种转变是突兀的,瞬间,仿佛我们就从水泥丛林的压抑中豁然开朗了。那个水域是如此美,令人恍惚间不知所措,以为看走眼了。沙滩上俊男靓女们在展示着健康、活力四射的身材,泳衣五颜六色的,着泳装的人肤色亮泽,这样的景致还真是晃人的眼睛。终于,在这样繁花似锦的浅水湾沙滩上,我开始没有来由地自卑起来。说真话,这不是因为觉得自己丑陋平庸,也不是因为贫穷，这样的自卑，原因很模糊。现在想想，也还是说不上来，就是感到那种快乐、灿烂，以及对于健康和美丽的炫耀，我似乎从来不会有。我并不是单纯指自身身为女人的外在条件，而是觉得，自己骨子里没有在阳光下骄傲的气质。

在从赤柱集市回来的车上，D 向着表情恍惚的我开着玩笑，并假设如果有富豪可以让我住在浅水湾边的山麓中，日日名贵跑车，靠山面海，华衣美服，我是否会动心地抛却自尊和朴实，甚至，抛弃现在的他。

真话说，几日前去华富村的路上曾看到过沿山坡的大片铁皮屋的棚户区，又看到浅水湾和赤柱附近豪华的洋楼，这种反差强烈得让人不相信香港的真实。于是，在他开玩笑的时候，我竟然傻子一般地表示自己终于愿意放弃淳朴。

嗨，那是骗他，更是骗自己的话。骨子里面的东西，天塌了也改变不了。喝清水的快乐于我，是超越了喝美酒的。对美丽景致中的屋子的向往是因为我认为屋子里的爱情和亲情也是高尚而深刻的，可是，这样的猜想站得住脚吗？儿子出生时，我记得为他写下过一段话，大意就是我希望他将来能在深深的夜里，为一段真正动人的音乐流泪。我这样的寄语并不是虚妄的浪漫，因为，要能在动人的音乐和黑夜里流泪，一定要心灵纯净、感情诚挚，并且，拥有过刻骨铭心的生命体验。儿子的名字，也是因为当时所向往的那句：碧空澄净、致远浩瀚。

其间真正的原因，是因为在我心里，永远有这样一片迄今我一直在追寻，却怎么也无法靠近的碧海蓝天。那样的要求，富豪给不起，真的，浅水湾边再美的洋楼也承载不了。

八号风球

终于见识了香港挂风球的日子。上午在图书馆里，广播里用粤语和英语同时报告了香港天文台发出的挂八号风球的消息。据说,挂八号风球,各工作部门就会陆续停业,公共交通也会锐减,直至停止。

台风正在迫近香港,早晨醒来时,日光反常地阴沉,窗外竟然飘着雨。清晨的气象消息说挂三号风球。接近正午,学校里各种设施就开始关闭了。图书馆的播音刚落下,大家便鱼贯而出。在走出大厅时,我看到工作人员的表情平静,甚至有些高兴(如果不是我的错觉的话)。想到是周末,大概大家因此可以提早回家,又丝毫不影响薪水,这当然是件乐事。更何况,挂风球在这个海洋中的弹丸之地简直如闲庭漫步。紧张才怪呢!

因此,似乎觉得紧张兴奋的,只有像我这样的短期停留客了。哦,对了,还有那些生意不冷不热的店家,乘机可以将积压的存货清仓嘛。可是,我料错了。学校那家有超市、有餐厅的大楼干脆紧紧关闭。尽管外面似乎还没有什么大不了的风雨,人们的警戒和预防措施已经进行了。楼道里很多大门已经锁上了。学生文印服务中心的工作人员正在兴高采烈地张贴十二点后服务停止的消息。这种有些幸灾乐祸的感觉,好像学生在上课伊始得知老师生病,课程暂停一样,虽然明白这种高兴多少是“罪恶”的,可欢乐还是在心里冒着泡泡。

为了防止意外,为了避免断粮的后果,我们决定上街购买食品。果然不出所料,街上的各家超市和快餐店都还开着,只是货架上的食品销得特别快。路上还没有出现风暴的迹象,雨也只是零星地飘着,可是港人却安然而快速地在购置急需用品。看来,对于热带风暴,他们是见多不怪了。

我一直等着狂风暴雨的真正来临,可是从窗口望出去,却丝毫不觉得风雨在肆虐。心里倒觉得大家这样准备,似乎有些大惊小怪。于是,我还特意去了晒台,爬上台阶看下面的情况。依然还是有若干人在悠悠地走着,绿树的枝杈在左右颤动,幅度也不大。于是,心中感慨,中国话所言“防患于未然”真有道理。或许,这场看似“大惊小怪”的骚动是一个城市自我防卫意识高度敏感的表征。几日前,北京和上海都遭遇了暴风雨,网上媒体就打出了“世界笑话北京”之类的标题。城市的尊严和自爱其实是其形象之重要环节。人何尝不是。幸福安逸中的光鲜灿烂是自然的,难能可贵的是,是在危险和灾难中依然自尊地呵护自己,防备耻辱。之前我感慨的一句话看来有误,当时我对他说:为什么漂亮的总是有钱人。此话应该修改成——漂亮的总是那些自信的人。

亲眼目睹了香港自我防御的井然有序,或许武装到牙齿的准备有些过头,可至少,在风波之后,没有被外人笑话的耻辱。那点谨慎和镇静,其实是自信,因此才会在雨过天晴后,显得更加美丽。

半山电梯与美食

台风过去了,一切恢复。借着台风带来的凉爽,我们步行上街。这是到港以来我们彻底没有借助公共交通的一次出行。我们走到了香港动植物园,走到了中环。而且,地图上那些特色的街道也一一被我们踏过,如以经营照相器材为主的士丹利街,兜售丝带、蝴蝶结、纽扣等有趣玩意儿的石板街,以及两条平行的中西区著名的老牌平民化购物街——利源东、西街。在我们的步行视野中,还包括中区警署,那是一幢灰色的古希腊式的建筑,据说见证了香港殖民统治的历史。

站在从中环到半山的那条长达800米的自动扶梯上,我觉得,从SOHO荷南美食区的景象来看,香港几乎有三分之一的外国人。西洋文化对香港来说,基本上是攻必克,战必胜。我们所看到的香港的繁盛景象中,无论是好的、坏的,统统都似乎笼罩在一种后殖民意义的氛围中。美食区酒吧林立,欧美人占领了几乎所有的席位。我没有看到从前的香港,但是近日在查阅一些资料时,注意到了所谓的大众文化。西方有学者称城市的大众文化为现代社会的文化工业,认为都市文化中机械复制和单面人不断增多。其实,北京和上海的美食和酒吧区和这里颇多相像,不同的只是外围空间和地势特征。或许,大家从西方文化中参照了同一个模式,按Z老师的话说,即文化全球化,照周宪老师的话,或许是“文明的疾病和灾难”。再往深刻里看,这种都市文化,包括尖沙咀的时代广场、金钟购物廊、海滨大道等等,或许就是现代文明极权主义的基础,因为耸立的摩天大厦、摩登景致,和类似的购物环境、购物冲动,或许恰恰窒息了人怀疑的能力,抹平了人与人之间的个性差异,其实也就等于取消了人的自由。

哈哈,有人看到这里一定会大笑,然后嘲讽我,是否因为那里的早餐都要百元大钞,我被气闷了,自卑坏了,才发此感叹呀。他们那里有我心虚的把柄,因为在酒窖(其实就是卖高档酒的商店里),我晕头转向地陶醉在这种连视觉都感到醇美的小资情调中,还告诉 D,看看酒瓶子都心满意足,无比快感云云。老天,这把柄可是铁证如山。人性里这种与生俱来贪慕富贵的世俗弊病,稍稍开一个小口,跟着就是洪水滔天。

一点也不假。扶梯之旅在半山区结束,那里肯定是中产阶级以上人士的住宅区,连名字都尽是 villa, mansion, skyline 之类。遛狗的人陆续出现,街道两旁连人行道都消失了。我吓得战战兢兢。或许是又有迷路之嫌,加之大脑信息过于拥挤,晚上睡眠又不断缩水,一脸痛苦迷茫的表情,迷失在这个花花世界之中。

购物杂感

自从知道原来从香港大学可以方便地步行到港岛的主要街区后,我们就放弃了公共交通。为了使第二天到澳门的旅程尽量顺利,下午我们试着演习了一遍从港大顺着德福道西到港澳码头的路线。果然如预计的,半小时的路程,我们已经到了售票大厅。现在我的方位感明显增强,只要知道了朝海边走,然后明白东西方向,一切就成了。这段所谓“香港流金岁月”的中西区漫步,将被我们的足迹踏过多遍。真的,什么地方只要是步行的足迹踏过,那里就不再有太多的神秘和陌生感了。

遇到一个个挂着美丽衣服的小店,我总是会驻足,其实心里并不太想买，就是想看看那些蕾丝花边和异域色彩的造型和面料。其实女人有时是很奇怪的动物，记得三毛曾经写过，她最大的快乐有时就是在高高的天空下，在空旷的沙滩边，拾漂流物和垃圾。其实，高尚购物区没法吸引我的最大原因并非是我的贫穷，而是那里不需要有敏感的发现的乐趣，和拾荒的艺术气息。那里的一切全都标上了上流的价码，有名设计师的把关，剩下的自我审度空间，就可怜之极。而且，更重要的是，就是我成了富翁，那种物质欲望依然不会强烈。有时漫步在闹市中，我会莫名向往海边甚至是平沙漠漠，因为渺茫的天地反而会给人无尽的启示，物质的欲望会被心境的清明稀释得越来越淡。生命有时会和人开玩笑，表象下的节俭实际是对生活质量最奢侈的追求。

我究竟要的是什么，我自己也不太明白，而且也不愿意去弄明白，而且这个谜一直愉快地潜伏在我的心底。可是，在一次次漫步在香港街头的体验中，我始终明白，会有很多人听凭本能物欲的支配，而可悲的是，这样的人，其生活会经常禁闭在个人欲望的圈子里，就像一支受困在堡垒中的守军，深知敌人不让自己逃脱，最后不免投降。在这样的生活里，没有安宁可言的。正像我在德辅道西，那条以卖海味著称的大街上，问 D 可否喜欢这种海味珍品和药材的味道那样，他的回答是断然的否定。因为，与生俱来他就不喜欢海产品。那么，这种天生的淡然，就像我在高档购物广场一样，没来由会漠然得近乎觉得乏味。

现在我想，可能我向往的还是能有自由得像空气一样的乐趣，和体恤生命与金钱来之不易的朴实吧。

港大美术博物馆

午后精神愉悦，便去了香港大学的美术博物馆。在太古楼住了那么多天，看到近在咫尺的那幢博物馆，总是会生发时日绰绰有余的安慰心情，终于能真正踏入。生命中走过无数的展馆，光杭州就有众多国家级博物馆，因此心中以为这只是午后时光中的一次寻常漫步。但是，我的“期待视野”发生了偏差。展堂里陈列的作品和馆藏品其实并不惊人，而且主题松散，从茶具、摄影作品、古典家具、美术系教师作品、日本浮世绘到香港中区早期历史面貌等，跨度相当大。但是，在表面的疏朗之下，两个大楼展馆却在骨子里蕴含着细腻和致密。这种感觉，倒是我过去参观经历中不太有的。

两个大楼的名称分别为徐展堂楼和冯平山楼，在一个陈列室中，有一副对联雅致地道出了艺术真趣：“展堂读画，平山观文。”在这宁静的空间中，博物馆并不满足于陈列展品，它自身的氛围和布设就融入了艺术和情趣的主题中。我在一个一个展厅中发现自己参观展品的心情发生了离题，可是，这种离题心理并没有削弱艺术展览的结构秩序，反而使美好宁静的氛围更加强烈。

我们都深味音乐与画面两种艺术形式交融的魅力，而在日本浮世绘的展厅中，古老东洋的音乐隐隐约约地在空气中袅袅婷婷、徘徊萦绕，将木刻画作品所要揭示的日本画风渲染到了极致。在其他的展厅中，不同的主题和展厅空间和谐一体，这已经不是普通的室内设计构图可以展现的了。优雅的细木雕工木门，和谐的灯光和展架设计，时刻反映出博物馆设计上深厚的人文底蕴和美学修养根基。这种细微，或许正是许多展馆所缺乏的，也是展览水准上很难弥补的差距。其他的博物馆，或许展品的价值和档次经常会比这里优越，但是在展现艺术的细腻设计上，却多少有些露怯了。或许，这正是艺术在出乎其外和入乎其内上的微妙吧。

介绍香港中区早期历史的展厅给了我很大的冲击。灰色照片中的旧式大楼，已经被超现代风格的大厦所代替。维多利亚港见证了沧海桑田的变迁。太平山上的建筑不断深入点缀和填补着山色，而港岛的海岸线也逐渐被填海造地工程向更广阔的水域推移。我在港岛模型中探询着自己的位置，于是在茫茫大荒的历史版图中，我发现港大一直在海的身边铺展自己，像众多的香港建筑一样，漫山遍野地绽放。今世之后，还有来世。在这个有限的空间里，心灵的感悟竟然昭示起未知的将来了。

走出博物馆，在楼外小径的扶栏边看般咸道上行人和车流匆匆，这恍然间的一个小时，会是时空上的错觉吗？沿着小径而上，又会是怎样的世界呢？馆里馆外的时光，或许真正揭示了出乎和入乎之间的那道界限。

港大学生楼

在港大的那么多天里，我和他相隔的距离是九楼和四楼。重新开始了学校的宿舍生活，男生晚上 10:30 后就不能出现在女生的楼层，这种久违的感觉令人觉得荒诞。于是，我们常常在走入电梯时，面对着楼层数目表，迟疑不定究竟该按哪个数字。有时，我明明要下楼，可是在几个数字的抉择上，会发生短暂的愕然状态：应该先去他的四楼还是该去底楼，而因为香港因循了英国的规则，一楼却根本不是底楼。因此，每每在 4、1、L 之间迷惑着，港大的宿舍生活就这样过去了近一半。

前不久有位台湾女明星写了一本散文集，内容我自然不了解，可是书名浪漫得很：《下楼谈恋爱》。现在想来，好像这名字很符合自己目前的状态。只是，原本我为此遐想的景象改变了：那个换上碎花布裙，扎着马尾，倚在窗口看风景的姑娘，姗姗地下楼，背后彩霞满天的场景，变成了我在大楼里乘电梯下来，一脸疲倦，目光呆滞地盯着学生活动通告了。

文学世界中的恋爱，在这个摩登都市的校园一角演变着。原来我读过的港台爱情小说，在现实世界中一一验证起来。首先，港大的学生宿舍符合小说世界：有序的管理、五颜六色的招贴海报、刻板的楼层导师、明亮的公共客厅，还有那个转身都要撞上家具的斗室，一切的硬件都符合校园恋爱场景。此外，勤奋的清扫工、礼貌的门房，以及每天的点头微笑，都增添了平常大陆校园中所没有的风情。

可是，关键是下楼的恋爱怎么谈？匆匆而过的生活、紧张忙碌的图书馆搜寻、电脑前规定的任务，这一切都违背了浪漫恋爱故事的布景。那天，在我的九楼房间里，我们从细长条形的窗户向外张望，发现那更细方格下的一角就是维多利亚湾，而右侧的窗户外层层叠叠的高楼之外又是太平山。天哪！从严格意义上说，我的九楼小房间还是海景兼山景房，绝对的恋爱风景区。

哈哈！那是自我打趣的乐观主义精神在支撑着自己。掀开窗帘，看着灯火阑珊尽收眼底，可是我的心里还是想着远方有着西湖的家园。恋爱就是从那个湖畔开始，湖水一直荡漾着，无边无际地翻腾着青山绿水中悠远绵长的感情。我忽然想起某位女作家说过的话，可以没有爱情，但是绝对不能失去性感。没有了性感，就是最大的失败。繁华喧闹、物欲横流的香港，好像就是那个失去了性感而备觉失败的女人。

海洋公园

特意赶到尖沙咀买了一台富士数码相机，兴奋得希望立刻就尝试一下。毕竟，原本预算三千以内，结果却买了四千的东西，心中的期待自然高了许多，跃跃欲试的心情也可以理解嘛。因此，尽管夜里吵吵闹闹到了凌晨两点，在化干戈为玉帛的尾声中迟迟睡去，我还是抖擞了精神，决心到海洋公园里大试身手。

在奔赴海洋公园的途中，我们一直谈着这台高出预算许多的数码相机的来由，忽然觉得那个卖相机的男子着实工夫到家，几乎是不露痕迹、暗度陈仓地将我们原来挑中的相机来了个“乾坤大挪移”。回想起来，这个卖手的高超之处主要有以下几点：第一，绝没有急促的推销姿态，要保持悠然、笃定、无所谓的酷毙神情。第二，明察秋毫，准确断定谁是真心想买，谁是隔岸观火的看客。一旦确定买主的诚心后，不立刻发表推销建议，只是让买方自由挑选，谈妥价格，然后落座收钱。第三步，收到钱后，不急着找钱，不立刻交货，而是进一步以专业人士的姿态询问购买意愿。比如，当时,那个小伙子只是不经意地问:"你们买这款相机送人吗?"然后,意味深长地摇头,注意,这时的表情一定要有行家的高深莫测感,留待买方主动进一步询问时,推销者一定要诚恳真挚。第四,一定要让事实说话。他即刻拿出了电脑,接上了相机,以他准备推荐的一款和我们挑定的一款进行事实效果的比较,让买主自己目瞪口呆地面对比较的结果。当然,最终的结果可想而知,我当场热切地掏出了腰包,心甘情愿地追加了一千六百元,买下了它。我们一路回忆,一路感叹,不过好在觉得"他很聪明,我也不傻"。然后心驰神往地觉得这又是人生第 N 次经验,好像喝了聪明泉水一般地过瘾。

好在在海洋公园里的拍摄确实很成功。尽管在最关键的时刻下了场瓢泼大雨,可是幽蓝的海洋世界已经显现在了我们的电脑屏幕上。在到达海洋公园低地游乐区时,我说起儿子有一次在进少年宫时尖叫一分钟表示极度兴奋的"历史故事"。其实,那时的我也有这种冲动,只是当时儿子只有两岁,而成年的我似乎没有了这样的资格和自由。

公园里低地区的设施基本为儿童设计,憨态可掬的卡通人物、旋转木马、熊猫馆、鸟类表演、金鱼馆、恐龙化石展等分布得井然有序,只是,比大陆其他游乐场更卓越的地方在于,场地就在大海边的山地里,随时可以亲近的自然原本就是人类最大的乐园。不过,更精彩的部分是要坐缆车前往的,它位于高地,需要高空缆车翻过一个山头。在徐徐上升的缆车上,远处的海景美丽悠然,浅水湾也在目力范围内。D 在一旁说着人应该从固有生活环境中出来的换位体会,与此同时,大片的景色就从视线和身体底下划动着。鸟儿的自由就是在于飞翔,它们太幸福了!我无端地在高空中羡慕着它们,想到很多诗人最终的结局就是从高空扑向大地粉身碎骨。例如徐志摩,尽管空难结束了他多情而匆匆的一生,可是,那句"我是高天上的一朵流云,偶尔投射在你的波心"却永远留在了后人心里。这种艳羡,那时的我明白,当水域、丛林、山坡在俯瞰之下移动时,那种快意的自由畅想,写都写不出来。

终于,在水族馆里,我看到了另一种姿态的飞翔。我无法准确叫出那种鱼的名字，可是，它分明是张开翅膀在水中悠然地翱翔，我的镜头几次都对准它，可是它稍纵即逝的水中飞翔却永远让人无法捕捉。在蔚蓝的深邃的海水中，它舞动着翅膀一样的双鳍，滑动着，以流线型的姿态消失在了我留恋的视线中。各种各样的鱼类在游动，这个宇宙的第三空间确实有着人类无法确凿了解的神秘。水母张开花伞一般的顶冠时，就像深沉的烟客优雅地吐出了几个烟圈，淡淡的，轻盈的，几乎没有任何重量的，然后慢慢漾开来，透明得好像立刻要消散似的。

看了片刻的海狮和海豚的表演后，我们参与了一个有趣的森林幻影历险。在走入了由镜子组合而成的森林迷宫后，我们发现幽深的通道里四面八方都是自己重重叠叠的身影，哪里都像是出路，而哪里都有碰壁的可能，光影就这样和人的错觉开着善意的玩笑。在走出迷宫时，我们大笑，觉得这个创意精巧而成本低廉，而且还趣味盎然。和前面的相机推销术相比，就是智慧和聪明的区别了。

聪明是生活中那些常常会出现的亮光，而智慧，比聪明深沉，前者和后者，犹如清亮的小溪之于深远的海洋。今夜的梦境，会是那片幽蓝的大海吗？

太平山路

在快离开香港的日子里，心情忽然变得失落起来，不过也得到了很大的弥补——在焦躁和心不在焉中，我们认真地观察了这个城市中差点要被略去的内容。在太平山上，我曾经拍过一幅名为“HIGH”的大楼，它仿佛突起在山头之上，在阳光下显得生动而立体。因此，我们就决定真正踏入这个以“国际金融中心”为名的大楼。当日的天气非常糟糕，能见度不高，从我的窗口望去，水域只是灰蒙蒙的一片。好在，走入了大楼，灯光照明和中央空调可以掩盖户外的一切不利。确实如某位港大教授所推荐的，这座楼里的购物环境全然没有香港本地许多商场的狭小和拥挤,虽然商品的价格无论如何都不能取悦我们。在一些时尚的精品廊边,橱窗的设计吸引了我的注意,同时,一边还有专业服装设计人士在笔记本上抄录着什么。大厅里飘着咖啡的香味,落座的大多是欧美客,整个气氛洋溢着异域风情。

在这样的水泥钢筋中,设计、灯光、琳琅满目的商品、中上阶层顾客的高贵等都铺展着一种迷人的光彩。可是,生命的美丽和尊贵,或许更应该在大自然的绿色山坳里得到呵护。不过,对于我们这些城里人来说,花钱买片刻的宁静和零星的自然环境已经是一种奢侈了。这幢HIGH大楼犹如男性阳物般高耸在维多利亚湾,可是浮云只是匆匆飘过。走进去之后,我才觉得空旷的田野,和煦的轻风,清朗的天空才会使人感动战栗。室内环境好像一直愿意模仿大自然,尽管HIGH中的空间确实广阔大气,可是它有着明白的尽头,没有惊喜,一切都在意料之中。然而,只有从这个室内世界向外探望,有限的岛屿周围的迷雾和涛声才会被真实地领略。

从HIGH出来后,我们再次登上了中环到半山的自动扶梯。傍晚时刻的SOHO美食区依然是一片醇厚的热闹。这个景象,与刚才从楼梯街下来时途经的文武庙中的袅袅香火形成了一种奇怪的对比,仿佛跨过那缭绕的烟雾后,人就从虔诚古典的东方一下子跌入了沉醉旖旎的西方世界。这真是个不可思议的城市。

在金饰品店中买了项链和吊坠。看着店员有条不紊地摁着计算器,看着眼前闪烁而诱人的金饰,那种纸醉金迷的陶然占据了我当时的大半心情。乘胜追击,在后来的血拼中,面对原来很舍不得买的香水,我不太犹豫地就买下了四瓶。这种心理很神奇,只要金钱离开了荷包换成了可爱的玩意,快乐就会从心底里升腾上来,无论这买下的东西是否最终属于自己。

两日来,我们上街的时限一直在傍晚七点左右,因为要关注时事的最新状况。有趣的是,在没有普通话的世界中,我们靠听广东话和英文,加上看字幕,八九不离十地跟随着最新的新闻信息。地域的错位使许多新闻报道和电视节目变得有些异样,就像走进HIGH的感觉和在山顶看HIGH的体验，像先前在香水店的犹豫和后来在那里的决然，换了个视点，改了个时间，一切都不同了。

偶有杂感

遇到了香港夏季的雨天，天气灰蒙蒙的，窗台上点点水珠，原来要外出的一系列计划就得推迟了。房间里待得久了，常常会产生仿佛要大病一场的恹恹感觉。晚上，冲了个热水浴后，我不由自主地又坐在了电脑前，键盘像有魔力似的，让我充溢着一股要写的情绪。在我遭遇自己痛恨的人时，木讷的我只有写字，连编写带现实主义地将那人丑化，以泄心头之恨。这真的像是一种宗教信仰般的具有抚慰作用。除掉出游的其他时间，我除了去图书馆，就是看书，看别人如何发泄不满，例如，戴维·洛奇的书我连着读了六本，发现他也用这种方式解除、解构、缓释那种生存在学术界的愤懑，同时又是优势。

在这个世界中，总有很强大的力量在促使人们挣钱。比如我在路边等公车时，常看见房产广告，看到价格吓得不轻。香港人为了哪怕是窗户小小一角的海景，楼下迷你型的草坪，都能产生无穷无尽的挣钱的动力。大街旁的汽车展厅里，不同档次、价格、形状的汽车在诱惑着人们加快赚钱节奏。因此，我坐在房间里这样涂鸦胡说，可真是一种奢侈的放纵行为。更要命的是，严肃地写了一大堆文章，投寄出去后，就得自嘲人类的文明发展是个反熵过程，基本处于小猪吃掉老虎的反潮流趋势。

前一天傍晚在湾仔的会展中心，看到香港十一月将在那里举办一场大型的玩具展，心里刚觉得遗憾，而后又变成了一种无奈的领悟。玩具倡导人们回归童心，享受生活只是一种表面的宣传，其实内部进行的依然是一种增熵行为，是商业开发、市场开拓的驱动力。大家都来了，在电玩、声控、模拟中扩大了玩具市场的潜力，可是蜂拥而至的市场商机却必定会在熵增的无限混乱中最终归于死寂。谁还去趴在地上打弹子？谁还在那里跳着皮筋？谁面对着烂泥地还会觉得天地阔大、丰富，而且有趣？没有了利益的驱动力，这些都是反熵的游戏。

确实，当时的紫荆花广场音乐叮咚，我刚刚觉得这里还多少有些生趣，却发现那音乐是从一辆卖冷饮的巴士传来的。依然没有违背商业城市的定律，在巨大的洪流中，始终是老虎吃掉小猪。

南丫岛

我走在烈日下的南丫岛，在曲折迂回甚至不时陡斜的小径时，那个叶公好龙的寓言就盘旋在心里。我无数次地认为自己热爱大海，喜欢水边的一切。可是，由于体力的不济和周期性的沮丧，我竟然无法真正地享受南丫岛的旅行。我们将这个岛屿放在香港之行的后段，就是希望能在离开香港前轻松惬意地享受一下纯粹的自然美景。况且，“香港漫步游”的手册上又引人入胜地描写为：“假如您想远离都市烦嚣，南丫岛实在是理想之选…… 岛上没有任何汽车行驶，而且大部分楼宇都只有三层高，峦峦山群与迂回小径，还有恬静的沙滩和远近闻名的海鲜菜馆，诚然是旅客自助漫游的胜地。”

结果，在气温报告 34℃ 的阳光下，在海滩边，我竟然失去了游泳的欲望，而且在水声拍岸中，首先想到的是没有带洗发水和沐浴露。一路走下来，我对自己面对海水沙滩时的退缩感到羞愧。恰巧这时，几对外国游客在山路上迎面走来，其中的女眷穿着三点式自在地走向海滩，身材健美，在阳光下非常骄傲。

确实，在南丫岛，时间不像在港岛和九龙以及其他繁华的地方那样匆匆。从简陋的民居走过时，我看到老年的岛民悠闲地坐在亭廊里，忽然发现，或许在他们这里时间已经不具有那么多附加的经济价值和紧迫性。于是，我感悟到这里独特的味道可能也不仅仅在于海景，而是人们对于时间的阔绰上的独特气质。海边餐馆吃点海味，街头邻里随性的交谈，豆腐花店里坐坐，眼里全然没有匆匆忙忙的情景。要不是身体极其不适，我可能还不会意识到，其实世界上没有任何太重要的事情该把自己弄得疲惫不堪。

当然，我们最终没有享受海味，而是在码头分享了一个吞拿鱼三文治。后来，当我们回到中环，因为等小巴的诸多不便，加上午后烈日极度消耗体能，竟然出现了烦躁心情。我无法想象自己在从悠闲海岛回来后居然会如此乏力低落。回到房间后，抓紧打开空调，洗脸，躺下，然后——慢慢回到理智的自己。

紧张、匆忙的生活节奏塑造了很多人性格的一个重要方面——好强、偏执、阴郁。因此，凤凰卫视的名主播刘海若在遭遇车祸前想着要去普罗旺斯看薰衣草，在她被判断为脑死亡后苏醒过来后，在逐渐的康复中依然只记得那个普罗旺斯的薰衣草之约。其实，这恰好是现代快节奏人的悲哀，生活和竞争压力太大了，心中才会对于那种失去时间概念的美丽景致充满了家园般的向往和执著的期盼。其实真到了那里，只不过是获取短暂的释压和解放，真正的心灵历练，光靠美景是不够的。

刚读完洛奇在1995年出版的小说《治疗》(*Therapy*)，掩卷后我一直感慨不已。这是目前我读过的洛奇小说中最打动我的一本。尤其在那位经历中年危机的男主人公追寻少年情愫，向西班牙的圣地亚哥进行心灵朝圣的时刻里，我读出了社会人逐渐泯灭自我个性的悲哀，但是，也明白了，其实人一直就在一种自我救赎的过程中。年轻时，我会觉得海边的浪漫景致、迷人悠扬的音乐、隽永的诗歌能对人的心灵以净化和抚慰作用；但是此刻，我明白神话背后现实的无奈，也知道自己解决不了的危机，美景也爱莫能助。南怀瑾先生在他的《论语别裁》中曾说到一个笑话，说西方文化是两个半苹果而来的：第一个苹果是亚当夏娃吃了，闯了祸，所以我们人类到如今那么痛苦。第二个苹果，启发牛顿发现了地心引力，中国人吃了很多苹果都不晓得。另外半个苹果，是木马屠城记所表现的英雄思想。性爱、理性和英雄主义或许已经不能称为仅仅是西方文化的真谛了，现代人甚至在这三重的追寻和桎梏中变得逐渐远离了作为人真正的自由和快乐。

青马与青衣

受到台风登陆福建的外围影响，香港上空飘着些小雨，刮着凉爽的风。回家的日程在即，心情却越发无法平静下来，案前的工作根本进行不了。于是，借着去九龙换人民币的理由，我们两人又在外晃荡了一天。事先我们还煞有介事地列了游览计划，诸如理工大学、兰桂坊、青马大桥等。结果，正如常理所言，盼到的往往是没有预计的。

理工大学就在九龙火车站边，面积虽小但五脏俱全。不知何故，我竟然对在这里学习的学生怀有同情。毕竟，这样密集的水泥钢筋丛林中怎么会有思维和运动的空间？不过，心想既然拍到了中大的校门，我也可以在那里摄一张理工大学的入口，回港大时再补一张。接着，等我们经由地铁到了青衣岛，决心坐小巴上青马大桥去看风景时，天气越发溟濛，能见度不高。因此，我们仅仅坐车跑完了大桥，并没有照原计划下来。等过了桥，我们随意地又搭了一辆小巴，跑到了荃湾。打开旅行手册一看，歪打正着，那里恰好有我一直打算要看的三栋屋博物馆。于是我们的前往弥补了方才的遗憾，了解了一下客家农民围村民居，增长了颇多的历史知识。我很赞许港人对历史的珍视态度，以及博物馆的展示质量，但是在介绍荃湾的历史录像，仅用广东话，而且没有字幕，这多少有些美中不足。

在众多稍有缺憾的游览经历中，这次倒还是有些额外补给的。例如，中午，我们在青衣城吃了顿很惬意美味的简餐。然后，在傍晚之前，终于赶到了慕名很久的兰桂坊区。诚然，那个美丽的名字很叫人浮想联翩，只是，在想象的距离消失后，那种真切才把浮想中的假象抹去。香港人的酒吧、咖啡店应该还是很有味道的，有世界各地不同的、精致的、惟妙惟肖的摹本。关键是,那里必须要在夜色阑珊时才彻底绽放出自己的动人魅力。隔着一道门和那些落地的玻璃,我觉得那是个离我很远的世界。酒吧里的墙上贴着各式海报,桌子上摆着黄色的烟灰缸和小碟的点心,三三两两的人们(多为老外)目光迷离,神态笃定。我想,或许只有我真正走进去,才能体会到那种货真价实的感觉,才能找到气味、声音、习俗、服务的最个性和真实的组合,才可以感受日暮、夜深时伴着酒盏让人神思迷惘的氛围。然而我只看到了表象,对兰桂坊区那些酒坊之间纷繁庞杂的细微特征,却是始终无法了解的。

因此,我想,傍晚的兰桂坊之行,只是为将来我真正走入任何地方任何酒吧而开始的序曲。到那时,我认同某家酒吧的标准应该是:它是否可以让人远离压力。

港大学生

在最后离开港大的日子里,有种感叹不得不发。我发现,港大的学生对于时间太过奢侈,而且永远像长不大的孩子,表情、语调、做派全然幼稚,而且颇有将幼稚进行到底的决心。比如说,这几天正是新生入校的日子,于是宿舍里宣传品、海报等花去了老生大部分的时间,大家可以从早上商量迎新事宜,一直到晚上,甚至到凌晨都结束不了。前两天,半夜一点多了,一群人还在客厅里又唱又跳地准备着。早晨一起床,就发现客厅的门窗被黑色塑料纸糊上了,想必他们是要给新生一些惊喜,一条三人大沙发靠在我的房门前,两台大冰箱被乾坤大转移。更荒诞的是,走出九楼电梯,迎面的墙报就是以洁厕鸭为主题的一个大马桶。几日前,我还看到一群人通宵达旦地制作鸭子,现在才明白,摆放在客厅里一只只的鸭子,都坐在马桶里面,可能要一一送给新生,顺便告诉他们要保持厕所马桶的清洁吧。幼稚园小朋友的把戏都用上了,老生新生的智商仿佛都倒退到了五岁。虽然这种宣传宿舍卫生的方式独特，可是看到他们为了厕所鸭子从早做到晚，一边哼唱一边看电视，我觉得溜走的时间对于这些年轻如朝阳的孩子们来说着实可惜。

不知学生们以如此夸张、铺张的方式进行社团活动，或者叫迎新生活动是否是港大校方或老师们的意思，更或者也是学生们做些玩闹造出些气氛，可是历时如此之久，耗精力如此之大，就有些令人迷惑了。这种做法，与内地的大学倒有很大的差别。在我所经历的迎新活动中，去车站接新生，带他们熟悉校园，开个简单的 party 就已经很有效了。然而，对于这里一味追求的热烈氛围，以及大家又唱又叫又闹，又吃又喝又故弄玄虚的做法，我作为观众还是消受不了。

中午在电梯口，我看到了楼层的卫生员有些无奈的表情，她激动地用粤语哇哇地对我说着什么，内容不是太明白，但估摸就是说这样得折腾几天几夜的意思。她从大清早打扫到现在，可这群大孩子们瞬间就又制造出几倍的垃圾和混乱，她这几天肯定得疲惫不堪了。要是换成我，这段日子还真恨不能将拖把折断算了……这批浪费时间的孩子，真是幼稚、喧闹透了！

不过，我并不是香港大学的教职员，我对学生社团活动方面没有了解，所以也没有发言权。可能人家这种狂热和喧哗，以及放全部精力在社团工作中的精神是好的，只是不入我旁人的欣赏视域而已。但我总觉得，就算是社团活动，也有功力、水平的高下，总不能一味玩下蹲上跳的游戏，以热闹的气氛来掩盖时间、精力，失去了作为成人应该有的理性。很不幸的是，十八九岁奔二十的人了，理性、个性的器官反倒退化，说句良心话，孩子们忘我的精神是可圈可点的，起码他们没有关在房间里无动于衷，而且海报等宣传品的质量和水准也不差。但是夜半三更时还要放声高歌，跺脚欢笑，往其他关闭的房间里传点并不雅致动听的噪音，结果和三岁以下孩童夜哭没什么两样。

可爱的动机如果不做理智的处理，这个行为就显得滑稽而不可爱了。

屏山文物径

下一日就要离开香港了,莫测的未来并不会预示我何时会再来。但是,我觉得没有什么值得遗憾的事情了。过去读亦舒的小说,想象中的香港全然不是真实见到的样子。不过,值得一提的是,在我们的视线中,或许有许多人永远不会看到的内容。香港境内据说遍布了早至六千年前的考古遗物,并且特区政府也在努力使这个城市成为金融业繁盛、人文历史丰富的城市。

因此,在看到了商业贸易发达、国际商品荟萃、海岛风情旖旎、异国情调丰富的香港后,我们特别地查阅了关于香港历史古迹的信息。终于,在离开前的最后一天,来到了香港历史最悠久的地区——屏山。据介绍,新界五大族之一的邓氏其中一支早于十二世纪时就已定居在那里,那里独特古老的建筑也见证了历史的轨迹。天下着雨,那条蜿蜒迂回的屏山文物径在大雨中显得更加质朴而具有历史沧桑感。有趣的是,循着地面上"屏山文物径"那颇具古风的标志,我们穿梭在雨巷中,根本就遗忘了这是个属于香港新界的村落。从号称香港唯一古塔的聚星楼出发,我们踏着石板路,撑着雨伞,穿行在悠长的围村民巷中。文物径全长大约一公里,多座典型中国传统建筑(如邓氏祠堂等)连接着。其实,如果我当时身在国内,就不会有太多的惊讶和游兴,只是,在香港其他地区的发展几乎抹杀了历史和中华文化传统的大背景下,这里的中国古风倒确实令人耳目一新。只是,再如何调节情绪,这里的雨巷都不会有戴望舒诗中清雅和绵长的韵味。石板路、青砖墙、祠堂、飞檐等虽然古风因素具备,但是那种韵致出不来,好像莫名地缺少了一种神秘的元素。

游览中的景物有时并非是首要因素,有些游览者或许最享受的是思想和发现的乐趣。我相信这不是我们个人的经历。试想,在空濛的雨中,在单纯的光线下，站在屋檐下，看着雨丝慢慢地落下来，人们会引发出什么样的思绪呢？如果一个人总是看同样的景物，过着同样节奏的生活，做着一成不变的工作，那么再美、再精彩的东西都会黯然褪色。我非常赞同一位作家所推崇的罗素先生的一句话："须知参差多态，乃是幸福的本源。"并且，他坚持认为，大多数的参差多态都是敏于思索的人创造出来的，我另外补充理解为：只有经常换着角度，从与旁人不同的视点和心境看事物，或许才会有欣然的收获和新鲜的生活体会。不过，说得远一些，如果生活中没有这种可以经常更新视域的经历，那至少看待生活的目光不能单调机械。

比如说，在参观完元朗的屏山文物径后，我认为应该立即去浅水湾海滩边突破自己不敢着三点式泳装下水的心理障碍。自己虽然早在二十几天前就买了那件美丽的泳衣，可是出于缺乏勇气等诸多原因，一直没有尝试过去海里游泳。坦率地说，我并没有美丽婀娜的身材，可是下午在海边，能够让我得到的快乐，就是因为做和没有做之间界限的突破。我高兴是因为我看到并理解了自己思想和行为的连续性，其间包括了我曾经不愿承认的自卑，也包括了在自然面前最终的坦然。在我终于把这些写下来的过程中，我也获得了许多意想不到的发现和快乐。

是的，发现，我逐渐发现了自己一直蜕变出来的思想——在关注光彩的事物时，平静地接受事物存在的一些或许暂时还改变不了的阴暗。大千世界，应接不暇，也是所谓的参差多态吧。

澳　门

这一日的经历，可以说是我生命中一次很大的震惊。早晨 5 点一刻，手机闹铃将我从睡梦中唤醒。六点半从港大出发，正式开始我们的澳门之旅。为了这次旅行，我们还特意选择了周一，因为往返港澳的喷射飞船周末和假日更昂贵一些。一个小时的航程，我们就到达了澳门码头。

比起香港，澳门陈旧得多，节奏也慢了许多。这个以博彩业为主要收入的地区直到上午近10点时都仿佛没有睡醒。楼房的密度比香港疏朗得多，也黯淡不少。在船接近码头时，我们就看见标有“金沙娱乐城”的大厦，真正金碧辉煌呀。每天不知有多少赌徒进出，有多少失魂落魄和得意非凡的人从大门里穿过。在我没有踏上这块岛屿时，澳门就给我一种醉生梦死的没落气息，见到它时，尤其在我们走进经典的澳门大赌场——葡京酒店时，我才有了真正瞠目结舌的感觉。

在每个赌场入口，都有保安人员严格地检查，防止客人携带危险物品。同时，有拎着满满的筹码箱子匆忙进出的工作人员。当时我的脑子里突然出现了“墙倾楫摧，灰飞湮灭”的字眼，这恐怕对于顷刻间金钱和命运的流转是最合适的形容了。几个身材惹火的美女从我们身边袅袅婷婷地走过，我马上意识到她们的生计是什么了。在这个堕落的世界中，听得到的就是高跟鞋踩着光洁地面的声音，筹码的落台声，以及叮叮当当的吃钱机器吞噬人理智的响声。上午十点半钟左右，赌场里人头攒动，坐在赌桌前的人大多青面獠牙，估计通宵熬下来，紧张兴奋得都有些虚脱了。在一张牌桌前，我看到一个头发花白，干瘪得几乎没有人形的老太太坐在那里押注。看来，她在赌桌前颓然猝死的可能性是很大的。

空气中没有一丝新鲜的味道，地毯上散发着一种堕落的气息。我看到另一支排得相当有序的队伍在通过检测器，原来里面还有会员赌场。人生的戏剧在这个舞台上，上演的大半为悲剧吧，看着这一切，我好奇地想知道，那些工作人员究竟该有怎样的定力和勇气，才能返回正常的生活啊。下午返回香港前，我们又去看了新建的“金沙娱乐城”，那里的规模更大，老虎机的台数更多，响动就更巨大了。整幢大厦餐饮、赌博、住宿一体，大型的电子屏幕上金色的钱币在不断落下，醒目的“Play To Win”在召唤着僵尸一般失去自控能力的人们。大堂里，盛装的女子穿梭不息。这样的场景，恐怕只有电视电影中才见到过。博彩业凭着人性深处的最弱处，永远是所向披靡的。

一天的步行运动强度是超常的，九个多小时没有落座，加之盛夏的骄阳和闷热的天气,我感到自己要晕厥了。在大三巴旁的大炮台上,我们俯瞰了澳门本岛,并远眺了对江的珠海。有趣的是,澳门的败落和破旧,竟然和珠海的崭新和摩登形成了对比。对此景象,我们用相机的镜头捕捉下来。

我们沿着海边大道,最初摸索到的是妈阁庙。这个至今已有五百年历史的古庙是澳门的重要名胜之一,供奉的是妈祖天后,即能预言凶吉,在海上显灵的神明。我终于知道了澳门的英文名字 Macau 的来历。原来,当葡国人抵达澳门时,他们指着这片土地问当地居民这是何方,居民误以为他们问的是妈阁庙,就答:妈阁。于是,Macau 的音译名由此得来。沿街走来时,许多葡式建筑和中西合璧的楼房吸引了我们的注意力,尤其是议事厅前地的景象,它完全显示出澳门葡萄牙殖民时期的特色。现在坐在桌前回想,我依然觉得到议事厅前地时的我们甚为了得。因为之前的那段路几乎对我们的体力和耐心是一种折磨和考验。满目的景象并不优美,但是,对于自我的征服,以及用每一步丈量澳门的经历,我现在唯有骄傲和幸福的感觉。正如我曾经所说的,只有自己的脚步真正踏过的地方,才会有真实的感觉。

不知为何,现在在岛上生活和行走,我不时地会想起那部名为 *Legend of 1900*(海上钢琴师)的电影。“1900”(那位钢琴师的名字)始终没有登上过陆地,对陆地充满未知的不安,而这种不肯下船的执拗和最后将生命交还给海洋的执著,此刻的我或许多少明了了一些。陆地上的堕落、人性对于物欲无休止的追逐,以及在固定土地上极尽所能地掠夺,这一切,加之对那个人性弱点的不信任,终于使“1900”没有俯首于土地的诱惑,哪怕以初恋的爱情为代价。

我也有这样类似的心情。

心　影

A

《阿凡达》(*Avatar*;美国,2010)

2010年伊始,电影《阿凡达》成为娱乐市场最热门的电影及话题,由于3D技术的革新,特殊影院设备的要求让观众在购票选择上苛刻不已,上海几度出现一票难求的局面,电视新闻中也看到不少人带着折叠椅,冒着严寒排巨龙长队买票。上周六回杭州见到老弟,他已经去影院饱览了此片,感叹说看碟等于没看这部电影。

看一位学者说到“启蒙”的双重性,尤其强调不要在被征服的同时忘却了独立的思考。好在,我从来就长着反骨,所有人都在呐喊精彩的同时,我愈加端正强烈的审视态度。下午,全家一起看了《阿凡达》,观后自觉影片电影技术堪称炉火纯青,但是编剧水平一般,亦真亦幻的效果甚至让人觉得有动画片之嫌。

故事的脉络并不出挑,影画效果的精彩倒有了抢戏的缺憾。我和D说起此片,均有媒体溢美之词过多过度的感觉。我开玩笑地说,怕是我俩的观感会被很多人不齿,对方倒不以为然。记得曾有“丰富的痛苦”之说,大意是思考得越深越丰富,必然伴随着某种清醒的痛苦。大概在这种痛苦中,人需要不为服从众议而孤立的胆魄,也要有耐得住寂寞的决心。我日益相信一件事,面对倾倒性的观点,就更加需要警惕和思考。例如,影片中一半以上近乎动画特技的场面，真空了实际的生活，具有梦幻色彩，却剥夺了人们想象的空间，就像照片诞生时人们担心绘画的命运一般，道理雷同。当真实在艺术处理上变得像幻境时，当“像”的标准被超越后，将来真正的价值必然会超越技巧和技术。

另一点值得关注的是，许多影评人有些幸灾乐祸地认为其他导演应该反思距离，对卡梅隆顶礼膜拜，其实大可不必。比较的维度和方向是不同的，妄自菲薄就是愚蠢。其实，在我们看来，这部作品并没有超越卡梅隆之前的《泰坦尼克》，至少在撞击心灵的层面，在拟造真实的力度和历史的猜想上，都没有让人产生当年流泪怅惘，画面盘旋不散的印象。

环保与和平问题并非故事的灵魂所在，导演的用心何在明眼人一看就知道，他偏离了情感的部分，专注于技术投注，这一切无可厚非。值得质疑的是观众和影评的厚此薄彼。

《阿甘正传》(*Forrest Gump*；美国，1994)

儿子的阅读课要求写电影《阿甘正传》的观后感，晚上我陪着儿子再次看了这部电影。岁月匆匆，曾经和我第一次看此片的是他父亲，而十多年后，儿子在我身边体会着同一个故事。

一部好作品，岁月不同，人生体验不同，感受就不同。整个过程，我们时而笑，时而落泪。阿甘的故事就是从一个智障人的视角展现了美国的一段历史，从民权运动、越战、肯尼迪遇刺、阿波罗登月、嬉皮士生活、乒乓外交、水门事件，一直到里根时代。阿甘无法理解人们语言交流中的深层意义，始终以第一层的语言意义对待生活。他坚守承诺，为越战阵亡的巴布的愿望，买了捕虾船，甚至让残疾的中尉和他一同开启了人生的事业；他的奔跑鼓励了很多人，让那些思想的巨人、行动的侏儒们看到了实践的必要；他一生只爱一个姑娘，一根筋地执著让他赢得了爱情，有了自己可爱聪明的孩子,却不得不告别了不幸染上了艾滋病的妻子……他有着许多令人难以想象的故事和奇迹,却始终不贪婪,不在追逐名利中丧失自我。

阿甘总是重复他母亲曾经教诲他的话,其实,身为母亲,我也从阿甘母亲的身上看到了坚定和信念的重要。她从来不放弃对儿子的希望,始终觉得每个生命都有存在的重要性和意义。这一点,其实美国教育家 Marval Collins 是终身信奉的。儿子偎依在我身边,我那时内心希望孩子也能从阿甘这个人物身上汲取力量。

我忽然想到了一个词:钝感力,虽然我并没有读过渡边淳一的小说《钝感力》,不知道作家使用该词时是否和我的理解一致。我之所谓钝感力,其实是针对敏感而言。只从我个人的经历上,我不时深受敏感的影响,在许多不该耗费精力的地方,伤心伤神。

昨天的那一次心伤,以今天的感受再想,又有了不同的意义。事实存在,心情不同,何不看开了。人不可能让所有人都喜欢,有时候,要有超越被指责和评头论足的洒脱,要骄傲地告诉自己,别人不欣赏,那是他们的事。永远会有一个 Fat Lady 在关注,这就够了。在这个瞬间,我顿时感受到自己就像是 *Franny and Zooey*(《弗兰泥和佐伊》)里的 Franny,等到心结打开,睡意自然会来。

真的,不时要磨钝自己过于锋利的敏感力,在容易受伤的时候,学会只听到表层的意义,学会放弃和豁达。下午我还在说着"无欲则刚",其实我就是输在了在乎上。

那种反讽,其实也自有道理,过于在乎,就有了软肋。放弃总是渴望被肯定的心情,我不在乎,学会和自己和平相处。阿甘的执著和不在乎,或者"迟钝",才是他最最强大的攻击力。

《爱的边缘》(*The Edge of Love*;英国,2008)

看不懂的感情,诗人对待亲情、爱情、友情和世界的视角似乎超乎常人，或者说有意与众不同，剑走偏锋。研究文学多年，我明白虚构和艺术创作必须超越现实生活，可是依然无法释怀这样的传记故事。

电影主创大概也没有他们的判定权利，而且时下流行没有判断的叙述和展现，传记电影尤为如此。看电影前，正好看到本期《上海壹周》中连岳回复一名女子的信，女子婚后有至少五次肉体出轨，可她声称自己始终只爱丈夫一个人，她发现丈夫精神出轨，感到崩溃委屈。

连岳的回信虽然没有显在的评判总结，但是他的笔调和语调已经让愤怒和嘲弄泄漏无疑。对于法律无法定论的出轨和奸情，只有拷问良心，可关键是，无耻、困惑或愚蠢的人们常常执著地自我捍卫。

如果我是连岳，如果我对该写信女子的智商还有些尊重的话，我会建议她观看《爱的边缘》。出轨的命题和判断在电影中得到了赤裸裸的展现，答案就凭她的阅历和认识了。

影片中，凯瑟琳屡次背着丈夫迪伦与别人发生肉体出轨，她的精神有否出轨，天知道了。面对诗人丈夫和好友维拉之间的暧昧，凯瑟琳似乎没有愤怒的权利，可是当她质问维拉是否和迪伦偷情时，维拉的回答却是：我爱自己的丈夫。这样顾左右而言他的回答，与写信女子似乎如出一辙，可是，她们骨子里却混乱无边，自我中心。

故事中只有维拉的丈夫威廉较真于夫妻的忠诚。从战场上归来的威廉无法忍受邻居的闲言碎语，无法漠视人们对战争的超然态度，更对妻子模棱两可的情感处理愤懑，因此操起了长枪，对着那些似乎心安理得的人们扫射开去，幸好发泄行为没有造成人员伤亡。

法庭最终审判威廉无罪，维拉也最终回到了丈夫身边，她的理由文艺腔十足，却自私狭隘，因为对着比她更踌躇于情感的迪伦，对于不敢面对自己真实感受的懦夫，维拉发现只有威廉能带给自己真实。

这个“真实”用得委实荒诞，维拉长袖善舞于虚幻的情感追逐中，“三人行”的生活过得似乎十分形而上，她拿着丈夫的军人补贴赞助情人和闺蜜，却用了最形而下的形式弥补丈夫不在的寂寞，给出的理由却正当性十足，用一个“真实”来开脱自己精神和肉体双重背叛的现实。

当然,最令人不齿的就是那个始终用文学诗句来贯穿全剧的诗人迪伦·托马斯。我知道他载入了文学史册,进入了主流文学之列,可是他超越常人的情爱观,至少在这个剧情中得不到任何高尚的脚注。

连岳用"婊子只要立了贞节牌坊就是圣女"来比方各种加了前缀的背叛,好像也说明了一个事实,即度量出轨罪的难度之大,可操作性之低。没错,真正的衡量就在灵魂的深处。艺术家会坚定勇敢地高呼"人性的解放等同于灵感的松绑","道德家"会振臂呐喊希望挽救世风与人心的堕落,思想家蹙眉沉入了消除二元对立的理论纠结,而芸芸大众歇了一口气,想想这是仁者见仁的棘手问题,撒手不管,等闲视之。

我只想说,试问,让你最在乎最爱的人给你一个选择题,必要时,你是希望他(她)精神出轨呢,还是肉体出轨?

《爱在巴黎》(*Love in Paris*;法国,2007)

看了法国电影《爱在巴黎》。典型的法国人思维和艺术观,生活的琐碎将一个城市的多个侧面真实展现,历史的、现代的、颓废的、滥情的、欲望的、浪漫的巴黎,在一个心脏病患者的眼中突然焕发出了别样的色彩。朱丽叶·比诺什在其中扮演这位患者的姐姐,年届四十的女人本该与一切幻想绝缘,可是她却在熙攘的人群和喧嚣的生活中渐渐明白自由摆动身体和舞蹈的快乐,也尝试直面情欲,发现爱情的可能。

巴黎是浓墨重彩又是淡雅的,我们无法用一种色调来形容这个多棱的城市。但是,巴黎在我曾经的脚步之下,依然在我美好的记忆中。那里一闪而过的美丽女子,完全就像庞德那首著名的意象派诗歌《地铁车站》。当那个教授的眼帘中闪过那张动人的面孔,他居然感叹"美丽的脸是那样让人感到恶心",这样的形容,也只有奔放自由的法国人能够拥有。年过半百的教授尝试跟踪姑娘芳影,发着匿名的示爱短信,最后终于和女学生发生了肉体关系，高呼自己的阳具可以做碳素试验测算休渔了多久。

然而，肉体的欢愉代表不了深入灵魂的爱情，就像健康平常的身体意识不到城市的奇异和唯一。那个即将进行换心手术的男人坐在出租车里，望着车窗外热闹的巴黎，那里有外省人打拼的艰辛，有偷渡者的兴奋，也有匆匆行人各自不同的心思……教授之前正在拍摄电视片，介绍巴黎的历史人文，可是他自己都无法理解繁华城市中个人的心绪。

这样的作品，其实符合许多都市，但是唯独巴黎的节奏与之水乳交融。个人的乖戾，恣意的热情，还有不期而至的情绪爆发，以及突如其来的回忆片断，都能自然地渗透在这个城市的呼吸中。我遥想着这个曾有过半个月之交的欧洲城市，想着植物园里有些寂寥的旋转木马，还有当时那个十分寂寞的自己，觉得人类果真是奇怪的生灵，跨越了大半个地球想去寻找和验证的东西，因为时间的间隔，再次勾起了猛烈的向往。

巴黎，早已经幻化为一个有着灵魂内境的地方，遥远、妖媚、神奇，却又时常用不和谐音打破人们的认识。

比诺什那张曲线分明的脸落入了我的心底，那是一个日益明白为自由和真正自我活着的女子，因为缺乏梦想而略显刻板，却因为真实而更具有质感。

B

《巴黎二日情》(*2 Days in Paris*;法国,2007)

电影《巴黎二日情》,法国女人自导自演,还担任编剧。作品充满了欧洲气息。这里指的是欧洲艺术作品的小众和试验情怀。镜头晃动,充满高语速的对话,剑拔弩张的愤怒和发作随处皆是,情节被最大限度地淡化,观众被不断聚焦到细节的渲染上。

一对恋人都有着丰富的情史,尤其是女方,出生在巴黎的玛丽安从来不符合单纯专一的爱人形象。两人貌似恋人,实际上已经过了热恋期,来到女方巴黎的老家。一路上不停地辩论、争吵,眼看着关系每况愈下,喜剧般的诙谐中,火药味十足。矛盾尖锐到了高潮,大家一定以为爱情又将告终。

谁知主题呼之欲出。玛丽安自言自语道:“我们从一段段的恋爱中寻找理解,一段过去,孤独再来,然后再寻找下一段,一次次轮回着,总是希望下一次不再是结束。”可能这样的重复多了,让她明白放弃了此段爱情,疾患般的三段式又将上演,受伤再次开始。于是,两人终于大彻大悟,努力维持,彼此释怀,再次拥抱……

看似荒诞的对话,几乎疯癫的男女,非正常的家庭,语言差异造成的误解,这一切都成了构筑生活的碎片。法兰西的浪漫不再呈现巴黎的美好,另一个凌乱丑陋的城市侧面，让真实可信的生活道理最终自然浮现。

这样的节奏处理，在观众观看的大半过程中并不吸引人，但是饱满的结尾给人留有淡淡的却是悠然的回味，看来作品深得了法国风情的精髓。不浓郁，不张扬，戏剧却极具渗透性。除了那样的思索回顾，戏谑般的细节还会回放在脑海，例如玛丽安父亲走过巴黎街道，只要看到违章停车的情况，就用利器在车子上恶作剧地划出痕迹，大声辩护说自己最讨厌小车，它们造成了污染。

这一幕，我们本身也在心中上映了无数回，设想着该如何惩治这些恶魔般的城市环境杀手。

《巴黎小情歌》(*Les Chansons d'amour*；法国，2007)

要说对观念的最大颠覆，看法国作品就能略知大概。法国电影从来不讲"闭合"故事，那些讲述恰如德里达的"延宕"概念，一次次偏离观念的轨道，从不乖乖地配对就位，让语义飘荡在不定中，就是不肯安静。周四回杭州的途中，开始看《巴黎小情歌》，进一步验证了我对法国电影的看法。

如果电影号称爱情片，那么，其中的感情我们这等凡夫俗子一定不好接受。爱情走到乏味寡淡时，两个恋人会找来另一个姑娘进行三人恋爱，三个人在床上各执一本书阅读，动作怪异难看，丝毫不遵循爱情的美学。孰知这样的关系会引爆什么？

法国人的家庭在影片中也不符合常规，大家谈笑风生，却全无观众料想的家事琐碎和温馨，尽是些不搭调的玩笑，各自表情也像是漫反射，人与人很少构成有序的交集。很多反应和对话，颇有突兀的碎片感觉。

更大的意外是，三人恋爱中的女主角突然心脏麻痹，过早离世，为这场荒诞无稽的关系画上了休止符。于是，观众期待伤痛，认定男主角难过的情绪会缠绵后半场电影。可是，意外继续上演，男主角的痛苦有各种原因：

女主角的姐姐骚扰式的关注给他带来了逼仄的痛苦；搞不清楚自己的情感归宿和反应也是一种莫名的痛；而另一个男孩的热情追求和大胆求爱，则给还来不及总结和收场的三人恋爱进一步地添乱。应接不暇的意外和无法面对的自我，这样的痛苦促成了屏幕之外传统观众一系列的错愕和不解。电影以音乐歌舞形式，让男人女人们深情地唱了一首又一首情歌，不断强迫人们相信，在巴黎，浪漫是没有逻辑和理由的，一切皆出于即兴和真情，而痛苦，也正是因为活生生的血肉。

巴黎街巷深处，灯火阑珊，两个男人在窗口的热吻成为电影的尾声，到结束，我依然不知道，各人的爱情究竟在哪里。或者，这样的探询本身就很多余。

情人节之前看了这样的作品，好像冥冥中要在这样的年纪明白爱情的荒谬和无理。问个究竟的我，终归成为自己的笑柄。浪漫的巴黎好像一切都要超前，它把爱情解构在人们面前，让它成了有理智的人失去理智时的游戏，播撒荷尔蒙的工具。

惊讶的我，终究是因为对于爱情和生活，一直“循规蹈矩”。在这样一次被颠簸的经历中，虽然我面对的是试验电影，但至少我相信，那里有一双无形的手，帮我翻开了不曾理解、似懂非懂的那一页。这个偏离正轨的脚注，多少帮了我目前的翻译，还有——一直不肯放下的寻求正确答案的固执。

《八月迷情》(*August Rush*；美国，2007)

回杭州途中，看了一部带来震撼感受的电影——《八月迷情》。大提琴手和吉他歌手偶遇后一见钟情，彼此身心交融，之后却擦身而过，十一年天各一方。谁想，世界上却多了一个孩子，命运让他出生后即被送往福利院，因为外祖父瞒着母亲，放弃了对他的抚养，并对他的母亲撒谎，说孩子出生后即夭折。

有着神奇音乐天赋的孩子从小就对声音，尤其是大自然的乐音充满了好奇，他坚信自己能通过音乐找到父母。他擅自离开了福利院，被一位流浪艺人收留，对方发现了他的才华，惊喜无比，要开发他的天赋，给孩子起名 August Rush。在一次警察的查访中，孩子逃进了教堂。当他好奇地按动管风琴琴键后，这位天才又被牧师发现了。于是，孩子在一家音乐学院里学习，充分发挥着自己的音乐才能，创作了《八月狂想曲》，即将在中央公园的春天音乐会上演奏。

经过几番波折，音乐终于让一家人团聚。

这个故事到了尾声，才让人觉得颇落俗套。然而，这真的是一部关乎听觉的影片，两个小时左右的时间里，我的内心充满了感动，旋律和聆听让我暂时忘却了之前的许多烦恼，而自然界和人类的各种声响，竟然难得让我感受到了某种奇妙的跃动。

音乐是潜伏在人内心的某种神奇的因子，不知何时被催化，浑身的血液循环仿佛复苏般奔涌起来，听觉的冲击，加之孩子的这段奇遇，让人感叹生命的奇迹无处不在，而天赋的恩赐也让人不断被折服。

阅读塞林格《九故事》的我，突然觉得最近的茅塞顿开越来越罕见，很多阅读必须参照六年前写下的批评，看着自己当时的解读，我有些难过，为此刻感到难过。因为，我发现，琐碎的生活似乎在磨灭我直接的领悟，当年阅读和感受到的程度，至少在这个文本上，好过现在。D 在一旁解释，说大概是我这几年繁杂事务颇多，无法心无旁骛地投入阅读。他的话，似乎对，但仍然无法让我释然。

天赋的敏锐，也会被生活的琐碎磨钝，对此，我深感遗憾。当时自己对那个不遵照逻辑、常规的顿悟解释，让现在的我，终于读懂了那一则则故事，同时也意识到，刻苦努力有时候并不如刹那电光火石碰撞的领悟。同样，那个有着音乐天赋的孩子，在聆听和痴迷音乐的旅程里，终于找到了那两个将音乐灌输进他身体的男女。然而，流浪艺人朝着交响乐队高喊的那句话，也一直回荡在我的心里：不要拿你们的条条框框毁灭了这个天才的孩子!

其实,经验和天真在彼此交融的过程中,是很矛盾的。规矩和浑然天成似乎是一对无法调和的冲突。但是,如果真的能在日益增多的经验和条框中,仍然保持那种敏锐和灵气,那真是极大的挑战和困难。

虽然疲惫无比,我却在一百二十分钟的时间里得到了听觉的享受。其他的困惑,都交给了车窗外的春风。另外,我欣喜地发现,大片大片的油菜花开在了田野上,这景象又带我回到了那个纯真快乐的心境。

《百万宝贝》(*Million Dollar Baby*;美国,2004)

现在观看电影,当观众只有我一个人时,会不自觉地入戏,尔后情绪随之波动。我补看了当年的奥斯卡获奖电影《百万宝贝》(根据 F. X. Toole 的小说 *Rope Burns* 改编)。奇怪的是,观看前对情节走向基本一无所知的我,居然在前二十分钟就感觉到伤感,不自觉地流泪,而彼时,悲剧情节还丝毫未露端倪。

或许,是因为摩根 · 弗里曼画外叙述的语调和节奏,或者是因为拳击教练总是不合时宜地拿一本叶芝的诗歌集,总之,那个坚持认为状态和体重成反比的姑娘麦琪,在拳击中找到了生活的激情,她每每孤独地对着沙包袋挥拳头,那砰砰声如此空洞寂寞。

拳击场是残酷的,观众、选手,整个叫嚣的场地都是一派血腥。我难过的不是拳击台上的身体伤害,而是教练和麦琪情同父女的亲密联系。说实在的,伊斯特伍德(Clint Eastwood)演绎拳击教练,把哲学家的气质硬是加在了拳击运动上,虽然显得如此突兀错愕,却让我欣喜,因为电影原本就是虚构。

相信这部电影的成功,很大程度上取决于两位老戏骨的入木三分和游刃有余。他们把拳击隐喻为深沉的人生体验,把生理的疼痛内化为灵魂的阵痛。总之，一场电影看下来，面对最终有意而为的生命结束，青春的终止，辉煌的落幕，以及教练的离开，我忽然不知如何面对即将到来的黑夜，心里十分清冷。那种感觉，很难剥离。几个画面始终在我眼前移动，仿佛电影传达的意义一直延宕在我的生活中，久久不离。我不禁想起上午阅读到的德里罗作品，想到那部延长到了二十四小时的试验电影，画面中只有一张面孔，一个人，一个身影，莫名地，这些画面叠加在我的眼前，形成了语言所不能表达的意义世界。

《百万宝贝》的优异之处在于，它已经脱离了情节的主心骨，把电影节奏调整到了可以影响观众心理的程度，至少我有这样的观感。我坚持认为，这部充满了斗争和拳击场暴力的电影，依然在讲述一个关于孤独的永恒传说。

血腥之下，关乎信任、友爱、认同，以及本质的孤独。情节反而退去，我观看的，始终是自己的内心。

《彼得和狼》(*Peter and Wolf*；英国，2007)

有幸观看了获得第80届奥斯卡动画短片大奖的影片《彼得和狼》。多年前，我已经收藏了同名音乐碟，其中的配乐堪称经典音乐入门之选。不过，叹为观止的是逼真的画面处理。我几乎有一种预见，不久的将来，数字动画设计在逼真程度上将挑战真人表演。全剧仅三十二分钟，没有一句话，可是紧张刺激的动态效果把全部的故事都展现了。有好几次，我几乎心惊肉跳地从椅子上蹦起来，尤其是当狼逼视着走近时，那股凛冽的寒气，扑面而来。

那样的童趣和质感，唯有心悦诚服。在那个广阔的想象天地中，能够如此驰骋的人，该有怎样的意兴盎然呀。彼得的那双坚定倔强的眼睛，透出如此的目光，坐在屏幕前，我都能感觉那道目光的力量。果然，故事的最后，当彼得把铁笼打开放出狼的时候，两者经过默默的对视，获得的是比人与人之间更大的共鸣和认同。那个瞬间，感动从心底里直涌而上，我们都在静静地喝彩，为了本能的尊严，为了冷漠世界中如此珍贵的彼此间的欣赏和认可，如此近似的情感和理性波长。

这种感受，在阅读《狼图腾》时，曾经席卷而过。可是，不知道为什么，置身同事中，却发现所有的心门都是关闭的，而即使敞开，也令人毫无探访的兴趣。刚刚教过一个词组："体制化的愚蠢"（institutionalized silliness），这个词语，祸害了许多人，也是社会人的宿命和悲哀。

因此，只有向彼得学习，在寂寞中从自然和生灵中获得认同和情趣，或者说，隐喻地获得。

《波特小姐》(*Miss Potter*；美国，2006)

虽然已经很晚，可是我怕这种感动如果延后记录就会捕捉不住，所以依然打开了随笔。感动我的作品是电影《波特小姐》。喜欢它的原因其实非常简单，在我的真实生活中，似乎再也见不到活得如此单纯、美好、安静的女人。彼得兔的童话作家兼画家波特女士影响了一代代儿童，而她自己的故事也如此清新美丽。

被出版社接受作品时，她快乐地带着画卷中的小动物们穿越公园回家，让马夫快马加鞭地奔跑在小径上，兴奋与天真如此明朗。这个三十二岁依然抱着不婚主义的女子热爱大自然，从每年英国湖区的夏季度假中汲取创作灵感，始终不苟同世俗对女人的社会和家庭角色的期待，坚持自我，终于成为家喻户晓的童话故事画作家和环境保护斗士。

我喜欢她对爱情毫不做作的态度，喜欢她面对画纸和大自然时丰富的想象力，更欣赏她极富远见的环境和生态保护意识。波特女士后半生一直致力于湖区的生态保护，倡导社会维护自然的原生态秩序，同时为之倾注了自己的全部财力和心血。这样的恬淡坚定，一定是我最需要的力量和品质，也让我坚定了要相信自己，要热爱生活的态度。

重温湖区的景色，恍惚间我竟然不敢相信自己曾经在其中沉醉和徜徉过。遥远的那个地方勾起了我无限的相思，如果能够在山间湖畔再住几日，如果能够再次漫步其中，我的感受一定会有全新的内容。

波特女士关起门来，居然拥有如此美好丰富的心境，她的独立和自信帮她营造了一个坚不可摧的世界，即便痛苦和不幸降临，她也最终能走过去。着迷于其中的配乐，那只八音盒唱出了如此美妙的旋律，仿佛有人牵住了自己的手，愿意一步步教会我如何舞蹈。

这世上所有的价值判断在当下都是失之偏颇的，经得起时间考验、受得住挫败的人与作品才能最终浮现、焕发生命的魅力。

这个令人欣慰的自信动力，就来自那一只只永远活跃在人们心头的可爱动物。作品就是人品，我依然坚信！

但愿此生能够再有机会去湖区的山坡和水边漫步。

C

《猜火车》(*Trainspotting*;英国,1996)

陆续用了几天的时间看完这部电影,这似乎对主创很不敬。知道十多年前,《贫民窟百万富翁》的导演居然还执导过这样的一部电影,我似乎看到了人生轨迹中时间流水般淌过、滑过的声音。我并不将电影当作颓废主题来看,我看到的是自我的不断妥协,以及现实社会和自身矛盾瓦解中个性的代价,也是成熟之后对青春的祭奠。

社会、教育、价值认同、家庭观念等给年轻人树立了常态生存的标准,高低不同,但是作为人他们必须在上下间浮动而不出轨。因此,吸毒成了自我和社会认同无法和解的焦点隐喻,马克徘徊在戒毒、复吸、自我否定、毁灭、挣扎、再次戒毒的循环中,意志力在每一次往复中不断消磨,最后,他与常规理念妥协,以背叛伙伴的极端方式,走向"正常",走向人们所认可的健康、体面。他的微笑是真实的,他的脚步是快捷的,可画外的意义却延绵不绝。

导演博伊尔(Danny Boyle)似乎偏爱极端恶心的镜头画面,他这两部代表作品中都出现了粪坑,而且荒诞不经,效果雷同,仿佛在隔空跨时地呼应。放浪形骸的青年人在爱丁堡的喧闹中越发寂寞,他们不断增强的自我麻醉,仿佛在倾诉着逃避和自我放弃,却又感到深深的不甘心。生命居然成了一场不愿为之的旅行,他们不想走那条被众人认可的路,却用自我伤害和摈弃的偏激方式来拒绝常规。我终于相信，《在路上》的那一段段心路历程，就是逃避和妥协，自爱和自伤的矛盾使然。融入和决裂都是痛苦，形式不同，受折磨的程度相似。

就像我曾写下的那些成功者观感，幸与不幸，成功与失败，认可与鄙视，这些都成了滑稽的关系，在捉弄着我们认知中永远存在的矛盾。这样一个个片断地观看，让我很享受影视的快乐，至少有一点我已经难以放弃：那就是天天和电影电视的约会，不，心灵之约。

《拆弹部队》(*The Hurt Locker*；美国，2008)

终于看了2008年拿到奥斯卡最佳影片及导演奖的电影。具有传奇色彩的是，女导演打败了前夫卡梅隆的《阿凡达》，在炮火纷飞的伊拉克拍成了一部几乎不带任何温情的作品，这么硬朗、尖锐、悲剧的作品，加之年近六十却依然动人的女性导演，形成强烈的反差和刺激。

近期美国小说课上即将讨论海明威作品，看来存在主义所提出的虚无，恰好可以跨越时空地在这样的作品中找到共鸣。我看到相关影评，说曾经的这对夫妻导演，仿佛彼此的灵魂换了一个躯壳居住着。不过，我觉得这位女导演的卓绝之处在于，她用写实的手法，以纪录片的角度，血淋淋地刻画了战争的无情和生存的反讽。画面里，没有阿凡达的诗意，只有消解一切浪漫的炮火，也没有卡梅隆的隐喻，只有冰冷的现实，更解构了英雄主义，只剩下脏话、粗暴和生命遭遇危险时真切的恐惧。

炮弹和枪支抹杀了任何温柔，在詹姆斯(James)回到美国时，他对着幼小的儿子所述说的竟然是，曾经我们以为放不下的珍贵，到头来一点点消失或失去光彩，唯一值得关注的只有一样东西。语言在这里是无力的，我们都明白那样东西是什么。即使如此，战士在和平世界中的心态却是被忽略的，妻子对他紧张的拆弹叙述毫无反应，只是嘱咐他多切点蔬菜，这样的淡然，和腥风血雨形成了更冷酷的比照，而那个淡然微笑之后，观众体会到的是更绝望的孤独。

军人的世界远不是我们曾在电影、画册、小说中读到的那么豪迈热烈，更多的是对死亡的恐惧和无处发泄的愤怒，显在的表现就是污言秽语和粗暴的角斗。死亡和危机过后，詹姆斯和衣站在淋浴头下，一滩血水在四周漾开，他无力的肢体和掩面的呻吟其实比泪水来得更让人痛心。

究竟是美国文化多少受到海明威的影响呢，还是幻灭感的存在原本就超越时空，那种个人成为政治、军事、国家炮灰的命运成为被粉饰的战争背后的真相。我相信，这样的故事终归可以用创伤批评来面对，但是个人的渺小无力，以及选择的缺失，却影响着我们，动摇着我们教育中所培养建立的信念。

美国电影科学学会将奖项颁给凯瑟琳（Kathryn）时，她一米八二的个子站上了荣誉的领奖台，这也是美国历史上首位获得最佳导演的女性，然而那句希望大家关注在战争中的人们却显得如此空洞，奥巴马仍然在政治的权衡中计算着兵力派遣的多寡，世界格局的变化依旧挑动美国要做世界警察的雄心，英雄和正义的形容词再多，都难以弥补这些亲历者的痛苦和家人的担忧。老百姓看到的绝非隐忍和英勇，而是对平静安宁的渴望和无法企及的绝望。

“9·11”发生后，苏珊·桑塔格曾经提请美国人民注意，在恐怖主义的背后到底是什么，美国该承担怎样责任，政府在谴责的同时，是否意识到被谴责方也看到了自己致命的错误。

道理反推是很可怕的，许多看似成立的准则，无法拿到放大镜下细细看，有阳光的地方必然有阴影，和平的背面一定有战火，这样的辩证关系，很令人抓狂。那么，这个奖项，当时间静静走过时，回头看，又会触发什么？

《成长教育》（*An Education*；美国、英国，2009）

如果我有女儿，就一定让她在青春期看这部电影，如果问我的收获，或许这个故事的观看时间，对于我，晚了些。好在，许多道理的到来和启示始终不同早晚：生活没有捷径，尤其对于自爱的女人。片中，十七岁的美丽姑娘珍妮(Jenny)邂逅了一位中年男子戴维(David)，他似乎将珍妮从枯燥乏味的生活中解放了出来。珍妮严厉的父母都在这位看似富裕的男子面前让了步。

曾经梦想到牛津大学读英语专业的珍妮在与戴维的交往中迷失了理想，甚至放弃了学业，直到两人订婚后，姑娘才发现戴维早已是个已婚人士，而他的婚外恋屡次发生。幻灭中，女孩终于明白当时自己对劝导她的女老师说过的话是多么愚蠢无知。

经过一年补习，珍妮终于考上了牛津，曾经的这段经历，成为她深刻的成长教育。

故事脉络清晰干净，叙述手法也简单明了，看完后，我觉得有教育片之嫌，但是立刻否定了。穆里根(Carey Mulligan)的演绎很精彩，据说她将扮演当年奥黛丽·赫本曾经演过的卖花女。青春无敌的姑娘，不知道她在诠释这些角色时，是否也切身地体会到，美貌和年轻都只是过眼云烟，要问人生的意义，男人的宠爱和追求并不是关键。

想到了自己曾经青涩的中学时光，同样深陷琼瑶等言情作家的“灰姑娘”母题，厌恶老师板着脸的苦口婆心，甚至拒绝评判体系。幸好，我没有美丽到有像珍妮那样受到致命诱惑的机会，平淡无奇的自己，剪着一头男孩短发，羡慕着教室里已经发育成熟的女同学，明白男生爱慕的眼光始终不会投向自己。

现在的自己，回望那些早熟的苹果，忽然明白，当年再大的艳羡和嫉妒，此刻都失去了意义。没有资本走捷径的我，勤奋地跋涉着，竟然也发现了更重要的幸福途径。

这是一个时刻让人们妥协的世界，害怕贫穷的父母在名利前失去了定力，陷入刻板中学教育的女生则对提早到来的享受和成熟充满了渴望。走在当中，没有人意识到对错，甚至，走出后，我们也不能说自己的选择是否明智。

生活只能走一次,没有回头路,好在珍妮还能用一年的时间来弥补过失,她已经很幸运。捷径好像是陷阱,没有付出过努力的获得,迟早会在某个时刻反攻倒算,让自己后悔当初的决定。

这样一想,我对自己钉在书桌前的枯燥时光,对于自己曾经无数次的羡慕,以及不断自问这么苦是否值得,似乎都不再纠结。

D

《大地惊雷》(*True Grit*;美国,2010)

喜欢科恩兄弟导演的影片由来已久,从《老无所依》、《阅后即焚》,一直到张艺谋买下了他们曾经的作品拍摄了《三枪拍案惊奇》,都觉得科恩的电影叙事独特而有风味,很少能有其他导演有如此到位而快意的影视语言及节奏。

下午看了《大地惊雷》。一个十三四岁的少女,少年老成得很,因为父亲被人杀害,女孩就独自出门,寻找警长协助复仇。她镇定自若地谈酬劳,甚至找律师维护经济利益,买下马匹坚持不懈地追踪警长,执意要跟随他们闯荡。

这种西部牛仔风格的影片,背景必然是广袤的群山和野地,粗犷的语言,桀骜不驯的神态,以至于混迹在其中的女孩平添了许多飒爽。她看到独眼的老警长始终不服输、不服老的倔强,也深深地折服于硬汉们的枪法和勇敢。在血雨腥风的格斗打杀中,女孩终于有机会一枪击毙杀父仇人。可是,因为枪的后坐力,女孩掉入了深洞,手臂上被蛇咬了一口。

这时,全片最温情动人的一幕出现,老警长带着女孩,骑马赶赴医院,途中马匹累倒,被老人一枪结束生命,随后,老人背着女孩,穿越野地,在临到医院前,也终于累趴下,这才大叹自己老矣。

几十年后,成年后的女孩寻找老人而来,不幸在于,老警长几天前去世。女孩当年为了保命失去了一条胳膊,也终身未嫁,却将老人的尸骨移到了自己的家乡。孤独一身的女人,或许在经历了这样的故事后,再也无法找到生命中真正堪称有“true grit”(影片英文名的意思是“真正的勇气”)的男人。她沉默而勇敢,却把内心最真诚的敬意,送给了当年一起出生入死的老警长。

故事据说是翻拍了几十年前的一部老电影,不过,这样的故事发展,没有太多戏剧性,场面硬朗,有时不免血腥,却比照了温暖、真实、感人的内心,让身在水泥丛林里的我们有一种惆怅的向往和回味。

时刻不服输,永远不低头,直到用尽心力。做得永远比说得多,这样的生命,厚重。

《当尼采哭泣》(*When Nietzsche Wept*;比利时,2007)

这其实是一部关于心理分析的比利时电影。片头就醒目地提醒观众,故事中人物真实,但情节虚构。原作者是大胆的,他将尼采、弗洛伊德、波尔塔等历史上著名的人物编排进故事,甚至挖掘了大量虚构的人物内心矛盾。医生约瑟夫·布雷尔遇到了一位美丽的俄国姑娘莎乐美,她恳求布雷尔为尼采看病,因为后者有强烈的自杀倾向。原来,尼采爱上了莎乐美,却遭到了姑娘的拒绝,情感上遭受挫折,精神很不稳定。有趣的是,布雷尔自己也遭遇着类似尼采的情感困惑,他爱上了自己漂亮的女病人波尔塔,却背负着来自妻子和社会的道德压力。

布雷尔的好友弗洛伊德正是现在我们所知的心理学家,他倡导谈话诊疗,通过显意识和潜意识的整合,让病人在宣泄和诉说中排解压力和焦虑。骄傲的尼采最初拒绝布雷尔提出的治疗建议,最后布雷尔通过互为疗伤的主意,认为不妨由自己诊治尼采的肉体,而尼采诊疗自己的精神,双方在互相尊重、平等的前提下进行合作。

尼采认为布雷尔应该放弃安定的生活，去尝试不敢体验的人生，他倾听着布雷尔的内心坦白，由此映照了自己在情感和欲望上的困惑。我颇为赞同他的一个观点，即与其说人们迷恋某个人，毋宁说是迷恋自己欲望的投射。当布雷尔真正决定要和家庭决裂，去寻求自己欲望的实现时，他让弗洛伊德对自己进行了催眠，于是，将要发生的一幕幕在布雷尔脑海里上演，而悲剧、幻灭、绝望让他几乎在窒息中回到了清醒的现实，意识到自己所接受的尼采之所谓"自由"原来只是不负责任的借口。于是，布雷尔重新审视生活，回到了妻儿身旁。他希望自己的觉悟能为尼采带来同样的启发，孰知后者在没有任何责任牵绊的前提下，并不能接受这样的领悟。

作者在虚构中为尼采真实的《查拉图斯拉如是说》进行了一个背景铺垫，也为弗洛伊德的心理学研究述说了语境。影片在一百多分钟的时间里，展现的其实恰恰是心理分析的非稳定性。人们时刻会有未能实现之欲望的焦虑感，而不同的处置方式和态度，来自不同的世界观、认知方式。就像得到和失落同样折磨着欲望的主体，欲望在实现和未实现的两端，都并非是幸福与满足。

不过，哲学层面的交流和倾诉是充满魅力和张力的，尼采的疯狂和孤独造就了他不羁的人生态度，而在乎责任和安宁生活的布雷尔则意识到偏离常规的代价和伦理的幻灭。作为旁观者的弗洛伊德，或许虚构的情节推动了他的研究，也填充了观众或许并不确凿的认识。

作为观众，我强烈地意识到欲望外化和放纵所必然引发的生命颓废感。其实，我们生活中也有"波尔塔"这一成为欲望客体符号的负荷，在错综复杂的权衡和纠结中，我们的人生也就随之复调和丰富起来。

心理分析并不能解决灵魂的困惑，收和放都在于自己和现实的碰撞和思索。我愈发感受到享受孤独时接近灵魂的充实，也逐渐释然自己许多难以启齿的羁绊。生命过程如果能被心理学一步步解释和演算，人生岂非悲哀？

《盗梦空间》(*Inception*;美国,2010)

继续电影之旅,终于看了在编剧上很有独创意识的电影《盗梦空间》。不过,如果D在场,一定会和我有相同的意见,即其中的许多创意,和日本的《世界奇妙物语》中的一些想法不谋而合。当然,其中究竟是借鉴,还是英雄所见略同,也只有天知道了。

人类想象力走到如此无边的地步,这部影片倒确实树立了典范。人可以造梦,甚至通过梦来植入潜意识,并用几层梦中梦来迷惑人的意识。在这个数字时代,这部电影或许给我们的启示不在于创意,而是一种思想挑战:庄周梦蝶并非痴话连篇。我们创造了虚拟世界,却在其中迷失了自我,当有个刹那我们自问,究竟哪个世界才是真实的,哪个才是虚拟的,那个恍惚的瞬间,就是被导演捕捉并用心编织的一个惊心动魄的故事。

迪卡普里奥(Dicaprio)的脸上终于出现了岁月的沧桑,而科迪拉德(Marion Cotillard)的魅力依然在银幕上肆意绽放。画面应接不暇,人物出场和场景更迭频繁,不好好领会,还真是会在这重重的奇妙的梦境中迷路。

这部电影被列为2010年最值得看的十大影片之一,可是至今获奖的消息倒没有传出。或者,导演兼编剧的诺兰(Nolan)自己都编得不知蝴蝶和庄周的区别了。编到天花乱坠,收场得十分好莱坞,这样的影片,要赢得影评人士的赞美,又要确保票房的佳绩,或许还不够剑走偏锋,算不上独门秘籍。

《低俗小说》(*Pulp Fiction*;美国,1994)

寒潮来袭,温度骤降,虽然预先得知,可依然觉得猝不及防。极端的气候让城市的四季界限越来越模糊，心情竟也随之有些沉浮不定。算是补课性质，我终于看完了电影《低俗小说》，至今为止，这可能是最鬼才的一部视听作品。

看似零散的片断叙述，却暗中勾连，电影节奏把握得游刃有余，没有深刻主题的建构，居然刺激性极强，甚至暗合了人类感性的快感。这种挑拨，也只有塔伦蒂诺（Tarantino）这样的“无耻流氓”做得出来。几年前曾在某影评人的著作中读到到有关这部电影作品的信息，回想起来，这位善于调侃的笔杆子居然也失手于这样风格的作品，好像没有传达到位，以至于我的观看经历发生得如此滞后。

影片充斥着血腥、暴力、吸毒、色情，却也溢满玩笑和游戏的玩世不恭，让人几度在大笑中丧失思维，就像餐厅里的扭扭舞，全身刺激遍了，邪恶立马释放，却发现伦理丧失完全。

这样的作品想必在十五年前吓坏了一大批人，就像吸食毒品似的，“爽”到忘却了批判。多处对话、舞蹈、眼神、动作都像挠人痒般非逼着你重温，看完后，最大的愿望就是冲着大街狂叫一声，摇摆起腰肢臀部，管他好孬。

从来没有一部电影这样勾引人的快感和“邪恶”，可其实并没有那些常识中的画面刺激，一切勾引，都在调和得天衣无缝的各个元素中，音乐、对白、色彩、画面动感，等等。情节，早就羞愧隐退了，因为那么多“绝妙”相撞，稳定结构瓦解，情节和现实肯定无地自容了。

这种“到位”，非电影专业的我只有失语，我想起李安所谓的中年危机和他在《色・戒》中的放胆尝试，可能这种疯狂的越界程度，依然在这部作品前望尘莫及。

恨它，爱它，都请便，叛逆、戏谑到这样的程度，生死置之度外，这就是《低俗小说》的绝妙之处。在态度上，作品诞生十五年后，我鼓掌，再鼓掌！再等十五年，用它去砸体系和体制的脑壳！

《东京!》(*Tokyo*!;法国,2008)

分段落看完了这部有趣的电影——《东京!》。三个故事中,有无聊、异化到变成椅子的人,有愤世嫉俗哀叹苍天也衰老的怪人,更有在家中宅了十年的男子,他们在东京的经历被电影刻画得荒诞怪异。其实,第二个故事的法国色彩浓厚,那种骨子里不服从,具有强烈破坏和反传统的叛逆贯穿始终,在故事的结局处,被处以绞刑的怪人竟然拒绝了死亡的宿命,在众目睽睽下遁形,而影片以讽刺荒诞的手法让美元上的林肯头像出现了怪人的诸多痕迹……

虽然故事不同,其中显现的唯一相同处就是东京这样的城市背景。我自问,上海可否?北京呢?好像不行,宅文化的出处是日本,经济繁荣后的失落在日本,而现代文明带来的迷惘和孤独,似乎东京更有诠释的话语权。

还有一个相同基调,就是无孔不入的孤独和重复机械的单调。人们的感受和痛苦如此类似,其中的层次程度略有差异。

当然,最回味无穷的还是那句话:苍天都衰老了!地老天荒原本是爱情的话语和饰品,现在被孤独和无聊佩戴着,人类活生生被剥夺了诗意。

《冬天的骨头》(*Winter's Bone*;美国,2010)

这部电影中十七岁的女孩,坚韧、倔强,和《大地惊雷》中的女孩十分相像。女孩的父亲因为制作毒品被捕,他抵押了家产被保释。警方发现这位疑犯又有制毒行为,随即告知他家人,若几天后的开庭他不现身,房产等将被没收。

女孩一个人照料着体弱患病的母亲，还有年幼的弟妹，走投无路了，决定去找父亲，希望他能够出庭，免除家人流落街头、无处栖身的痛苦。然而，女孩发现，父亲杳无踪影，每每她寻访到相关人家，对方都避之不及，躲瘟神一般，甚至用殴打女孩来禁止她的寻父行为。

渐渐地，姑娘知道父亲可能已被同犯杀害，可是，他的失踪无法证明身亡，尸首又找不见。绝望中，她想到参军，希望能拿到 4 万美元的政府补助，可以让家人渡过难关。可是，由于未成年，加之家庭背景复杂，参军一事似乎行不通。绝望中，她依然四处努力，希望能够帮助弟妹和母亲绝处逢生。终于，女孩的坚持和顽强打动了黑暗中的同犯，他们悄悄地把姑娘带到了野外的湖上，捞起她父亲的尸体，砍下了双手，让女孩带回去作为父亲身亡的证明。

最终，房产抵押被取消，女孩还拿到了一笔匿名留下的保释金。最难的一关似乎过去了，女孩搂着自己的弟妹，茫然却松了口气，生活还得继续。

这个故事，非常考验演员的演技，情节单一，线索也比较直白，可是，微妙之处都在人物的情绪变化上。冬日的、贫穷的阿肯色州的树林里，饥寒交迫的家庭，四处寻求希望的努力，这些都与女孩花季的年龄不相符。可是，正是在这样的抗争中，我们看到了冰冷的法律和体制之外的灰色地带，看到了本真的人的生活和情感，也了解到，许多故事，并不是依从我们熟知的发展结构，也不在我们道德和良知的坐标上，无法找到确切的方位，却让我们在迷惘中感动，在感动中明白，有时候，对错的判断何其之难。

E

《二十四城记》(中国,2008)

一个多小时中,看完了《二十四城记》。国营军工企业的兴衰史,几代人不同的生命体验,包括一个内陆城市(成都)的变迁。我的一个多小时,竟然伴随着这么多人的半辈子,着实感叹,更觉得时间、空间轴线的奇特。

电影的叙述节奏缓慢,充满了贾樟柯特色,其中几张茫然的脸和身影,在镜头中几乎静止地停留了好长时间(从观看者角度),几首具有鲜明时代特征的流行歌曲界定了叙述者的年龄和历史背景,这也是这位导演的惯用手法。

字幕不断推上,这也是简单的视觉效果所不能有效诠释的补充手段,让人在倾听中,感叹生命像篇章标题般一页页翻过。有对远方故乡和父母亲的思念,对工厂兴衰、个人沉浮的感叹,也有红颜老去孤独无奈的叹息,更有对重复枯燥生活的放弃和反叛。最后的镜头是俯瞰成都城市市景,推上的字幕大意是,经历了岁月沧桑,景物更值得留恋和珍爱。

贾樟柯大概偏好把视线投向普通的大多数,没有惊艳的样貌,没有显赫的地位,但是依然有深刻的人生情感和欢喜悲伤。中国的国企发展和市场变迁历来是个很宏大的主题,短短的一部电影确实很难概括,但是,几段不同人的迥异体验和经历,却串起了我们留在记忆深处的某些感动。

童年时，我们也拎着热水瓶去爸爸工厂里打厂部自制的“冷饮水”，节假日有工厂厂车轮次送工人和家属去景点游玩，更有热闹的职工食堂、厂部培训班，可是，在岁月的流淌中，这一切渐渐淡出了我们的生活，成了悠远的记忆，像潜流一样流淌在我们的心底。

这些或许平淡、平凡的人和事，真的让我的等待成了某种具有诗意的片刻。有些叙述者是真人，有些由演员替代，但是这一段段老百姓的白话，让官方的历史失却了本真的朴实和亲切。我想起某位电视人曾说自己有个愿望，就是录制口述历史，让岁月尽可能地还原真实。

我的记录，也是这个方向的努力。

F

《返老还童》(*The Curious Case of Benjamin Button*;美国,2008)

据说2008年2月22日即将公布的奥斯卡奖名单中,《返老还童》很可能榜上有名。电影改编自菲兹杰拉德的短篇小说,我对此更具有兴趣,影片还未观赏,先看完了小说。这样的构思很有趣,竟然让人从一出生就七十岁,一直倒着过日子,越活越小。实在说,小说在构思上的创新促成人们从不同的角度看待司空见惯的生活,这种陌生化处理,把平淡的生活激活。观察的位置变了,看到的风景,得到的感悟就完全不同。

当然,这种处理,更典型的例子是2007年的一部日剧《父女七日变》(高成麻亩子、吉田健导演,馆博、新垣结衣、加藤成亮等主演),十六岁的女儿和四十八岁的父亲阴差阳错地大换身,以对方的身份过了七天。这种换位视角,虽然不免落入俗套,可确实在寓教于乐上很有成效。毕竟,父母和子女之间的代沟和矛盾是一个重要的社会话题,通过这样的虚构情节,加之诙谐时尚的影视元素,可谓道理深入人心。

目前,国内的动画片也在努力进步,如《喜羊羊与灰太狼》的电视动画片就被改编后搬上了大银幕,并以超高的票房纪录大获成功。同样,狼和羊这对不共戴天的敌人也通过虚构的陌生化视角,让人们得到了极大的乐趣。开心开怀的观赏过程，捕获了从幼童到老人的全部观众，这大抵也是巧思得来的成果。

因此，有一个很好的叙述结构，再放点轻松却值得品味的内容，喜闻乐见的程度当然不会低。虽然我至今未看过《返老还童》，但我相信，这个原本很少有人知道的短篇小说，因为有了布拉德·皮特等一班明星，加上影视话语的触媒，肯定会从此被众人知晓。作家地下有知，会做何感想？

同样，中年大叔有了十六岁少女的漂亮容颜和美好身材，这样的噱料，必定比之前母女换身的卡通故事来得刺激滑稽。将心比心是老生常谈，关键是谈的道理不变，形式发生变革，效果居然天壤之别。

众人观后，多少会有些感触：逆时间之流而上，看到的生命变迁显然不同，相爱却不能共同变老原来也会成为最大的羁绊，而最终以模糊的孩童感受来结束一生，或许幸福，因为不需要老年时品味总结生活的酸甜苦辣，没有世故的成熟，更没有沉淀的智慧，带着满身的沧桑来，却还原了赤子之身走，这种生命的方向，或许也会让顺着时间前行的人们明白：两个端点都是无奈，时间如此公平公正；把敌人看成聚光灯下同样合理的生命，这也是一种独特。强者不再凌驾于一切，物竞天择的道理如果不再成立，多少干戈可以化为玉帛；换到对方的视角看待生活，突然发现众多自己忽略的盲点。这样的对调，发人深省，原来自己欺骗自己那么久，“贵在自知”的道理看来并不容易掌握。

《非诚勿扰》(中国，2008)

冯小刚的贺岁片《非诚勿扰》多少令人有些失望，虽然导演信心满满，说票房过两个亿并不是问题。失望的核心原因，是故事发展脉络的单一，情节的苍白无力，创作意图的混乱含糊。毕竟导演自己担任编剧，构思和台词功底露了怯。

电影外景总让人有摄制组一路旅游之嫌，从海南岛到杭州，再到日本北海道，一溜的名胜，外加插入的广告。事后我才恍然大悟地知道，剧中葛优特意去看西溪湿地的一套别墅，就是为了给开发商打广告，难怪情节多少有些不搭调。同期，《非诚勿扰》的长篇小说在各种场合问世，植入性广告的作用辐射面相当广泛。

关于爱情，冯小刚的故事无法将其深刻化，更无法让人觉得触及情感。无论是当了小三的舒淇，还是最终因坚持抱得美人归的葛优，这种感情诠释，确实如冯小刚解释的：相声加小品。

葛优已经被冯式贺岁片腐蚀、刻画得失去了真正表达情感的能力，尽管导演在剧中希望他能以理想男性的姿态出现，可是这位中年大叔的幽默和有意思，却怎么看都是浮在表层的调侃和戏谑，丝毫没有真诚的可能。同样，当年出演过三级片，想把脱掉的衣服用实力一件件穿回去的舒淇，也无法自如地将一个对待感情死心眼的女孩诠释清楚，她要表达的痛苦和无奈，一直停留在表层，无法进入情节所需要的深度。

有一个问题值得思考，冯小刚努力将商业片带上文艺片味道，可是这回多少有些过火，悠然诗意的场景中，浮现着调侃不正经的形象，锋芒消失了，就剩下有意而为的做作。还有一点必须提一下，开头和尾声处的高科技产品“争端消除器”，明显是低估了观众的智商，可信度低到连反讽的幽默都难以达到，徒留无聊和肉麻。

从《南方周末》上读到过冯小刚的一段话，摘录如下：“这电影里面没有什么大的悲欢离合，也没有忧国忧民，也对时代没有攻击性，有过去的东西，又能有一些变化，特别像一针麻药，观众走进电影院，每人屁股蛋儿上来一针麻药。两个多小时，飘飘忽忽看完了，我觉得观众需要这样的电影。”读完这些文字，我有些愤怒。尽管，我相信会有许多观众甘愿接受被打麻药的飘忽感，但是作为主创，这样的初衷是对观众和艺术的不恭。

贺岁片的出现和受追捧，多少因为辛苦了一年的老百姓需要某种程度的宣泄，需要看到喜气洋洋的气氛，甚至它也成了告别往年的一种艺术仪式。但是，如果喜剧沦为对付痛苦的麻醉品，那创作的动机中就带有揶揄玩弄的不尊重态度。撇开可以用作自我辩护的艺术探索和创新，如果导演能够如此坦言麻醉作用，那么，加上他票房过两亿的自信，这些元素或许共同推出了这样一个结论：当文艺工作者自信到可以轻侮观众的审美，当票房的保证可以抹杀艺术的含量时，那么，请扪心自问，艺术追索究竟何在，形而上的追求是否消散？

《疯狂的心》(*Crazy Heart*;美国,2009)

才华横溢的乡村歌手布莱克(Bad Blake)曾经有过辉煌的音乐成就，却因酗酒、离婚，以及不羁的个性，几度沉浮，不断遭遇失意。影片中，布莱克似乎又将开始一段恋情，却因为饮酒弄丢了对方四岁的儿子，再次结束了感情。生活中无论是快乐还是痛苦，甚至后者更能为人带来沉思和灵感，终于，这位年届六十的歌手再度启程，拿出了感人的作品，留给人们一个潇洒离去的背影，映衬着美国南部蓝色的天空，还有一个人终将独自上路的勇气。

最爱其中的乡村音乐，那低沉的男声回荡在周围，有一种强烈的如同酒精般的魅惑力和麻醉性，那种声音和旋律，唯有“醇厚”可以形容。乡村音乐传达的就是那种特殊空间和人物才有的信息，南部的阳光，夜晚的星空，还有浅吟低唱的舒适。男人喝酒缓释自己的失意和寂寞，哪怕酒醉后的头痛和所有的后遗症都暂时被抛在了脑后。六十岁是人生的一个坎，似乎看遍了风景，告别了名声，想独自饮尽孤独却又渴望抚慰。这种心情，奇怪地在四十岁不到的我心里发酵酝酿着，仿佛我已经体验到了那份必然要到来的孤独，以及告别孤独后的泰然。

很多人把这部电影当作音乐之旅，我却更乐意提前体验人之将老的苍茫感，学会预先防备。那一首首歌曲，将被我反复倾听。对了，我忽然想起，布里吉斯(Jeff Bridges)的获奖，至少在我看来，是因为那份完全放下的松弛和自然，没有了演戏的较劲，水到渠成，因为他本人就在那样的故事和状态里。自己，就是上帝给予的最好角色。

《弗洛斯特对话尼克松》(*Frost/Nixon*;美国,2008)

午夜时分观看的《弗洛斯特对话尼克松》，也让我从一个成年知识分子的角度，了解了对与错那道很难泾渭分明的界线，明白电视的魅力和致命杀伤力都在于它的强烈编辑性、选材和精简性。当年不断向学生提及的“选择性忽略”(selective omission)，不时在生活中重现。

一个永远在战斗的人是可怜的，尼克松在最后的访谈片断中，终于做回了自己，不再外交性迂回地回避症结，而电视人弗洛斯特也因此闻名世界，这次访谈撬开了理智的门缝，让前总统的焦虑和失落在镜头面前一览无遗。

这时候，我猛然意识到电视和相关的传媒力量是如此巨大地改变着我们的生活，而同时，从尼克松颓然的表情中，我顿时醒悟，总想赢的人有多可怜。

两个多小时的影片中，大部分时间我对尼克松充满了疏离和反感，尤其在他对访谈的上百万收入的觊觎和雄辩态度上。可是，越是看到他失落、苍老、疲惫，我越是感喟勇士的无奈，也深感他那句“You are a worthy opponent”(“你是个有价值的对手”)的壮烈。

对与错，对于总统，就必须有泾渭分明的界定，哪怕动用人性的仁慈和任何通融，都无法让民众原谅一个越界的领导人。走出聚光灯的尼克松，如果还能在夜深人静时分，拷问自己的良心，那就是电影所传达的情感力量。

若说弗洛斯特完胜，那么他的喜悦也是反讽的。走到不计胜败的境界，试问世上能有几人？人之将尽、重病缠身的人或许会有这番领悟，但是，健康依旧，自以为智慧的人呢？丢不开胜利的符咒吗？

那才是真正的失败。

G

《公敌》(*Public Enemies*;美国,2009)

选择这部影片的原因是喜欢戴普(Johnny Depp)。影片中,一个似乎真实的历史故事被相当写实地展开了:在胡佛任总统期间,一个叫迪林格(John Dillinger)的罪犯目无法纪,屡屡抢劫银行,越狱,最后被警探杀死。

观看中,我的情感和道德判断完全被扭曲,因为戴普饰演的这位藐视一切法律束缚,连爱女人都飞扬跋扈、不容拒绝的男人,竟然征服了我。相信作为单个个体的我具有很普遍的观众代表性。我发现,这种剧场思想扭转的力量,是许多黑帮片的能事。其实典范的例子可以从莎士比亚的戏剧中发现,如《奥赛罗》里的伊阿古、《威尼斯商人》里的夏洛克,这些反派人物的生命力和艺术魅力往往超过英雄,结果,反英雄成为人们心中的真正英雄,而导演也在悄悄颠倒人们的价值判断。

迪林格屡屡从探员手里脱逃,甚至挑衅地再次抢劫银行,最反讽的一幕是,当抓捕到了白热化的地步,他居然大摇大摆地走入警察局,还和警员们高声聊最近的赛马情况。这个词典里没有恐惧和屈服的男人,对待爱情也是热情如火,为了心爱的女人他始终坚守诺言,直到最后被枪杀。

这种反逻辑在电影中往往会产生怪异的作用,观众希望正义不要压制邪恶,甚至在看到恶人再次逃脱后由衷地开心。立场彻底动摇,强盗成了英雄，而老大的女人被一位粗暴的警官严刑拷问时，我还同情地痛恨动粗的男人。戴普的孤独眼神全然征服了我，使我陷在为不法分子担忧、害怕的反道德境地。好在这是虚构的电影，没有真实可以依托。

戴普为伯顿（Tim Burton）御用，原因就是他有一种孤寂超然的神情，仿佛超脱了滚滚红尘，有种绝世孤立的清冷，很容易让人掉入虚构所围隔的那个世界，忘掉俗事的烦忧。其实，这种正误、对错的逆转，在电影主创人员的设计和展现中十分明显，迪林格死前曾在电影院看克拉克·盖博的电影，片中片的效果对应到相得益彰的程度，盖博饰演的罪犯毅然走向刑场，临走时说人生不过是短暂的一程，迟早上路，何不走得坚决断然。之后，迪林格似乎也放下了再逃的心思，整个人的面部表情释然了，那个刹那，我也知道了他即将离开世界的结果。临终前，他对杀他的探员说了一句留给自己女人的话，探员居然为他保守着，并真的带给了那个女人。这里，道德审判已然动摇倾斜。

胡佛时代的FBI在电影中毫无正义凛然的气质，每次当迪林格逃脱时，他们都有种窝囊无用的挫败，在影片结束时，推上了几行字幕，其中一条信息告诉人们，探员帕维斯（Melvin Purvis）最后从FBI辞职，1960年自杀。

当然，在虚构中表达真实，那么这种真实的保真度高于现实。我深信，只有对现行体制、管理、社会充满了失望的人，才会悄然地通过这样的以罪犯为主要人物的电影，来转化内心的愤怒，传达某种或许会发芽的思想。

孤独的我，沉浸在被世界遗弃般的迪林格的天地里，在他流血倒地、闭上眼睛的那个时刻，那种急待释放的压抑情绪无以复加。

《功夫熊猫》（*Kung Fu Panda*；美国，2009）

笑着看完了全剧，儿子直到上床还在念叨。我多少知道，有些人很不满中国形象和中国武功竟然被美国人拿去运用得如此精妙。不过，这确实是一部很好看的电影，动画制作精良，形象可爱，那种浑然的天真（例如让开面馆的鸭子当熊猫的爸爸，让熊猫在食欲的促动下超常发挥潜能等）让人忍俊不禁。影片中的许多元素确实是经过西方人理解后的中国文化，最妙的道理是龙武士才能打开的龙典居然是空白，而熊猫在鸭爸爸那句“其实并没有面汤的秘密配方”后顿悟，这些似乎都是东方的开悟思想。其中的动物形象，包括老虎、仙鹤、螳螂、乌龟等，都是中国特有的，或许只有那只黑豹，“太郎”的名字取得像日本人，才暴露出了老外的某些信息混淆，好在太郎本来就是和平世界的异类，代表邪恶力量，这点突兀的意象特征，反而帮观众更加明显地区分了角色。

动画制作在当代电影艺术中占有了重要的位置，那些显而易见的道理，在深藏不露的科技支撑下，发挥着超常的神力。如果在我童年时代有这样的影视作品，我一定沉迷其中，甚至要自甘堕落地沉溺在这个美妙绝伦的想象世界中。

若说这是美国对中国的文化侵占，我觉得此话言重了。如果这样的包容涵养都缺乏，那将是更大的悲哀。莎士比亚被多少不同的文化汲取过？古希腊神话成了人类共同的文化记忆和建构素材，这些“拿来主义”，已经是信息时代的必然。只是，希望那些从事动画电影工作的人，在看这样的作品时，在欣赏之余，有一些焦虑。这样的互文运用，别人拿得，我们也行。不过，说行的时候，想想资金、市场、技术、构思，有了压力，才能进步。

看了《功夫熊猫》后，尤其最后的秘典中空无一物后，我也悟到要学习熊猫阿波，看清自己，不放弃信心，哪怕在别人的光焰下，也要坦然自由地生活。当然，暗暗努力是应该的，只是，当别人都放弃或轻视自己的时候，一定要喜欢自己本来的样子和特点。其实，秘典就是一面镜子，反映出自己，让人明白，相信自己了，自己就是秘籍，就会有无穷的潜力。

《怪兽大学》（*Monster University*；美国，2013）

和秋游回来的儿子一同看了 2013 年的动画电影《怪兽大学》，我觉得这是上苍给我的信息。

美国动画电影确实带给人正能量,那个大眼仔一直梦想着能成为惊吓员,进入怪兽大学后,十分努力好学,比任何人付出的心血都要多。可是,教授却认为他先天不足,难以真正惊吓孩子(惊吓程度可以转化为电力),期末将他淘汰出局。可是,大眼仔依然不改初衷,找准一切机会希望能被大家承认。他组团参加惊吓大赛,一次次在别人的嘲笑和奚落中振作。得到承认的道路是漫长的,他也曾因为伙伴作弊赢得比赛,可得知真相后无比沮丧。但是,大眼仔最终通过努力,几经曲折后依然从事惊吓工作,而且扬长避短地成为惊吓员的教练。

观影时我和儿子开心大笑着,影片结束时,我发现自己之前淤积在心里的消极情绪散掉不少。被别人否定和误解确实是痛苦的,然而自己对自己的信任,百折不挠的努力更重要,这个道理如此简单,其实我早就明白,最终却是在电影中真正接受,看来,凡事都需要途径和机缘。

动画电影并非儿童专属,身旁的儿子已经是成长中的少年,即将步入青年行列,他在影片结束后,居然能安静地坐下来学习,这恐怕也是一部好作品的激励作用。这是他初中阶段的最后一次秋游,从前一天就开始兴奋,还在镜子前比划了好久衣服裤子,甚至连要穿什么鞋都钻研了一番。我有些感慨,那个当年裤子穿反了都不愿意花力气改正的小孩,居然开始注重外表了!

《怪兽屋》(*Monster House*;美国,2006)

最近,逐渐对动画电影产生了浓厚的兴趣,为此认真做了功课,记录一些必要的观后和相关知识。这两部片子都是一种突破,即形象是3D立体的。据说成功的三维前身是《玩具总动员》(*Toy Story*,1995),更加逼真,人物的口型和画外音是完全吻合的,仿真的形象,更加符合真人世界的各种景物，卡通的幽默效果也进一步加强。据说，一部动画电影，每一秒钟至少要播放24幅图画，由此产生“动画”感觉。其中，每个动作都包含了大量复杂的事先设计，时间安排上精准到堪称不差毫厘，在声效上，每段对话和声音安排都要放在精确的时间段，动作还要完全配合声音进行。这一系列非常错综复杂的工作，就要求一支高科技高效率的工作队伍，包括形象设计、背景设计、色彩、音效师、编剧、特技等，没有一个人可以独立完成这样包罗万象的工作。当然，电脑技术的革命为动画工业增添了巨大的生机和活力。

如果追溯动画片的历史，第一部真正意义上的动画影片诞生于19世纪后期，此后，最著名的动画片制作公司迪斯尼诞生了，接着，哥伦比亚电影公司、Metro-Goldwyn-Mayer、Paramount Pictures, Inc. , Terrytoons、华纳兄弟等都开始了动画片制作。到了20世纪90年代，迪斯尼公司以平均一年出一部动画大片的速度推出了大量老少皆宜的电影，如《小美人鱼》(1989)、《美女与野兽》(1991)、《阿拉丁》(1992)、《狮子王》(1994)等，之后，相关的产品(如衣服、玩具、带有形象标签的商品等)也随着电影公映而大卖。看来，无论喜欢与否，我们的生活实际上已经被卡通大片围绕。

令我感触很深的是，动画片在某种程度上在帮助我们追溯童年，重新拾起理想和幻想，并不以此为耻，反觉得光荣。例如，在《怪兽屋》中，那个以人为原型的屋子，窗口为人的眼睛，火炉是人的心脏，周围的大树就是人的臂膀，红色地毯就是舌头，屋子里的几个红的电灯泡就是人的小舌头…… 这些比喻，其实在我们幼小的幻想中都出现过，幼年的我甚至把家里的天花板都假想成自己的好朋友，在孤独的夜晚曾经陪伴我，倾听我的诉说。其实，万圣节的这几个孩子，与怪兽屋里的这个女巨人展开了一场搏斗，最后的结局无关道德。节日让正常的社会人远离了体制和规范，暂停了兢兢业业的刻板，进行酒醉似的狂欢。《拜见罗伯逊一家》中，那个爱好发明创造的孩子穿梭时间，到未来、往昔和不同的自己见面，一个个有趣的遭遇让观众暂时忘却了当下的琐事和窘迫。

人要是能永远保持孩子的童心和想象力该多好，虽然我知道这些故事都是成年人编出来的，可是，它们一定来源于最初的梦想，一定从童年的梦幻开始。等到我们要成为循规蹈矩的社会人，曾经瑰丽的孩童般的内心就砰地关闭了。如果成熟的代价是失去童真，那么这种没有幻想和天真的日子，真是可憎。因此，看这样的电影，我们在羡慕中没准也会重新温习自己曾经的梦，然后重新开始痴人说梦，这样该多好！

原来，我还是可以发呆做梦的，也可以为儿子多挡一点世故的风雨，帮他多捍卫一些想象和痴狂的权利。

《国王的演讲》（*The King's Speech*；英国，2010）

没想到，影片的结尾曲竟然是贝多芬第五钢琴协奏曲的第二乐章，为此，我抑制不住地要记下所想。

这是个真实的故事，关于乔治六世克服口吃的问题。皇室传奇的故事中，因为兄长不爱江山爱美人，原本不必走上王位的弟弟因此被迫要面对公众，在战争的重要时机，发表国王的演说。

最精彩的地方，始终不在人物的特殊性上，而是克服内心障碍的那场斗争。这个战役我们人人、时时在进行，而大学教授 Lionel Logue 凭着自己过人的胆识和信心，终于陪伴国王成功地完成了一次次重要演讲。Logue 教授没有医生执照，没有显赫的履历，只是在大学里曾经讲授过演讲艺术，可是，他却是乔治六世克服障碍的榜样和挚友。

两个优秀的男演员在精湛纯熟的演绎中，向普通的观众表达了一个其实与皇家和政治无关的主题，战胜内心的恐惧和软弱，相信自己，而后真诚地把声音投射出去。

相信，这样的叙述和表达，能让电影在当年的奥斯卡评奖的征程中走得很远。因为，观看电影的同时，观众获得了力量和勇气，这是难能可贵的。社会既定的等级，体制设置的障碍，还有一切前定的规则和框架，当一切都被勇敢的人暂时忘却时，人人都可以有王者的姿态和精神。

身为站在讲台前的教师，至少，我在感动的过程中，汲取了力量。

H

《哈维的最后机会》(*Last Chance Harvey*;美国,2008)

在银川飞往上海的飞机上,看完了这部关于黄昏恋的电影。一个家庭、事业都处于失意状态的纽约中老年男人哈维,因为参加女儿的婚礼来到伦敦,由于种种倒霉的经历,他不断意识到人生进入瓶颈期,机遇越来越少。这大抵也是许多年过不惑的男女常常遇到的消极境遇。

达斯汀·霍夫曼和埃玛·汤普森不愧为殿堂级影帝和影后,他们自然而精彩的演绎让人跌入了那种巅峰不再,可人生还得继续的生存状态中。作为观众,虽然我的年龄还未到达这样的阶段,可是心情却几番起伏于这种“最后机会”的伤感和无奈中。

黄昏恋的主题往往偏离了人性的正轨,给人以一种同情和关注的观感。这是我不愿意看到的一面,可是此片没有。一见钟情,任性妄为,天真热烈可以抛却年龄和职业的顾忌,这原本就是人性最大的财富——始终以真性情为本,率真地面对自我,不以年纪和阅历约束自我。

两个失意的男女,一个因为最后的机会而赴汤蹈火,一个因为各种顾虑而踌躇不已,生活中矛盾、猜测、怀疑、自我暗示原本已经太多,可是,我们是否还有重新洗牌的机会,电影大声地告诉各位:可以!完全可以!只要你懂得清空,拥有勇气!

这样的主题,很适合在万米高空中吸纳。其实,许多时候,我们在遥想往昔的同时,多少带有凭吊的情绪,“迟暮”的惋惜感一次次涌上来,这几乎是和具体年龄无关的感受。于是,我们也习惯于把“一把年纪”作为失却果敢和不敢孤注一掷的借口,甚至在机会面前退缩。但是,这样的黄昏心态,已经把自己体无完肤地输给了命运。

电影中伦敦的场景让我再次回味了去年夏天在英国的游历。两个不再年轻的男女一同携手走过千禧桥,女人高男人半个头,可男人却走得如此泰然自若,欣然忘我,实在令人羡慕。此刻,我相信,戏里戏外的演员情绪是一致的,对待生活,对待日益成熟的生命,我们始终要有充满激情、勇于尝试的坦然和专注。

好莱坞老戏骨和英伦才女,一个六十二岁,一个年过半百,却在虚构故事中破除了观众对于前卫美国文化和保守英国理念的僵化认识。当然,他们事业成功的背后,也有不为人知的彷徨和痛苦。几周前,与从前的老师同学一起喝茶,老师说到他十分认可“相见不如怀念”,觉得曾经美好的女子,年老色衰时最好不要真实出现在爱慕者的眼前。可是,见不见的自由不在女子自己。埃玛·汤普森刚在影片中出现时,我也曾如此感喟岁月的无情。

不过,年老色衰不是时间的诅咒,自我的放弃和消极才是。如果“哈维的最后机会”真要有个解释的话,那就是:不要拿外在的审判折磨自己,年老色衰下或许隐藏着肉眼无可辨别的生命精髓。

《海上梦境》(*City of Trance*;中国、法国、荷兰,2008)

这大概是最近看的最沉闷的一部电影,镜头停在某个特写上,时间会长达一分钟以上,显然视觉感触远大于情节叙述,碎片式的结构把上海这个城市的细节勾勒得十分阴郁、琐碎,又带着无尽的颓然和无奈。

如果要整理出一个情节线索,可以概括为三对男女在大上海的迷茫生活:一对是二十上下的年轻人 AB,一对是二十五岁左右的同居男女 CD,还有一对是三十多岁的异国情人 EF(至多是露水夫妻)。AB 同为上海本地居民,小伙子 A 生活在破旧的石库门里弄,虽然怀揣着设计动画的梦想,却每日里找工作面谈,还得应付小市民母亲的唠叨和邻居的闲言碎语。姑娘 B 在弄堂里开了一家缝纫店,和年迈的奶奶一起生活,父亲做生意做大了,在市中心买了高层公寓,最后举家从异堂搬入了“高尚”社区,女孩也开始了大学生活,她和 A 曾经年少懵懂的爱情也就此告休,这给 A 留下了无尽的失落和颓丧。

C 和 D 同居在简陋的贫民区地下室中,C 是酒吧的 DJ,D 是那里的啤酒销售。为了生计,D 越来越不满足两人的生活,开始背着男友去跳钢管舞赚钱,同时和其他男人暧昧地交往着。她理智上认为自己是在支持男友的事业,竭力维持彼此贫穷不堪的生活,甚至对找上门来的父亲冷眼对待。然而,CD 最终矛盾爆发,女孩愤然离去。

EF 的关系似乎更加说不清,E 是从荷兰来上海的建筑设计师,住在老上海的石库门里,却遭到邻居们的非议,他和邻居家的熟女 F 发生了肉体关系,F 期盼着对方能说一句“I love you”(“我爱你”),却只得到“but now I just want you”(“可现在我只是要你”)的现实答案。F 空有漂亮的脸蛋和性感的身材,却无法依靠 E 跳出贫穷落后,只得在 E 对古老欧洲的批评中选择另外的依靠……

故事中,始终穿插着这些人的家长的声音和影像,仿佛在这个城市中,新旧理念和价值在斗争、抗衡、冲撞,然而,每一段矛盾和纠结都由城市中环的高架道大圆环来加以画面的转接,让夜色阑珊中的车灯和川流不息的交通成为语篇的句点。当然,每到这个时刻,我就不禁联想起肠梗阻,想到在这样的车水马龙中无奈、乏味、重复的城市生活。

田原这么多年来似乎一直在和小成本的文艺片较着劲,她的形象始终闪现在这些惆怅不已又两眼茫然的人物中。不过,这个并非上海土生土长的姑娘在讲上海话时,为真实大打折扣,让人听出强扭的矫情,加之吕玉来丝毫没有城市气味，AB 的关系和情感几乎是文艺片里的一大败笔，毕竟导演强调的似乎就是原汁原味的真实。不过，或许，在西方人眼里，上海就是那样的一个“四不像”的怪胎，从高到低的生活差别就像“自由落体”一般连贯纷呈、自然流畅。F 走出家门仿佛是中产阶级的娇小姐，走进筒子间就像是落魄的妓女；C 在地下室的昏暗和破烂中摇着手磨咖啡机的手柄，一副落魄音乐家的派头；老百姓饭桌上、茶余饭后的话题永远离不了“赚钱”主题，仿佛一切成功都可以直接换算成金钱数字，而城市的差异也就在这看似简单的数字中。

看不懂这一切的还有那个荷兰人 E，不过他只要调情于夜色中的女人堆，依然会为这里廉价的欲望和日新月异的变化着迷，依然舍不得返回陈旧乏味的老欧洲。

能够阐释上海的，好像没有单一的代言人，于是无数画面叠放堆积，却交织成了灰蒙蒙、脏兮兮的一片斑驳。在无聊和烦闷的一个半小时里，我始终坚信，导演他们大概要的就是我这样的观众心理。

放在电影专业的课堂里，老师会在这堆斑驳中泼墨着色，口若悬河，这一点，我相信。

《何处回家路》(*Which Way Home*；美国，2009)

傍晚，赶往学生中心的鲁米那影剧院（Lumina Theatre），晚上放映一部获得当年奥斯卡奖最佳纪录片提名的电影《何处回家路》。我忽然想到收到 D 的来信，他信中用的那个词与我原来的还有些出入，我用的是 comfortably lonely（舒适的寂寞），他用的是 comfortably alone（舒适的孤独），两者还是有细微差别，我更适用于前者，因为确实常常会有寂寞的感觉，不过，度过了忍受和适应期，就变得能够慢慢享受，alone 的状态我一直喜欢，因此，要说修辞上的差异对比，可能前者的冤亲对比更大。

我享受这种状态，可以隐藏在人群中，没有人知道，似乎孤立，又参与其中。影院就有这样的效果。

大银幕的效果果然惊人，可能也因为我已经远离影院太久。坐在黑暗中，让影像和声音铺天盖地地影响自己的视听，确实在感受上有很大不同。这部电影的拍摄前后花了很长时间，主要是跟拍几位墨西哥少年，他们怀揣着美国梦，扒火车，千里迢迢穿越茫茫的大陆，走过沙漠，就是想进入美国。

美国梦在这些少年的心中点燃，无论是家境贫寒的，吸毒成瘾的，与父母难以沟通的，这些孩子们愿意冒着生命的危险，坐在火车车顶，忍受饥饿、酷暑、严寒，就是要跨过国界，等着全新的未来。可是，途中，他们目睹有人从火车顶摔下，被火车碾碎在轨道上，或者看到一群移民共同强奸少女，听到儿童们被大人鸡奸、勒索、抢劫……

生命随时受到威胁，而镜头真实地记录一切，不判断，不表态，主创人员只是和少年们一站站地相约，一站站地录制。其间，镜头也穿插那些永远没有到达美国，也再也回不了家的孩子们的故事，把他们的死亡客观地表现出来，让家人的痛不欲生展现在镜头中。有的墨西哥家庭，父亲或其他亲戚前往了美国，孩子们也决心走过边境，只为了改变家庭的生活。

片中跟随拍摄的几位少年，他们基本没有实现梦想，大多回家，然后再次尝试离开家，搭火车重新开始冒险，有的最终放弃，在贫穷的家乡默默地工作。其中一个叫凯文（Kevin）的十三岁孩子，两次到达美国，第一次在休斯敦的移民滞留所，后来被遣送回墨西哥，由于和继父相处不愉快，他再次出发；第二次凯文到达了华盛顿州，母亲对移民局表态不愿接收他，希望有好心的美国人收养儿子，因此凯文在影片结束时依然在滞留所里等待着不可知的将来。

真是一部令人伤心的电影，墨西哥和美国巨大的反差，造成每年都有几十万人挣扎在偷渡线上，冒着生命的危险，企图跨越国境，开始全新的生活，包括那些原本应该在学校里读书的孩子们。看着这些和儿子一般大的孩子，我真是感慨万千，风餐露宿的生活怎么都阻挡不了他们对未来的畅想，每每当镜头外的主创人员问孩子们到底对美国有什么向往时,他们都露出茫然而神往的表情,好像那就是个不需要了解,但心里知道美好的圣地。

因此,哪条路都到不了真正的家,无论是失望地归来,还是到达目的地后的幻灭,这种没有结果的跋涉,其实把一个梦想,尤其是把人们对梦想执著的追求给解构了。

我自问,确实模模糊糊地有过到美国的梦想,尤其看到一些朋友、同事们一去不复返的留美之路,想到他们毫无退路的决然,错以为美国就是"应许之地"(promised land)。终于,三十九周岁的我踏上了这片国土,释然了曾经纠结的迷梦,至少,我明白回家的路在哪里。

电影结束时,一时还没回神,有人喊我,原来是那次语言教学会上遇到的一位中学老师J,名字与我很相像,她坐上来,和我聊了几句。这时,观后讨论开始了,主创们当然不在场,来的是几位拉丁舞蹈艺术家(至少他们了解中美洲文化),所以被邀请参与讨论。席中,有几位观众公然落泪,尤其是一个学生,她说自己的父母就来自电影中那几个少年生活的城市,她说自己没想到当年父母来美国如此艰难,由此哽咽。

J站起来,有些激动地说自己很愤慨,她说究竟是谁制造了美国这样的神话,让那么多人飞蛾扑火似的飞过来,我们不应该问故事有多悲惨,而是要问这样的悲惨如何来制止和解决。

家究竟在哪里,这是电影很好的切入点,没有答案,也不提供选择。我骑车在昏暗的路上,想着这个问题。至少,我明白,做梦的权利人人都有,毕竟梦想是支撑人努力的最大动力,但是,梦想醒来后的痛苦也要有足够的定力和勇气去承受。

《黑皮书》(*Black Book*;德国,2009)

在"二战"快要结束的时期,在荷兰战场上幸存下来的德国犹太女孩蕾切尔·斯坦恩,加入了荷兰地下抵抗组织想找出那个背叛的人,她所有家庭成员在解放南部的斗争中由于此人的出卖而全部被害。刚刚从战场中逃脱出来的她为了藏身,当了一名出色的歌手。当这位漂亮的犹太女歌手藏身之所被炸毁后,她无路可走,便随另一群犹太难民去逃亡。

但是,他们的船在中途被德国的巡逻人员发现,难民们都被杀害了,只有蕾切尔活了下来。她进入到德国队伍当中,化名爱丽丝,以使自己和德国人相处。一位德国军官对爱丽丝很好,还为她安排了工作。荷兰抵抗组织要营救自己被俘的人,让爱丽丝帮助。但是,这个计划被叛徒得知了。

德军方面与荷兰抵抗组织都把她视为敌人,她又一次陷入绝境。一直爱护她的那位德国军官与她一起逃离并躲了起来,等待着战争结束。而战争的结束,却并没有给爱丽丝带来自由,因为每一个幸存者在一定程度上都是有罪的,而她,必须找出那个叛徒……

看完了这部时间长达两个小时二十分钟的电影,我的心情很沉重。虽然导演在好莱坞打拼时,曾留给世人骇世惊俗、充满争议的作品,如《本能》等,但是这部关于"二战"的电影,却在更深层面上打动了我。

暴露、色情已经成为战时的常态,或许这样香艳的镜头充斥画面成了导演的招牌特色,但是,爱丽丝坚强不屈的个性,甚至强悍到不落眼泪的表现,令画面外的我折服。有人拿此片比较《色·戒》与《无间道》,但是当熟悉的荷兰街道浮现在我眼前,当惊悚的节奏和绝望的气氛环绕于四周,我知道这些作品其实没有可比性。

间谍和反间谍或许都是精彩情节的必备品,但是节奏、音乐、情节如此高度的统一,导演日臻完善的电影语言叙述让人在两个多小时中甘愿沉陷其中。

近来看了一些逐渐淡化主题的作品,细节和过程,然后一个水到渠成的结局,似乎都在表明这样一个主旨,即电影玩味的过程大于主题,它的语言日渐充满复调,不需要统一、单一的、安全的设计。

无论我们称之为窥探也好,脑力冲击也好,情节的出乎意料好像并不在尾声凸显，全盘的把握和恰当的火候，决定了最终的优秀。影片虽然并未摘得威尼斯电影节的重要奖项，然而我依然为它鼓掌。

熟知的战争主题，容易掉入重复的画面，其实恰恰表明了导演的信心和挑战精神。

《黑天鹅》(*Black Swan*；美国，2010)

2011 年金球奖的最佳女主角获得者是波特曼(Natalie Portman)，看了这部电影后，我为她精湛的演技深深折服，太精彩了。芭蕾艺术的魅力，人物内心的发展、崩溃、释放，都在她浑身的魅力中绽放，太迷人了！

或许，这部堪称心理惊悚片的电影，可以加深我对芭蕾剧《天鹅湖》的了解。白天鹅和黑天鹅的两重角色降临在天鹅领舞一个人身上，而这种矛盾性的揭示，竟然惊心动魄地发展成个人的性格悲剧。尼娜一直擅长跳白天鹅，可是总在对黑天鹅的演绎上受到艺术指导的批评。精神压力超常的尼娜逐渐逼迫自己，慢慢走入了灵魂的阴暗处，出现了幻听、臆想等症状。

然而，她以超常的发挥完成了舞蹈角色，在掌声和喝彩声中倒下，用生命的终结完成了自己对于完美近乎疯狂的追逐。

电影故事的内心戏非常重，全剧的重量几乎全部落在女主角一个人身上。我想，娜塔莉演到最后，或许已经明白自己所要达到的是如何痛苦的纠结和偏执，她必须在纯洁、疑虑、好胜、嫉妒心、疯狂、邪恶、淫荡的多重性格中展现出一个舞蹈演员在艺术追求上无法自拔，乃至终结生命的悲剧。

电影结束，作为观众的我的情感煎熬也放缓了，看到演员表字幕推上时，我忽然发现，那个被尼娜挤掉的前任天鹅女王，竟然是薇诺娜·莱德(Winona Ryder)扮演的。

《狐狸与孩子》(*The Fox and the Child*;法国,2007)

下午和儿子一同观看了电影《狐狸与孩子》。秋日,小女孩在森林里看到了一只美丽孤独的狐狸,被它的魅力吸引……随着季节的更迭,她屡次尾随、等待、观察狐狸,进入了森林深处,展开了她对自然的探索。小姑娘看到了自然的美景和万物生存的奇妙,甚至涉足禁地,体验恐惧,只为了内心对狐狸的信任和友情。终于,狐狸接近了她,两者产生了神奇的感应和交流。但是,女孩想进一步发展友谊,甚至让狐狸进入自己的房间,不想她发现狐狸感到逼仄不安,狂躁野蛮,不惜受伤也要逃脱,甚至从此疏远了小姑娘。小姑娘最后明白:爱不是占有,她也深深地理解野生动物和人类文明永远无法真正靠近的距离。

大自然的美好让久居城市水泥丛林的我们无限神往,森林里和谐自然的生态关系,让尔虞我诈的人类有些汗颜。我觉得这个电影版本从一定意义上就是另一个《狼图腾》,人类和野生动物的关系和爱,并不是人类所能定义和理解的。狐狸被小女孩邀请到家中,只会感到狭小空间的压抑,随之产生焦躁和愤怒,而小姑娘走入幽暗的山洞,在好奇之余,也只能感到恐惧。

电影强调了爱不是占有,把人类作为最高级动物对自然万物的态度进行了一次强烈的解构。儿子观后还念叨了几次,似乎若有所思。其实,尽管人类总是讴歌自然,向往返璞归真,但是,我们早已有太多永远也回不去的家园,这是进步的代价。

生活在居所内,我们有了生命、健康、温饱的保障,面对无垠神秘的自然,我们自以为是地以主人态度进行理解,孰知许多理念和概念,超出社会就一文不值。记得二十多天前,我们带着儿子又去了韩美林美术馆,看到画家的一句话,大意是"记住,比狼残忍的是猎人"。

其实，生存之道超越了这句看似理智的话，猎人拿枪是他的天命，狼捕杀小动物也是因循天道，两者从更高的层面看，都不适用“残忍”一词，自然也。

之所以喜欢这部电影，除了视听享受外，更欣赏抽离了主观价值和道德评判的自然，也因为在这短暂的九十多分钟里，暂时抛却了现实的坐标。

《换子疑云》(*Changeling*；美国，2008)

确切地说，现在是凌晨零点十分，一个人在家中看完了一部电影，心情久久无法平静。这是近期观看过的最冲击情感的电影，两个小时二十多分钟里，我从愤怒、无奈、震惊，到感伤，最后收复克里斯汀所言的“希望”。作为社会人，我们生活在一个必须束缚自己的体制中，但是，个性被如此泯灭，真相被如此践踏的局面，鞭打着我们的良心和灵魂。

这是一个真实的故事，发生在1920年至20世纪30年代的洛杉矶，单亲母亲克里斯汀和九岁的儿子沃尔特平静地生活着，不料突然有一天儿子失踪了。警方在几个月后带回了一个自称为沃尔特的男孩，可母亲一眼就辨认出这并非儿子。于是，她反复要求警方继续寻找孩子，却被告知自己想躲避责任。当周围的医生、教师都愿意站出来证明孩子有假时，克里斯汀却被警方强行关入了精神病院。

体制和强权糟蹋人性的事件并不孤立，而强势话语迫使弱势群体服从并接受洗脑，这样的事件也在丑陋的社会阴暗角落里发生着。令人心寒的是，这些有效势力相互勾结，让个体在强势面前无法挣脱。

当一切真相大白，当残害了近二十名儿童的凶手被抓，沃尔特被确认已遭杀害后，克里斯汀终于得到了公正的对待。影片此时的节奏和色调急转直下，正义的律师，公正善良的牧师，还有千万民众的声援，都将局面推向了恶有恶报、大快人心的结果。然而，克里斯汀始终不放弃寻找儿子的努力，她愿意在心中保留母亲最诚挚的希望。

此刻，我告诫自己，从此不要通过非直接视听及相关娱乐信息判断人，这部作品让我第一次接受了安吉丽娜·朱莉的精彩演技和深厚功底，还有她作为女人和母亲的魅力。同时，我也意识到，当一切难辨时，用作品和态度说话才是最响亮的声音。一百四十多分钟里，我的情感纠结、起伏、激荡着，这样的忘我感受，很少在其他电影的观看过程中体验到。或许，因为儿子处在相似的年纪，而天下的母爱和母性如此相通，感情的波长如此接近，不需要更多的语言，我们都愿意保有心中对孩子的等待和希望。

一个人生活在这样广袤而复杂的世界中，必然的孤独和无助或许与生俱来。每天，当我们睁开眼睛，打开耳朵，开启一切感官，就有无数有意、无意、有害、有利的信息纷涌而来，我们的需求被媒体宣传制造和推动着，喜好被改变着，消费被决定着，人流推搡着人们前行、后退，渐渐地，很多人就失去了抗争和逆反的勇气。如此看来，克里斯汀确实是勇敢无畏的女性，当她走出精神病院，安定自由并非她的最终目的，她竭力将那些忤逆了警方而被迫进入病院的人们解救出来，她努力地寻求真相曝光的途径。

道貌岸然已经不足以形容那些戴着面具的权贵，他们臣服于体制的游戏，也成为人性的枷锁和腐蚀剂。我顿时理解，当面对这一切丑陋时，哭或许很轻很无力，然后黑色幽默和荒诞才产生，笑着的呐喊才会有巨大的瓦解力和领悟性，此刻，我决定重读《第二十二条军规》(*Catch* 22)。

本片导演是伊斯特伍德，了不起的作品，尤其他还参与了电影音乐的主创。叙事结构和节奏很稳定传统，但是深刻的主题和内涵已经超越了技术技巧的辅助。最近我在看获得艾美奖的美剧《广告狂人》，发现怀旧色彩已然成风，好像人们都在回顾着什么，但是回过神来，大家会发现历史如此往复地循环着，往昔就在此时和未来重复、变奏。

此时，我想念儿子，想走进他的小房间，看看他熟睡的模样，然后悄悄地抚着他，告诉自己一定要坚强而充满希望地守护着孩子。

《黄石的孩子》（中澳德合拍，2007）

在回上海的火车上，看完了《黄石的孩子》。何克（George Hogg）是历史上的真实人物，抗日战争时期来到中国。这个牛津大学毕业的新闻记者见证了南京大屠杀，并因为受伤来到黄石，开始接触那些战争孤儿，担负起照顾和教育孤儿的工作。最后，他带着孩子们跋涉千里，沿丝绸之路来到山丹，却因破伤风结束了年轻的生命。全剧长达两个小时，情节并不戏剧，虽然其中有同为西方人的女护士丽，但并没有多少爱情戏的渲染。战争是丑陋的，痛苦万分的丽用吗啡麻醉自己，却被何克告知自己是世界上最美丽勇敢的女性。

其实，这两个小时中，我情感的跌宕全因为何克内心强大的信仰支撑，境由心生，确实如此，能够如此高尚地生存，哪怕岁月短暂，也令人心折。当年的黄石孩子中至今仍有若干尚幸存者，说起何克，他们用了“完人”二字。

这部电影肯定是不卖座的，因此，我更为这部作品的诞生感到由衷地赞叹。推出这样的电影，恐怕也是信仰所致。喝彩！

片尾处发现周润发的英文名中有意用了 Fat 一词，是自我揶揄，还是就事论事地采用音译？不得而知，希望答案是前者，他似乎有这样的资本，在众多良莠不齐、褒贬不一的娱乐评价中，何为自我，很难，但是我选择相信此片中他的坦荡与本色。

《昏睡》（*Drowsiness*；波兰，2008）

到了我这个年纪，等待成了越来越消费不起的奢侈品。晚上，当我一个人看完一部精彩的波兰电影后，这个信念更加坚定。这是好久以来我难得看到的一部电影佳作，非常惊喜。这部名为“昏睡”的电影具有非常高超精巧的情节布局，三个看似毫不相干的故事分别在不同地点、时间发生着，最终自然汇聚在一起，关键是，其中实际意义上昏睡的人虽然只有一位女性，可是另外两位主人公却在隐喻的人生昏睡状态下，终于醒来了。

三个故事讲得十分动人感伤，电影节奏上干净利落，有行云流水的自然感。一条线索是关于一个年轻男医生的，父母亲对他充满了期待，为他盖了楼房，希望将家族发扬光大，结婚生子，幸福健康。可是，这位叫亚当的男医生竟然是同性恋，他在火车站偶遇一位酷爱街舞的扒手，两人一见钟情，抵制了所有的外力干扰，尤其是道德伦理的束缚，终于走到了一起。

第二个故事讲的是一位多年没有作品问世的中年作家罗伯特，他忧郁消沉，在地下的档案室里整日端坐，文思枯竭，盯着窗外形形色色的大腿，观察着人们腿部所透露的秘密和信息。罗伯特的妻子是个歇斯底里、依赖性极强的女人，出身政客家庭，颐指气使，对丈夫每日大呼小叫，大惊小怪，让罗伯特苦恼自己为何会陷入这样的人生僵局。

第三个故事说的是一对富裕的夫妻，丈夫对妻子不忠，妻子在亲眼目睹丈夫和情人相会的场景后，突发嗜睡症，撞车后从此在家中休养，每每在焦躁和怀疑中睡去，醒来又将睡去前的场景忘记。

作家被亚当医生检查出患有绝症，这才醒悟自己因为惰性、沉睡般的消极，失去了精彩的人生，他和好友登山，希望有一日能和朋友从高山之巅飞翔，飞入山谷，结果回家途中累倒在嗜睡女子的家门口。女子帮助了作家，而后者竟然从她的大腿的姿态上认出了她，并验证了自己靠想象发掘的秘密。两人从此成为好友，而女子也终于明白了丈夫的不忠事实。

作家临终前，拉着嗜睡女子的手，而亚当医生就站在一旁，他说了一段关于“昏睡”的话，认为人们总以为睡后能再醒来，可是，死亡终于让他不必醒来，然而，他也在最后入睡前，意识到此刻或许是人生最清醒的时刻。作家离开人世后留下了他的旷世遗作《昏睡》，而女子的主治医生告诉她，嗜睡的病因是因为抑郁和强迫性遗忘，一旦情绪缓解，一切会朝好的方向发展。女子和丈夫终于分手，她也在释然中逐渐走出了昏睡病症。

最后的镜头非常感人，作家的朋友在高山上拉起了降落伞，真的飞上了蓝天，而后，降落伞后飘出了一团团的尘状物，飘荡在天际。在我的解读中，那就是罗伯特的骨灰，他终于不再沉睡，不再消极等待，在生命逝去后，竟然真正地飞翔了！

如此精彩的电影，把我此前沉闷的心情全然瓦解。诚然，当我愤怒、抑郁、失望的时刻，也常常用睡眠来疗伤。醒过来的时候，伤痕虽在，但疼痛减轻。可是，我们不能始终用沉睡来消极对待，等待的时间在某个节点看是无尽的，可是，把生命换个角度看，我们会发现那只是个非常短暂的过程，一旦等待，一旦昏睡，那么很可能就失去了华彩的片段，徒留悔恨。

其实，我们很多时刻的消极都是某种程度的昏睡状态，无论是逃避，还是隐藏，或是自以为江郎才尽，都是因为我们无法勇敢地醒过来。如此想来，积极主动的重要性浮出水面，至少，把主动权握在自己手中，机会就多了几成。

很少接触波兰电影，我们的视野几乎被好莱坞模式填充得太满。电影的音乐、语言、色彩都透出浓郁的艺术气息，不落俗套，不入桎梏，让我为这个遥远的国度心生向往。等待着，我相信自己终于有一天能踏上那片国土。

J

《集结号》(中国,2007)

无论是阅读还是观影,都存在一个有趣的问题,即视点的重要性。从《万历十五年》到《集结号》,看问题的角度都有了新的变化。例如,在《集结号》中,让我很认同的一句话就是:冯小刚认为,巴顿将军这样的大人物是疯子,是战争狂人,但真正玩命的是无法做出决定的人,这些人更值得同情也更值得尊敬。

虽然冯小刚拍了一部认真的作品,只是影片在叙述节奏和故事线条上不够凝练,很多轻重缓急的处理不够灵活,但是,视角的触动是最大的优点。对此,尤其是导演放弃知名的、具有票房号召力的演员的初衷,是令我,至少是令一部分小众认可的。我觉得,即便在场面情节的交代上有待分析,至少这种更加接近真实和态度诚恳的创作,就是一种努力的表现。

剧情脱胎于《小说月报》中篇小说《官司》,不过著名作家刘恒进行了编剧的重新考量,尽量把主线铺陈得干净利落。只是效果出来后,如果不是因为前期宣传的故事介绍,还是留下了很多不够干净的地方,战争场面渲染得过火了点,色彩上阴郁黯淡了些,人性的揭示上总是觉得差了一点点火候。与国外的战争电影,似乎总有那么一些编剧上、主次安排上的差距。连长谷子地带领的四十七名战士伤亡惨重,排长焦大鹏在牺牲前告诉谷子地，说自己听到了集结号，即团长说的命令撤退的号声。但是，谷子地本人并没有听见，于是他决定继续坚守阵地，直到四十七名战士全部阵亡。从此，谷子地踏上了寻找真相的征程，其间忍受了无比的委屈和误解，找到当年的号手时，终于得知集结号确实没有吹响过，当年团长明知这个连的战士必然战死，最终还是把任务交给了和自己交情最好的战友谷子地。谷子地这才恍然大悟，明白了焦大鹏临死前的话，他只是想让连里留下一些“活种”。谷子地竭尽全力要寻找到那四十七具遗骸，希望能让他的战友们成为烈士，而不是“失踪人员”……

据说冯小刚从小就有战争梦想，当然，这也是许多男人自然会有的少年时的英雄崇敬心理。为此，他甚至请了韩国的爆破专家，尽量模拟真实的战争场面，力争把战场上人们对死的本能畏惧营造出来，而这种平凡中的勇敢，恰好映衬出了“每一个牺牲都是永垂不朽”的电影海报宣传。

因此，这是一场血与火的洗礼，如果按照我们正常的战争教育，我们可以期待的许多剧情和结果也是俗套守旧的，但是，恰恰冯小刚和他的主创人员也要进行一场战争，即打破战争固有的英雄视点，以及颠覆我们阅读战争的经验惯性。记得阅读过关于美国犹太作家艾萨克辛格的故事，说作家的哥哥曾经这样对他说：“事实是从来不会陈旧过时，而看法却总是会陈旧过时。”这一句话，让我成了喜欢探究文学叙事手法的人，也成了一个愿意从不同的角度看同一个故事的执著之人。

因此，善于颠覆角度、颠覆经验的态度使这部电影，也同样使很多优秀的作品有了通透的呼吸空间。新的表达方式是艺术创作的硬道理，当然，其核心是真实的人性光芒，甚至是人性的黑洞。新年档期，《夜宴》和《满城尽带黄金甲》等视觉大片争相进入票房争夺赛，可是，表达方式的雷同和视觉经验的守旧，成了作品最大的桎梏。因为，为了视觉快感和票房盈利的秩序和逻辑，窒息了作品，使这些故事成为苍白肤浅的牺牲品。

观众的要求在于，如何在重复的故事中不再看到陈旧的套路，如何在以为是套路的故事中发现新的路径。正如黄仁宇先生发现了宏大历史叙事对琐碎的忽略，和琐碎小事对宏大的建构，我们的历史阅读在冒险中得到了本质的飞跃，那么，《集结号》对于战争的丑陋、对小人物无奈中成就大人物的光辉事迹的揭示，或许就是一种新的思索路径，是违背常理围困的一次挣脱。

作为一个女性观众，我们对男性的比赛和战争从来都是具有颠覆视角的，当男人们或许耽于战争的模拟和炮声的刺激场景时，我会倾听那些恐惧而急促的呼吸，会从灰蒙蒙的脸上看到全然非英雄的对指令的愤怒和质疑。这个瞬间，我会更快地抛却英雄主义，更少地想到舍身忘我，或许也更早地离开了雄性战争的秩序。

在影片宣传中有这样一个观点，即该片尤其想针对目前阴柔美男成风的社会审美。其实，我们往往忽略了这样一个悖论，即阴柔美男的出现，其实也是一次对秩序的颠覆，只是许多表面的趋势，遮盖了表面之下人们趋向真实和冒险的叛逆。现实生活中，总有阴柔的美男和真正的阳刚的并存，因为这种无序的混乱，成为我们试图找到趋势和审美标准的理性抗衡战场。

或许，对战争不太有激情荷尔蒙的我，看到了暴力对秩序的挑战，也看到了撕开暴力一角后人们借用暴力争夺秩序的文明托词。所以，在观看电影时，我略感到遗憾的是，原本可以渲染的后半段，倒是被前半段血雨腥风炮火连天给削弱了，不像同样用血腥来展示人性的《英国病人》和《钢琴师》那样具有持久的心灵震撼力。在我的视角里，最令人落泪的片断是，当谷子地得知自己当年的部队归属终于找到时，他趴在高台的阶梯上，委屈动情地落泪，不断说着“别诳我，可别诳我”。那时候，画面是干净冷清的，光线是利落清晰的，反而没有了战火纷飞时的混乱和杂沓。此时，谷子地的视力已经遭到了朝鲜战争的重创，为了救踩到地雷的战友，他用双眼保住了别人的性命。虽然，这里的情节有些不甚流畅，但是，我喜欢过尽千帆后对生命无常的这种冷静，喜欢诚然坦荡中的没有高尚信仰的踏实。

恰恰就是在平静的愤懑中，而不是在激昂的嘶喊里，谷子地这个人物所呈现的人性价值开始闪现，而这个同时，我们一贯从各种途径学习到的英雄和战争辉煌，都顷刻间灰飞烟灭。

因此,倘若和平时期的刻画能够更突出一些,那么,固有的战争常识的摇摇欲坠也会更加猛烈一些。当然,前半段强烈的战火场面让后半段阴沉的平静更具有爆发力和悲剧色彩,只是其中的切割太明显,界限太分明,使我不断感到前半段有做作和显摆之嫌。

冯小刚把他的自我投射在了这场战争中,他给予的回答和价值都明白无误地写在这些或牺牲或继续追索的人物中,这是个聪明的办法。其实,他唤起的共鸣他自己已经先感动过了,这一点,他比余秋雨唏嘘感叹凸显自我的叙述风格要高明,因为,这样的表达,更加真诚认真,而且没有谎言。看完电影后,我尽量寻找那些之前被我忽略的信息,一遍遍回忆,希望看到被否定的巴顿背后的真正荣耀。

失踪军人的家属补偿是二百斤小米,烈士家属则得到七百斤粮食,这段差距有些黑色幽默,生命的价值换上的如此的不等价处理,不知道有多少人对此发出了感慨和质疑。好的电影,没有答案,却在细节处彰显象征和缝隙。或许,战争的流血牺牲已经激发不了我的感动,而这五百斤粮食的差异,却涌动着几番莫名的伤感及无奈。

这个似乎荒诞的视角,就是一次突破。

《僵尸新娘》(*Corpse Bride*;美国,2005)

一个很特别的体验是,电影故事居然让儿子落泪了,看来,这个孩子有一颗敏锐善感的心,我很高兴。每个周末,我们计划都要看一些动画电影。已经两周过去了,很轻松的环境下,同样的故事把母子的心灵距离拉近了。电影是蒂姆·波顿的作品,据说喜欢他作品的人都是偏爱孤独的,因为他在艺术上向来追求怪异、前卫和黑暗的境界。这部影片中的人物造型确实怪异,场景也比较诡谲,氛围中明显有一种不安定的紧张。不过,演绎到后来,我们发现,丑陋和美好有时候在表象上是颠倒的,阴森怪异的僵尸新娘，原来有着一颗最善良、勇于牺牲的心，而表面高贵智慧的大人物，内心却如此险恶。

故事情节其实很简单，但是动画的妙处往往在制作上，音乐处理堪称精美，四手钢琴联奏是醉人的。维克多突然来到了阴间，因为他无意中向一具僵尸发下了结婚誓言。于是，他在阴间的所见所闻所感，帮助所有人，无论是活着的，还是逝去的，悟到了许多人生的真谛。故事最后，僵尸新娘化为许多只蝴蝶飞向了天空，真怀疑这样的创意和梁祝有某种关系。

另外，我留意了孩子的反应。当维克多愿意为僵尸服下毒酒，与她真正结合，但是埃米莉却把幸福让给了人间的佳偶，我看到儿子的眼睛湿润了，因为他了解到这个渴望做新娘的埃米莉永远都实现不了心愿的伤心。

记得很久很久以前，我还没有成为母亲的时候，曾读到一封母亲写给孩子的信，当时深深折服，里面大约有这样一句：孩子，我希望你能在悲剧中落泪，在倾听音乐时动情，希望你有一颗柔软敏锐的心。

《金发缪斯》(*The Girl*；美国，2012)

电影《金发缪斯》讲述的是大导演希区柯克和他电影的某位女主角之间的故事。金发美女始终没有屈服于导演的爱慕，最终终止合同离开了希区柯克。最后一幕戏是《Marnie》中女主人公在车站离去的场景，那个背影真是坚强优雅。

希区柯克是个怪才，虽然这部电影以及它参照的小说，其真实性如何我并不太了解，但是我始终认为，故事中揭示的意义是普遍的。男人永远会臣服于女性的美丽，由臣服而起的占有欲，从积极的角度看，是将女性视为能激发思想灵感的缪斯女神，而从消极的角度看，依然是男性征服和自我中心的写照。我们无法否认希区柯克身为导演的才华，也无法释怀两性关系中的这一种无奈。希区柯克在肖恩·康纳利面前承认自己早已性无能了，但是，对于女演员蒂比的难以得手，他却暴露了真实的内心，他对英俊的肖恩说：我希望放弃自己的声名、金钱、地位，只要能有你的长相。这样的剖白，让我震惊，原来他如此渴望征服女性。

至于他的妻子艾玛，我觉得她的存在其实如同希拉里·克林顿的角色，是丈夫事业上的拍档，希区柯克离不开妻子，却对她毫无激情，结婚三十七周年的纪念日，他还要给蒂比打电话，说自己从来对待妻子就像对待姐姐。更糟糕的是，面对自己的女秘书，后者已经进入老年，她好心劝解导演，却得到了“你闭嘴，你自己长得像汽车屁股”这样恶毒的评价，如果换了是我，肯定崩溃了。

认识这一点是好的，这就是赤裸裸的人性，女性应该不依赖男性，要有独立的尊严。无论曾经美丽，还是不曾美丽过的女人，唯一自足的幸福就是珍爱自己，为自己的幸福努力争取。这一点，我非常肯定蒂比，她始终没有让导演得手，甚至不惜放弃事业这样沉重的代价。其实，蒂比肯定明白，希区柯克真正着迷的是他对于女性的征服，从来不是特定的关爱和具体的对象。金发美女对于这位电影导演而言，就是缪斯角色，同时也是猎物。

《进入心灵》(*Let the Right One In*；瑞典，2008)

这是一部近两个小时的瑞典电影，第七届纽约翠贝卡电影节(Tribeca Film Festival)获奖影片，居然是一部根据瑞典奇幻小说改编的恐怖惊悚片。

今夜，大概是我第一次在影院里观看北欧电影。确实，叙述的视角和艺术手法与好莱坞模式有很大差异，但是我非常喜欢导演对故事的处理，对声音的把控，深感此作具有超越商业电影的美学特质。

影片讲述了一个十二岁的男孩奥斯卡，他在学校里被同学欺负，一个人非常孤僻。他家隔壁搬入了一个年龄相似，脸色苍白，不肯见光的小女孩 Eli,两个人渐渐成为知己。结果,女孩是吸血鬼,而奥斯卡在得知了这个事实后,依然真诚地对待她,并且在 Eli 的鼓励下,战胜了校园暴力。

吸血鬼的故事在西方尤为深入人心,这类题材已经渐渐走出具象的故事框架,成为一种文化隐喻和符号代码。我始终觉得,无论是作家,还是导演,他们在这样的故事中表达的是自己的艺术孤独感,自己孑然寂寞的艺术创作观。真实性和合理性被抛却后,艺术构思可以天马行空地挥洒在作品中,于是,黑暗、孤寂、惊心、冷酷、渴望,一切吸血鬼所具有的特征都在和人类的交流中得到了渗透和理解。

我了解《暮光之城》(*Twilight*)系列中那种超越了世俗欲望的人鬼之恋,更能在这部电影的小男孩身上看到孤独的人对于友谊、信任、被信任的渴望。因此,吸血鬼成为人类情感传达的载体,围绕着他(她)的影像、音乐,都带着超凡脱俗的感伤美。

我被北欧的冰天雪地镇住了,也被北欧电影强大的艺术魅力征服。坐在影院里,穿短袖衫的我冷得发抖,披上围巾依然冷。走出室外,回到住所,我的邻居们还在大开冷空调,我这才意识到,我被斯德哥尔摩的冬日冷到了。这种温度感应,来自艺术感染力,也来自那段凄美的,超越了道德、伦理和社会规范的友爱。

《九降风》(中国台湾,2008)

2009 年新的开篇,竟然有些迟疑,不知道怎样的开头才能无悔无怨。和父母弟弟团聚的形式愈发狭隘,只剩下吃饭这一种了。大家围着大吃,孩子们在一旁吵嚷,水雾蒸腾中,元旦就这样形式主义地过去了。

按说开篇要喜气洋洋,可大抵是我年纪渐长,正慢慢忘却那些浮在脸面上的笑意,电视节目里歌声连连,难得进入眼睛的竟然是几支伤感的情歌,如《一个人的情人节》、《可惜不是你》等,想必那位唱歌的男孩无法走过那个坎，或者即便走过，依然放不过那段伤感。我想，他虽然不断补白，说情人节能够两个人过了，现在的自己很幸福等，但是，如果我是他的女友，一定会黯然神伤。对于过往、憎恨、感伤等，都远远不如遗忘的淡漠。

对于那些总是耿耿于怀的往事，我希望达到那种理想的遗忘状态，可事实不易。某段旋律、某处景致、某段对白，莫名其妙就涌上了那段故事，又无法对人诉说，显意识里也明白自己已经走过去了，可是潜意识时时偷偷地羁绊人的思绪。

这样的情绪，恰好被一部电影《九降风》所注释。故事的时间是 1996 年，看电影的我，总以为这是倒叙，觉得故事一定会回到当下。可是，从头至尾，时间停留在 1996—1997 年当中，仿佛现在的人，重新倒带，回到了从前，而且不肯自拔。

七个台湾新竹高中的男生面对着青春期的叛逆、偶像的崇拜、感情的懵懂、友谊的忠诚，不断在内心和外界的矛盾中挣扎，情节简单如水，因为这种骚动，是每个人故事的变奏。生命的困惑无法解决，僵硬的学校制度只能递增男孩们的反叛，青春期沸腾的生理冲动又往往让他们出界。于是，抽烟、喝酒、打架、违反校规成了宣泄的途径，而最好的机会，就是去职业棒球比赛的现场叫嚣和撒欢。

故事发生的地点是台湾，影片问世后，得到的肯定也是因为影评人抓住"台湾电影复苏"的主题，不过，那个有些孤僻的岛屿，竟然折射着如此宏大的母题，这已经不能用台湾文化或乡土风情来概括了。影片开篇和结局都是棒球运动，前者是人声鼎沸的球赛场，后者是一个男孩亲自上屏东训练基地找偶像，得到了和英雄一同练习棒球的宝贵机会。有趣的是，故事中穿插着台湾职业棒球比赛被黑帮介入后产生假球腐败的社会现象，而那位偶像棒球手也是真人，在球场历史上有着至关重要的地位，确实是当时青少年的偶像。这样一段职业棒球运动从鼎盛到去魅的过程，恰好也对应了高中生在人生领悟上的高低起伏。这里的处理，看来动足了脑筋。

那段时光是难忘的,难忘的原因并不是青春的光彩,而是那是一段自我定位模糊的岁月。自以为的真挚和英雄气概,被一件小事就轻轻解构。诚实和虚伪,在青葱岁月中就已经呈现了永恒的矛盾。一个男孩偷了机车,另一个男孩借车后被警察抓获,可是朋友义气让当事人始终没有出卖朋友,更让另一个打抱不平的男生陷入了退学的困境;真正偷车的人却躲在事实背后,因为胆怯和徒劳的辩护,被朋友们不齿。

男生喜欢上自己好友阿彦的女友,面对着好友对女孩无所谓的态度,以及似懂非懂的四处留情,他痛心却说不出口。结果,有一天,这个男生驾机车载着阿彦,在路上被车撞倒,从此阿彦昏迷不醒。昔日成群结队的男孩们从此在榕树下分手,每个人都心怀愧疚和困惑。他们渴望坦诚,却不断相互推诿责任……最后,在毕业的歌声中,那个驾机车的男孩,抱着整箱的棒球,坐车前往屏东,去完成自己和阿彦的共同理想:见偶像一面。箱子里是阿彦模仿偶像笔迹签上名字的棒球,他曾经用这个可爱的谎言,送人棒球表达过歉意。

成人世界的职业棒球被人世的贪欲和虚假抹上了污秽,同样,学生时代的诚挚纯净,也遭受着各种经历和诱惑的威胁,那些为兄弟甘愿挨打、坐牢、背黑锅的义气,那些好强、冲动、带着羞愧的自慰,都记录着那段青涩却单纯的日子。成人的我们,面对着这样的故事,大概会泛上这样的心情:看似忤逆暴力的表皮下珍藏着青春的热情,而和平正直的浅表下却藏匿着污秽的麻木。

最喜欢片尾的那首歌,那是张雨生的歌声,如此不期而遇,学生年代被倏然翻开,当年稚气未脱的自己就在此刻世故的体表下,渴望挣脱而出。一直以为那段岁月,会留下遗憾,会带来怅惘,会有盘桓不去的淡淡忧伤,却发现,它的底色竟然是无畏的天真和要站起来拯救世界的渴望,因为成熟的代价,愈来愈觉得不现实,却也愈来愈珍贵难忘。

以为走过却无法走过的那道旧时的坎,原来就这样闪回着,打击着我们成年后的另外一种自以为是的笃定。

《绢恋》(*Silk*；英国，2008)

一部影片值得记录：《绢恋》。观看影片是在从哈尔滨飞往上海的飞机上。至今记忆犹新的是这部影片的叙述结构和情节设计。爱情故事可以有不同的表述方式，影片中的这一种着实创新。一位英国男士，为了国内的丝绸生产所需，几次三番到日本采集蚕卵，千辛万苦地将它们带回英国，途中辗转于冰川、大陆、丛林，甚至不惜冒着付出生命的代价。他在英国有一位深爱自己的妻子，却在神秘的东方邂逅了一位日本姑娘。日本姑娘的美丽难以描摹，单是男人痴醉的眼神已经足以概括。

作为观众，大家很容易掉入“这是西方对神秘东方误读”的套路当中，谁知故事发展却不断挑战并打破了这样的模式。这位英国男人和东方女人从未有过语言和身体的交流，两人之间只有一张短短的信笺，那是姑娘在男人洗澡时偷偷塞进男人手中的。回到英国后，尽管男人同样能感动地沉醉在美丽妻子的温暖怀抱，可他也禁不住东方女子的神奇魅力，悄悄地来到利兹，寻到一位东瀛女子，要求她帮着翻译短笺，并得到了这样一句勾人心魄的话：“你快回来，不然我会死的。”

于是，男人不顾妻子的忧郁和担心，毅然踏上了东去的征程。结果，因为日本战乱，男人不仅没有完成运输虫卵的任务，也没能再见到姑娘，甚至差点丢掉性命。他郁郁寡欢地回到英国。不久，遥远的日本来了一封长信，依然是陌生的文字。之后，妻子病倒了。其间，男人再次找到那位流亡在欧洲的东瀛女子，让她翻译信件，女子看信前，让男人承诺这是最后一次，下不为例。长信内容缠绵悱恻，提及了两人间根本不曾发生的肌肤之亲，希望男人不要再寻找自己，让这段感情在记忆中永恒。男人回家后不久，妻子已然病入膏肓，在爱妻的床前，他几次欲言又止，都被妻子宽容慈爱的目光和那句“别说，我都明白”给打了回去。妻子辞世后，男人忽然有所顿悟，终于在巴黎找到了那位日文翻译，并了解到：原来第二封长信就是妻子生前亲自找到东瀛女人，用英语口述，拜托她以日语书写下来，并从日本寄往英国的。

爱到如此地步的女人，竟然忍让到想成为丈夫灵魂中心心念念的那个东方女子，进入丈夫思念的疆域中。影片结束时，丈夫落寞地坐在他为妻子建造的花园里，喃喃着，“其实她一直就是那个东方女子”。

如此看似分裂的两个女人的故事，终于合二为一，而深爱丈夫的女子，无论在肉体和灵魂上，都得到了那个魂不守舍的男人。影片标题为“丝”，前后的情感咬合和如缕如烟的思绪，都符合这样的意象，美到了无以言表的地步。美国人或许无法呈现这样含蓄而唯美的叙述，这是我的第一反应。私下曾想，阅读过英国文学，多少了解英国人情感波长的人，最终大概会长长地舒一口气，“这就是含蓄的英伦情怀，如同那里无法捉摸的天气”。

观众的期待视野不时错位，理解视点也被不断纠偏，原来那个神秘的东方，只是一道最终要退去的布景。爱情的发生，从来就只发生在那两个明确的端点之间：妻子用自己独特的方式，默默地让丈夫终于铭刻了此生与自己的爱情，无论灵魂，还是肉体，他终究是专一的。

影片前后重复着这样一个设问句：“我不知道为什么要叙述这样一个故事给你听？”为什么呢？前后两遍的提问和假设，让人深深沉醉，为之向往和感动。至于答案，最后轮为次要的了。

K

《卡廷惨案》(*Katyn*;波兰,2007)

午后,外出跑步,汗流浃背地回来后,安坐下来,开始看"二战"题材电影《卡廷惨案》。

美国的生活让我有暇接触了许多视域之外的东西,包括战争和政治,在触目惊心的观看过程中,我意识到,离开自己的 comfort zone(安全区域)实在很有必要。

对"卡廷惨案",我一直概念模糊,只知道是"二战"期间发生在苏联森林里的一场波兰军人集体被杀的历史谜案,因为当时波兰军人及其他社会各界人士确为苏联俘虏,而波兰当时局势混乱,又曾被德国纳粹军攻破占领。苏德两方历来相互指责、攻击,苏联不断宣称德国嫁祸于人,企图诬蔑自己。1943 年纳粹德国对外宣布在卡廷森林里发现了大量波兰军人尸体后,苏联政府就采取了各种掩盖策略和高压手段,甚至同波兰在伦敦的流亡政府断交,因为后者公开要求查明历史真相。

"二战"结束后,在纽伦堡的审判中,卡廷案件并无结论,谜底始终未露出水面。很久以来,这场惨案一直是苏联和波兰两国关系中的空白点。终于,在 1992 年,俄罗斯将卡廷事件的绝密档案复印件转交给波兰,世人才了解真相: 惨案是由斯大林亲自签署文件下达了执行命令的。

电影结束时,没有音乐,只有一片沉默的灰黑背景,字幕用触目惊心的数字告诉世人,1940 年四五月间,共有 21 857 名波兰人死于“卡廷事件”,而卡廷森林里枪决被害的军人达到 4 421 名。波兰这个灾难深重的国家中,有 650 万人死于德国纳粹之手。

影片故事发生时,苏联和德国已在 1939 年秘密签下协议,共同瓜分波兰。开场的一幕带有黑色幽默的无奈,波兰难民在大桥上拥挤着想逃离困境,可是大桥两端,西边是纳粹德国的占领区,东边是苏联的入侵地,进退维谷,不知所措。一对母女想要找到家中的男人,可是即便找到,军人的操守也让这位坚强的军官不愿意逃离俘虏群,要坚持目击战俘遭遇的全过程。他时时在日记本上记录所见,而最终死于卡廷森林后,这本日记也几经波折地辗转到了妻女手里。

我很欣赏影片的导演(据说年届八旬,依然坚持执导这部历史巨片),镜头中,血腥的暴力虽然令人揪心,但是政治的无形暴力却更让人生不如死。在这些勇敢、美好、坚强的民众中,尤其是女性,她们对于事实的追寻、抗议,甚至其中一位卡廷惨死的飞行中尉的妹妹不惜冒着被捕枪决的决心,要将哥哥的墓碑刻上准确的死因,安放在公墓中。

影片中知识分子的言论自由和生命权被践踏,真相被扭曲,历史被篡改,可是依然有为真实而战的人们坚定地站出来。

影片中,一位躲过了惨死厄运的军官,在真相被歪曲,谎言大行其道的战后,无法忍受,开枪自尽。战争的硬暴力或许让人们谈虎色变,而政治的软暴力呢? 虚假和掩饰会不断在良心的拷问和历史的涤荡下凶相毕露,可是,那些依然深藏在地底下的罪恶呢?

最令人感动的是那位飞行员的妹妹,一头金发,随风飘扬,到剧场要求剪下长发作演员的道具,而后拿到卖头发的钱,为哥哥镌刻墓碑支付工钱。她迎风大步前行的身影让我始终难忘,那个时刻,虚伪和谎言在真正的美丽的对比之下,愈发丑陋不堪。

掩面长叹,如此沉重的真相,让活在当下的人们唯有返回内心深处,不断反思。

《克洛伊》(*Chloe*;美国,2009)

中年危机每个家庭都有。

知名的妇科医生凯瑟琳美丽优雅,丈夫戴维是一所大学的教授,儿子迈克学音乐有成,一家人让外人艳羡。然而,有一天,凯瑟琳给丈夫精心操办生日晚会,丈夫当晚却因没有搭上回家的飞机,无法到场。

次日上午,戴维手机里一条发自女学生的暧昧短信让凯瑟琳开始怀疑丈夫有外遇。在一家高档酒店的洗手间里,她遇到一名高级妓女克洛伊,开始有了通过克洛伊打探丈夫的企图。她支付给克洛伊金钱,让她试图接近戴维,并告知戴维的反应。

克洛伊把她和戴维从邂逅、调情、开房、做爱的经过一一告诉凯瑟琳,后者心碎不已,绝望中克洛伊给了她安慰,两人竟然不伦到发生了肉体关系。

至此,我们才明白,克洛伊最初在洗手间里就爱上了优雅的凯瑟琳,难怪当时她硬要假装说台盆旁有一枚掉落的发簪,要凯瑟琳拿走。两人发生亲密接触后,克洛伊又把发簪拿出来,说其实这是她母亲的遗物,要凯瑟琳收下,但后者两次都回绝了。

凯瑟琳终于明白丈夫并没有出轨,而她玩火自焚,让克洛伊在这段惊世骇俗的关系中陷得无法自拔。凯瑟琳想用金钱摆平关系,自尊心受伤的克洛伊只好从凯瑟琳儿子迈克那里下手,她走入了凯瑟琳的家,和迈克在凯瑟琳的床上做爱,然后被凯瑟琳发现。

争执中,克洛伊从窗口落下,以死亡结束了这个故事。这个游走于男人之间的美丽尤物,终于在找到真爱后,伤心地离开了世界。电影结尾颇有意味,镜头对准了凯瑟琳的后脑,只见她终于将发簪插在了自己的头发中。

这种不伦之恋，身为普通人的我们自然无法评说，就像我们在阅读《洛丽塔》时，只消感受文字和叙述的审美，而非道德的审判。这部电影也是，画面美好，情感延宕的节奏很凄美，那种想在芸芸众生中发现真爱的渴望很感人，甚至，两个女人在一起缠绵的图景也优美得没有肉欲的堕落。

我感慨的原因还在于，进入中年的凯瑟琳虽然事业有成，美丽高雅，却失去了自信，她对丈夫说了这样的话，"我们曾经一日三次做爱，后来一天一次，到后来一周一次，直到成为父母，成为彼此最好的朋友，我们是什么时候变成朋友的，终于有一天，我发现我已经没有资本来吸引你，我都不敢看镜子，当你日益完美时，我害怕自己已经一无所有，再也提不起你的兴趣。"

她没有想到，自己的中年危机和失落感，让事态发展到无法控制的局面，而这个令克洛伊着迷的女人，自己竟然如此不自知。她渴望生活的平衡，渴望儿女优秀，丈夫事业有成，家庭和美，然后汲取其中的骄傲和胜利，却不明白理解人和人之间情感的需要和交流是如此重要。

影片看似在交代一个中年危机家庭和一个同性情爱故事，但是，看者自有不同的感受。怀疑的产生，来自自我的放弃与对对方的信任失落。从克洛伊的角度看，生活中正因为有太多丑陋的、寻欢作乐的男性，她才如此厌倦地发生了情感的变异。

当然，导演的画面目的还是视觉和各个感官的冲击，大胆的镜头描绘，毫无掩饰的情感揭露，都展现了这个无畏无惧的视觉时代的直接和坦率。如果时光倒回，这部作品一定会比《洛丽塔》刚问世时更让人激愤，更容易被口水淹没，被批评的枪矛射穿。

然而，当我们的惊诧日益减少，当我们接受刺激的能力日益强悍时，当许多艺人开始用毒品刺激麻木的生活时，我们能有怎样的反思？喜？忧？恐惧？泰然？唉，这疯狂的世界，真的如福克纳借用莎翁在《麦克白》中的感喟，只能用这一句经典互文来描述：喧哗与骚动。

L

《蓝莓之夜》(中国香港,2007)

王家卫的作品历来就很有典型性,光从迷离的爵士乐和画面的光影,就能看出他特有的个人风格。

《蓝莓之夜》是王家卫2007年首部英文电影,虽然很多评论都说它只是一部说英文的中国电影,可是我并不认同。暧昧的酒吧和慵懒的爵士乐历来就是西方的产物,应该说,王家卫之前的华语电影都有西方色彩,而唯有这部,有些正本清源的味道,只是,在人物情感的处理上,或许西方人大体上没有这样的细腻和微妙感,那种从骨子里出来的感伤和领悟,似乎也不属于英美人。因此,西方面孔在镜头的摇曳下,总有往昔梁朝伟、金城武和章子怡的影子,唯一的不同是,这种错落之间,却别有一种情调,就像背景音乐中爵士节奏的随性,王家卫从来不出常规的牌。

伊丽莎白把给男友的钥匙放在咖啡店里,希望对方能取走回到自己身边,她一次次地问店主杰瑞米钥匙有否被拿走,得到的始终是否定的答案。终于明白男朋友离她而去,她伤心颓废。看到她的伤心,杰瑞米请她吃蓝莓派。伊丽莎白看到杰瑞米有着一玻璃瓶的钥匙,却没有人来取,就问他干嘛不把这些钥匙扔了。杰瑞米回答说:“如果把钥匙扔了,门就再也打不开了。”英俊的小伙子已经暗暗地爱上了这个伤感的姑娘,其实他一直在默默地把自己的大门向对方敞开。

可是,他们的邂逅在一个浪漫的细节中暂告了段落:吃了蓝莓派的伊丽莎白,嘴角留有奶油残余,趴在柜台上沉沉睡去。杰瑞米不能抗拒内心的冲动,轻轻俯下身子,将姑娘嘴角的奶油吻去……之后,伊丽莎白就去了田纳西州,在那里兼了两份工作,白天在餐馆当服务员,夜里在酒吧打工。闲暇时,她把自己的一些感受写在明信片上,给杰瑞米寄去。

在那里,伊丽莎白遇到了经常光顾这两处的警察亚尼,不经意间听到了他的故事,偶尔也会在对方倾吐痛苦时了解他的生活。伊丽莎白看到亚尼和他妻子苏珊的婚姻正走向终结,看到两人同样的痛苦,甚至目睹了亚尼拿枪逼着苏珊,让她答应回到自己身边。一次,亚尼在倾诉中给伊丽莎白看了自己保存的许多筹码,说每次自己看到妻子红杏出墙,就拿一个新的筹码,以此来排解痛苦。伊丽莎白在给杰瑞米的明信片中,写道:"或许亚尼的筹码,就是我的蓝莓派,我们都想从痛苦中出来。"

终于,亚尼酗酒后因交通事故而身亡,死后仍欠下酒吧很多酒钱,当酒吧老板把账单交给苏珊时,她愤怒地发作了,夺门而出。伊丽莎白紧随其后,以防她做出过激的危险行为。在悲痛和绝望中,苏珊哭着告诉了伊丽莎白一个故事:丈夫亚尼过于迷恋自己的妻子,爱到让这个个性自由洒脱的女人难以呼吸,最终唯有离他而去。这段婚姻,竟然终结于过分而难以承受的爱!之后,平静下来的苏珊替死去的丈夫还清了酒钱,也让这个爱情的悲剧成了一个缠绕不去的影子。

伊丽莎白继续旅行,到了内华达州的一家赌场当女招待,由此又出现了第三个故事。一个美丽迷人的姑娘莱斯莉在狂赌中,把自己的跑车当抵押向伊丽莎白借钱,结果血本无归。她请求伊丽莎白开车送她一程,一路告诉伊丽莎白人世间除了自己,没有一样东西值得信赖。父亲在拉斯维加斯生命危在旦夕,丈夫打电话请求她去见最后一面,她也不相信。结果,到达拉斯维加斯后,她为了避免被丈夫欺骗,让伊丽莎白去见对方,得到的结果是,父亲已经去世。对万事都没有信任的莱斯莉最后请求伊丽莎白把车卖了,将钱如数归还,两人分别租车分道扬镳。

经历着这些故事的伊丽莎白最终回到了杰瑞米的咖啡店。她离开近一年的时间里，小伙子一直守在那里，不敢离开，就怕哪天伊丽莎白出现时错过了。故事的结局很浪漫，在沉郁悠扬的爵士乐中，杰瑞米吻去了姑娘嘴角的奶油，两人终于深情拥吻。

电影的背后，有一个很有趣的插曲，饰演伊丽莎白的是美国著名的爵士乐歌手，堪称天后的诺拉·琼斯，而此人从未有过任何表演经历。王家卫选择她，就是因为听到了她磁性神秘而充满魅力的歌声。另外，王家卫从来就是不事先告诉演员故事，让自己的剪辑和镜头编故事的导演，他喜欢不由演员来交代故事的摄制过程。不过，这次的初次英文片尝试似乎打破了随性拍摄，通过剪辑叙事的手法，在演出前已经有了初步的剧本框架，拍摄用时也只有十二周（这或许与美国电影工业严谨的制作有很大的关系），与耗时八年的《2046》形成了太大的反差。

我猜想，没有讲述欲望的演员才是王家卫导演的所爱，他（她）只需要在镜头前自然展现，因此，当诺拉·琼斯提出是否要去上几节基本的表演课时，王家卫笑着否定了。这个插曲和王家卫当年挑选毫无表演经验的王菲相当类似，他也是凭着听觉认定了这是他要找的演员，没有凿痕，自然而放松的那种。有趣的是，与他合作过的大牌女明星不少，但他依然最喜欢没有表演经验的王菲，觉得镜头下的那个女人，让人捉摸不定，因为表演上的非程式化，倒带来了创作上的惊喜。

在观看王家卫作品的体验中，我总觉得他或许对西班牙导演阿莫多瓦有着某种模仿的倾向（虽然这是我的猜测）。出生于上海，成长于香港的王家卫，在两个现代城市文化的影响下，却带上了某种浓烈的波西米亚艺术情调。音乐的处理很细腻，画面也比较沉郁，质地却很浓厚，人物都有一根筋的执著和天真，文艺味道非常重。

我常常怀疑，虽然媒体报纸整日叫嚣着谈论王家卫，可是真正可以静静地倾听和观看，能够沉浸进入的人其实不在多数。推着自行车穿梭在校园附近的碟片小贩，其实也是看人兜售，知道王家卫是个小资小众的导演，大学生会看，但绝对不会大红大紫，成为人人的谈资。

在印象中，最后那个深情相拥接吻的镜头，据说让诺拉·琼斯吻到嘴唇发麻，肌肉酸痛抽搐，因为导演太挑剔镜头的效果。不过，确实画面很唯美，伊丽莎白那顶绿色的毛线帽衬着那个深沉的画面，微微泛红的肌肤，在那个背景音乐的节奏下，恰到好处，好像这些色块的组合只能如此定格，会黏在人的记忆快门中。

王家卫是关于爱和等待的高手，从来都是在浪漫中淡淡地笑，让人不知道是嘲讽还是认同。那副深色的墨镜永远陪伴着他，我甚至怀疑是否镜头都是在墨镜的滤光中失却了真实性，却迷离变形得恰如其分。总之，如果我没有恋爱过，我会为那个永远等着自己，把门敞开的杰瑞米感到欣慰，会为了再次品尝蓝莓派而感恩生命；如果我恋爱过，结婚过，我会为窒息而没有自我的婚姻而惋惜，为杰瑞米的等待和伊丽莎白的重归而感到年轻的无奈；如果我狂赌过，我也许会体会莱斯莉从来不信任别人的防备，会为如此美丽的面孔和身体之下如此脆弱的内心而感到痛惜，为她漫漫的前路感到忧伤……

每个人都有忧伤，都有无法释怀的痛苦，蓝莓暂时让人忘却了痛苦，就如同亚尼的那些清脆作响的筹码，在最大的困惑和痛苦之下，蓝莓是没有用的调和，但是，如果痛苦不深，不致命，那么，它就是慰藉人心灵的珍品。因此，拥有蓝莓之夜的伊丽莎白最终是幸福的。

同样，我们大多数人都有蓝莓派可以暂时解忧，有漫漫的长夜留着疗伤。

《蓝色大门》(中国台湾,2002)

《蓝色大门》带来的是对少年时期懵懂恋情的一种怀念，据说周杰伦就是看了这部电影，才决定起用桂纶镁做他处女作影片《不能说的秘密》的女主角。青春期的萌动和性意识，在那个淡淡的节奏中缓缓展开，一切都是淡淡的。但是那时的校园，那时的教室和暗恋，以及对未来的茫然，都被诠释得颇为到位。在那个年纪，我们以为会改变一生的情感，其实不过是一段回忆，我们以为过不了的坎，结果终于不知不觉中跨越。

看着这样的电影，看到那个清新的女生在性取向上居然感到彷徨无助，心里多少有些担忧，可是这种担忧立刻会释然。因为在这个过程中体会到的，更多的是自己一直以为停止燃烧的青春向往，才意识到，其实，某种意义上，青春不能以时间和客观形态来划分，它是我们灵魂深处的一种期望，一种新鲜的感受。我们觉得自己没有那样懵懂而美好的冲动，只是因为我们在成长中抛却了天真和向往。这一点，记录青春的电影往往能让我们重新找回原初的力量。至少，我是这么觉得。

我喜欢孟克柔这个女孩子稚气的短发，喜欢看她骑车在路上时被风拂动刘海的样子，喜欢她一脸无辜地对张士豪说："你要不要现在吻我？"喜欢她讲话时那种柔软却倔强的语调……这种喜欢，其实不是对着一个人去的，是对着那个年龄的自己和自己熟悉的同学们。那个年龄的我们，以为自己已经懂得了生命，却还没有走过那个坎，不知道将来的一切，那个时候，我们也以为阳光就是那么充满骚动和不安，让我们身体的每个细胞都活跃不已。

如果说电影是给人理想和希望的作品，那么，《蓝色大门》的结语就是，虽然成年的我们都知道跨过去会是什么，可是我们都充满期待。很淡雅舒服的一部作品，没想到台湾的青春电影如此可人。看来要更全面了解，还得看侯孝贤和杨德昌的作品。

《朗读者》(*The Reader*；美国，2010)

春假结束，在杭州的那段时日，无法静下心来读书写字。在上海的书桌前，依然想起那日在龙井的长途步行。溪边品茗，终于尝到了当年的明前龙井。算一算，几乎每一年的此时，都会为西湖龙井而魂牵梦萦，连绵了数年，毫无间断。

只是有一些遗憾：私家车近年来增长迅猛，它们在原本幽静清新的山林间穿梭，机器轰鸣不说，还徒然增加了尾气。行走其中，不免分心，鼻翼间似乎也多了许多尘土俗世的味道。不过，在父亲的老同事家中喝茶，水刚入口，忽然有种想哭的感觉，好长的一个冬天，久违了这种沁人心脾的感受。

我逐渐意识到，喜欢某样事物，到了一定程度后，辨别的难度随之降低，标准也倏然消失，那个刹那，就会明白真伪优劣，那是一种莫名的融合。现在让我重新当导游，我或许只能无语。真正的好茶，入口就是一种缘分，怎么可以带着满心的物质欲望强行推销？结束了那段职业，对我而言是幸运，因为很多感觉再多金钱都买不来。

有很多茶农感慨，现在买茶人不喝茶，喝茶人不买茶，买好茶给自己的人更少。我是那为数很少的一群，只为了那份喜爱。其实，很多好的感受本来就相通，最近刚看了电影《朗读者》，好久以后，情感都拔不出故事，完全因为看世界讲故事的性情波长相像。甚至，此刻落笔，我都舍不得写下具体的观感。

故事里的爱情，超越了凡俗的诠释，没有地位、金钱、年龄等具象的衡量，只有内心活泼泼的感受。那里面的思念，不落言筌，却让人刻骨铭心地落泪。要说文学作品的力量，我想我无法再找出更生动、更有说服力的例子，在朗读和聆听中，文字的障碍被消除了，原来文学就是声音震颤后的作用力，直捣人最柔软的内心。

作品和人，虚构与现实，这几对关系在两个多小时的电影语言中被诠释得淋漓尽致。在那个空间里，观看的人忘记了时间和年龄，演员也进入了梦里不知身是谁的境界，美丽的外表只有不懂表演的人才会在镜头内外关注。

好几周前，曾经听过一位乐评人说某个作品好，说好到了自己忘记歌者在唱什么歌词，忘掉了有关音乐的所有专业名词，当时他被歌迷们好一番批评。可现在，我相信了这种感受，无论那人当时的话真诚与否。

集中营的故事已经被无数人以无数形式叙述过，可是视点和构思一直在变换，多年前，在翻译《证之于：爱》时，第一次在细节上了解了这段历史，现在看来，创伤已然成为某种文学代码，成为可以构筑灵魂和思想的元素。

电影中赤裸的做爱镜头，有了这样的艺术创作铺垫，色情被消解，留下的只是作为人的情感和依恋。朗读和做爱放在一起，似乎有些脱节荒诞，然而从文学和艺术的语境来感受，两种都是深层次的交流和沟通。惨淡的现实世界，瑰丽的虚构世界，在交锋的时刻，迸发出无数的火花。

人不可避免就是历史和环境的产物，有时候，对错和命运都只能无奈地接受。但是，这个孤独的女人却成为米夏永恒的记忆和情感的维系，她的真心和情感，在许多片刻，都被时光镌刻。

另一个心底的抚慰来自这部作品，从此我再也不害怕老去，因为我看到了岁月在光影折射中的美丽，而这种动心、动人之处，看得见的人恐怕屈指可数。

《老无所依》(*No Country for Old Men*；美国，2008)

这部电影的名字翻译得不太忠实，因为片名源自济慈的诗歌《驶向拜占庭》(Sailing to Byzantium)的第一句，原意为“没有适合老人的地方”。但是我个人觉得这个名字还不错，毕竟四字成语容易上口，大意也并没有违背。

美国人似乎偏好西部风格，屏幕上茫茫然一片，远山蜿蜒，一条高速公路贯穿，绵延几百米似乎都没有人烟。这种景致，苍凉却带有某种干涩的戏剧性，适合暴力美学的上演。2008 年的世界电影被人们戏称“很黄很暴力”，而这部电影，也成为某种印证。故事发生在得克萨斯州西部，美国与墨西哥交界的格兰德河流域。一位老人在独自打猎时偶然发现了空旷的沙地上歪斜无序地停着数辆汽车，地上躺着几具尸体，还有价值高达 200

万美元的海洛因。这显然是毒贩子在毒品交易中突发火并、同归于尽的场景。老人将一箱子的现金带回了家,想为妻子和自己改善生活。结果,老人因此惹祸上身,被精神变态的杀手追杀,一路受到空气枪的袭击。这时,当地的老警长也加入了追捕,影片上演了一场血腥残忍的杀戮和犯罪……

看《娱乐在线》时,看到最佳男配角巴德姆(Javier Bardem,变态杀手扮演者)在获奖后,和母亲亲热打趣的一幕。他和善的笑脸与剧中的疯狂和残忍形成了剧烈反差。不过,电影中此人头戴着一顶假发套,手提空气枪的形象在令人恐慌的同时,也有种荒诞的滑稽。

老人将装满现金的箱子放在汽车旅馆的通风道上,还细致地做了一根有拉钩的杆子,却不曾料到变态狂带着跟踪器,早已守候在门外……影片一直到最后,除了老警长几段关于当地犯罪情况的陈述和回忆外,全片丝毫没有任何价值和道德的评判。我认为,这或许是该片受到欢迎的原因之一,因为美国人从来憎恶道德说教和有教化倾向的洗脑。整部片子的过程就像是一场没有对错的追逐游戏,没有好坏界限,却好玩刺激。画面剪辑流畅,节奏紧张,精彩地诠释了暴力下的疯狂,其间的黑色幽默,或许中国人在感官上不太吃得消。比如说,变态杀人狂拿硬币逼人猜哪一面朝上,然后决定是否杀掉对方;老人拿着啤酒瓶,跌跌撞撞地就能跨越国境,进入墨西哥。

电影主要围绕着被追击的老人的视点,从最初二十余分钟的狩猎和发现案发现场,就呈现了紧张的氛围。作为观众,我时刻处于被胁迫的担忧,忘记了善恶的判断,只想看到危险境地的解脱。现在想想,或许科恩兄弟就是有这种把观众玩弄于股掌却丝毫不在意批评和褒扬的漫不经心。影片中的人大多寂寞,从来没有深刻的对话,没有情感的诉求。但是,那个怪异而令人胆战心惊的变态杀人狂,从来没有被警察捕获(至少影片上没有),依然镇定地逍遥于法外,这几乎成了某种心魔的隐喻,难以摆脱,如影随形。

抛却逻辑和道德的意义,从揪心紧张的观看效果,以及从画面从容不迫、游刃有余的节奏控制上看,这是一部佳作;可是,人的良心和心灵的安宁不能被如此挑衅和折磨，这样的满不在乎，从艺术创作的角度看，却有些触目惊心。如果追随者多多，涣散的思想被追捧和赞颂，那么，我的担忧大于赞赏。

看来，很黄很暴力是全球化趋势，它在解构“太傻太天真”上很有效果，但是却成了一场集体的化疗，副作用太大，尤其伤了脾胃。

《雷普利的游戏》(*Ripley's Game*; 意大利、英国、美国，2002)

这是一部非常精彩的电影。

不涉及任何道德评判，无关乎价值判断，但是我得说，电影节奏把握得很出色，诙谐、惊悚、荒诞，却有触动人心的地方。我欣赏 John Malkovich 的演绎，悠然、笃定的语调，把一个集残忍和人性为一体的杀手刻画得令人过目不忘。

正是因为情节的荒诞和不合理，我们才能超脱现实来对待其中的两个人物，白血病患者强纳森和他的邻居雷普利，相互关系不断发展，直到全剧高潮的到来。一场接一场的杀戮，良心的拷问，以及良知的搁置，让观众忽然忘却了既定社会的道德体系限制，从而思考关于“随心所欲不逾矩”的命题。雷普利这样的人物是虚构的，而且被刻画得相当荒谬，然而他的淡定和冷幽默却是对无趣人生、冷漠人际的最大反讽。

因为邻居强纳森一句背后的贬损，雷普利把杀手的游戏玩到了这个血癌晚期患者的身上，可是，当一切无法收手时，他又不忍看到对方的痛苦，伸手帮他。他的对错和爱憎分明不符合常理，可是观众却从他各种反应和人生态度上，看到了某种世界的荒谬无理，以及身在其中的黑色幽默。

这样的电影，确实属于欧洲，不属于煽情的美国，那是叙述艺术的胜利，确实无关任何评判。

《蕾切尔的婚礼》(*Rachel Getting Married*;美国,2008)

回上海的火车上看了电影《蕾切尔的婚礼》。这是一个家庭心理片,基调较为阴沉,较为写实地记录了一场婚礼,穿插交织着主人公凯姆从戒毒所赶赴姐姐婚礼的心理反应和经历,以及她与众人的各种冲突,等等。我个人并不喜欢这样的叙述节奏,场面有些跳跃混乱不说,这种展现个人阴郁心态的纪实性表述,从观众审美心理层面分析,确实也不讨巧。

每个人在回归家庭时的反应都是不同的,凯姆的人生失败和创伤使她毫无重新回到亲人身边的喜悦和舒适,而是不断遭遇伤疤被揭开、撕裂的痛苦。她需要关注,害怕偏见,却又极端渴望被谅解,包括得到自己的谅解。因吸食迷幻药,凯姆曾经在照顾年幼的弟弟时,神志恍惚地驾车坠入河流中,而弟弟也由此丧命。从此,凯姆再也无法从这样的创痛中挣脱出来。

颇为讽刺的是,姐姐蕾切尔即将获得心理学博士学位,却对凯姆的困境束手无策,甚至会雪上加霜地刺痛妹妹。她忙于婚礼的筹备,也期待着仪式的圆满,对凯姆在 Rehersal 那日的“道歉”致辞表示不满,指出妹妹始终在抢夺关注的焦点。从这一反应上看,蕾切尔毫无心理学研究者的学识涵养,反而用某些言辞激发了矛盾。

家庭成员及好友济济一堂,可是在婚礼盛宴、音乐和田园风光中,很少有人知道曾经有过异常混乱的冲突和情感的爆发性宣泄。和谐的表象下常常有着令人震惊的内爆,看似平衡的亲情中也有异乎寻常的阻碍和矛盾。我想,主创想要表达的大抵就是这个意思吧。只是,这一场音乐和美食的盛会让观众很累很沮丧,仿佛目睹着即将爆发的危机,却要不动声色地坐定,而其中的戏剧张力,又似乎达不到爆破的临界点。

总之,闷热的黄梅天呼应了这样的作品。

《理发师陶德》(*Sweeny Todd*;美国,2007)

伯顿是我在看了《僵尸新娘》之后,就非常喜欢的一位导演。不知为何,我觉得这个人虽然喜欢阴暗、惊悚和恐惧,但是骨子里有一种浪漫的诗人气质。就像去年我们在看了姜文的《太阳照样升起》之后,虽然外界众说纷纭,可是我依然认定姜文内心对艺术和梦想的那份执著和天真的追索。一定程度上,这两个可能毫不相关的导演,都给了我同一种感受,这其中的原委,我自己也不知道,只是一种本能的感知。

《理发师陶德》源自斯蒂芬·桑德海姆(Stephen Sondheim)的同名音乐惊悚剧,叙述的是一个关于复仇和几近疯狂的仇恨故事。仇恨吞噬了陶德,让他丧失了理智,最后误杀了自己疯狂爱恋和怀念着的妻子,焚烧了同样疯狂爱恋自己的女人,也摧毁了自我。在影片中,昔日伦敦的阴郁,昏暗的街道,茫然的人群都衬托着陶德绝望而痛苦的内心。十五年前,法官特平(Turpin)霸占了陶德的爱妻和幼女,陷害陶德入狱。十五年后,陶德重回伦敦,寻求复仇。他在罗维特女士的馅饼店楼上开了理发店,不断用剃刀谋杀顾客,而罗维特就将尸体做成馅饼。血腥的场面充斥着镜头,男女主角那两张夸张的面孔、丧失人性的表情,加剧着全片的恐怖。罗维特一直默默地深爱着陶德,不惜以陶德妻子服毒自杀等一系列谎言来留住这个男人,幻想着两人能在海边过上安静快乐的生活。在她的白日梦里,银幕上海边的美景让人沉醉,有一种天真单纯而忧伤的诗情画意,是我最喜欢的几幕画境。

曾经在某家报纸上读到,《理发师陶德》适合那些喜欢灵异恐怖的年轻情侣在情人节观看,不过期间一定要有足够的镇定和勇气,而且编辑认为,这部电影实际上弥漫着浓重的、化不开的浪漫爱意。这一点我非常认可,其实,爱情,执著到偏执和极端的迷恋,带来的就是这样一种万劫不复的悲哀。情到深处人孤独，如果失去理智，被爱吞噬后，那种浑然忘我的痛苦，刺痛的不是相爱的双方，还有旁观人的内心。

蒂姆·波顿不知是以怎样一种心态来面对这样的故事，他在《僵尸新娘》的配音和《理发师陶德》的主演上，起用的是同样的演员，因此，两部电影弥漫的是几乎相同的气氛。管风琴低沉的声音，给人一种肃穆而凄凉的氛围。后者中几段歌唱，瞬间捕获观者的心，余音袅袅，盘桓不去。

这样的作品，故事已经不太重要，演员的演绎和导演的才华漫溢银幕，从内到外地散发着超脱庸俗的气质，那是一个只要进入就会沉醉的气场。没有见过导演本人，可是，就像大导演斯皮尔伯格一样，灵魂的内界，天真的、会做梦的艺术天分，不需要任何题外的宣传。这样的境界，倏忽感应，很难用道理来解释。

《立春》(中国，2007)

在上海飞哈尔滨的飞机上通过 mp4 看完了电影《立春》。王彩玲之类的小人物，有着超越现存境遇的梦想；然而，随着年龄的增长，梦想成为与现实格格不入的思想幻灭，虽然破碎，却残存在麻木的心底，成为一种小人物悲剧命运的基调。

可是，我认为这种基调背后是一种深刻的悲剧美，甚至美得比靓丽的表象美更加具有动人的魅力。其实我很喜欢外表苍老丑陋的王彩玲，她不苟同于庸俗的现实，哪怕理想遥不可及，哪怕自欺欺人，她的“心比天高”依然胜于妥协。

悲剧的产生往往在于实质的理想与现存条件之间的矛盾。王彩玲长相难看，体形臃肿，她在追求爱情方面就是典型的理想与现实的背离。凡人的痛苦来自于他(她)总是本能地在社会中寻求认同和理解，虽然有人或许能以爱默生的那句“To be great is to be misunderstood”(大意：伟大者总被误解）自我安慰，但是人作为社会个体，是无法摆脱生态链中本质一环的。

影片中，迷恋芭蕾舞的群艺馆男教师，成为小镇人民的笑柄，他的性取向又成为保守文化中为人不齿的诟病。最终，他采取了极端的方式，在大庭广众下将一名女性强行拖入男厕所，以牢狱之灾换取人们对其性取向的认同。

小人物更大的痛苦在于，旁人从他们的卑微中寻求平衡，以他们的善良达到自私的目的。王彩玲几次都难以忍受，甚至穿上自己默默缝制的舞台戏服，从古塔往下跳，却反讽地被树杈勾住，无法实现逃避人世的初衷。

王彩玲在令人同情的同时，也令人难堪。她的理想是成为中央歌剧院的首席女高音。平庸的现实和梦境的冲突，远远超出常人，因此痛苦也更尖锐，举止也更荒诞。作为常人，我们在相对舒缓的矛盾中，因而痛苦也较小。但是，艺术高于生活，它要展示的真实也会更加尖锐明确。王彩玲这样的人物，在被嘲笑的同时，大抵也会激发起敏感者随着嘲笑而来的苦笑。笑过后，或者也会领悟这已经不是个人的悲剧。

安德森以一部《小城畸人》，渲染了人类社会日益疏离、漠然而孤独的生存境况。《立春》也是企图以地方性的局限区域，通过以小见大的主题揭示，表达作品的深层含义。故事中的人物都操当地口音，带着某种滑稽的味道，尤其当王彩玲用方言说出文化诗意性很强的句子时，荒诞无奈立即呈现。这种无法相容的反差，或许也是作品要展现的意义，而且，在影片观赏上，也带上了地方的风趣和幽默意味。这种地方性，从贾平凹的小说，马克·吐温的作品中，都能找到典型例子。

《立春》隐晦地触及了现代人期待春天来临、梦想成真的强烈愿望。画面中，逐渐由灰暗转绿的小镇全景，恰恰比照了小人物因渴望落空而导致的惆怅；而结尾中歌剧院内王彩玲华彩般地高歌《为艺术为爱情》，明显色彩提亮许多，人物幸福的脸庞焕发着光彩，可戏剧化突降的效果却无情地告诉观众：这是小人物内心高潮的理想画面，因为虚幻，才比春天的自然景色更加动人温暖。这个结局，复杂地混合了主创的情绪：我们要给王彩玲一个美好精彩的尾声和幸福的镜头;我们也要告诉人们,梦想是瑰丽而绚烂的,人类毕竟是梦的理想材质。可是,内心真实的旋律,却永远在人的心灵中叹息着,与现实冲突着……

或许,这就是我作为观众硬加给主创的诠释,也是我给王彩玲,还有自己的旁注。

《两个情人》(*Two Lovers*;美国,2008)

刚看完日剧《爱无罪》(2008),感觉"我爱的人不爱我,爱我的人我不爱"的痛苦遍及全剧,虽然最后的结局还是带来了暖意,但是总归勾起了几许伤感。

爱一个人有时候确实没有明确的理由,无论是荷尔蒙作祟,还是多巴胺捣乱,总之那个人的踪影总是侵扰着内心,甜蜜却又怅惘。如果真如《传奇》中所唱的:从此我开始孤单思念,那么能够从爱的起点开始就抛却结果的人,确实是伟大的。

有意思的是,美国电影《两个情人》同样体现了十分细腻的感情处理,这让人难以想象。影片中,一个遭遇抑郁症痛苦的男子,在告别了一段恋情后,始终郁郁寡欢。父母为他介绍了一位姑娘,她也对该男子情有独钟。照理说,父母之言,门当户对,姑娘有意,应该是一件完满的事情,可就是缺少了那一点莫名的奇妙元素。

一天,男子在过道里与隔壁一位金发女郎邂逅,两人虽然匆匆交流,可男子却对这位叫米雪儿的姑娘一见钟情,甚至制造偶遇的机会。但是,米雪儿自己正陷入一段充当"小三"的爱情,男人有钱有地位,却有家庭妻儿的羁绊。

于是,男子与父母相中的桑德拉意兴阑珊地约会,却时常为米雪儿的相邀而爽约。当米雪儿因流产到医院就诊时,他也陪伴左右。终于,米雪儿告知男子自己已经向已婚男人提出分手。于是，男子倾诉衷肠，两人约定一起离开纽约，同去旧金山。

就在相约出发之际，米雪儿改变了主意，因为男友放弃了家庭，愿意娶她。原本兴冲冲的男子顿时萎靡不振，在无奈中，回到了家里，把原本要送给米雪儿的求婚钻戒戴在了桑德拉手上。人群嘈杂中，没有人知道他内心爱情的秘密，桑德拉兴奋至极，她只把对方的眼泪当作幸福的标记。

情感无法受理智左右，这就是爱情的神秘和神奇。只是，美国人可以将爱放在一旁，依然发生肉体的关系。作为旁观者的我，忽然有些唏嘘。在男欢女爱的世界中，有时候我们看到的表象往往与本质相背离。我们给予的祝福，或许也并非是对方所需。对于桑德拉，我充满了同情，因为我们可以得不到爱情，但绝不允许自己成为备份，成为委曲求全的客体。

日本人喜欢把一切包裹在诗意的含蓄中，在《爱无罪》中，乱伦和同性情爱成为某些人终生的遗憾和痛苦，然而那些默默却没有回报的喜爱，何尝不折磨着人的身心？感慨万千，丘比特那把爱之箭，如若不是射中相爱的对方，该是多大的捉弄和痛苦。

其实，《两个情人》中的结局大概是人们生活的常态：无法从自己钟情的人那里得到爱情，我们常常妥协地接受了婚姻和家庭的责任。知道痛苦的人更加伤感，而麻木到接受这样的结局，并否认真爱可能的人则更加可怜。

爱与被爱原本需要双方的互动，妥协和放弃的人，最终将秘密深藏在心中，直到淡化冷漠忘却。知道了这样的常态和普遍，我始终无法释然。

《了不起的盖茨比》(*The Great Gatsby*；美国，2013)

看了 2013 年版的电影《了不起的盖茨比》。对着其中极尽奢华梦幻的场面，会不时想到《小时代》。那个爵士年代是物欲膨胀剧烈的时期，难得盖茨比还能拥有梦想,天真的、易碎的,甚至是致命的梦想。然而,尼克依然觉得这就是盖茨比伟大的所在。金钱、奢华都是腐朽、庸俗、易逝的,对爱情的真挚和疯癫,那个时代的美国难求,更何况如今?不过,我总是能看到电影改编的当代味道,觉得是当下,并非近乎百年前。这与我阅读原作的感受十分不同,电影更注重试听,也更接近大众,于是也更直接直入。

那是导演、编剧等主创阅读中的故事,和我的不同。我在阅读时,没有如此绚烂的画面想象,心情也沉郁许多,耽于感官的少之又少,唯有对物质追求和梦想错位的哀叹。影视总是在强调什么的时候,淡化了什么,反正,观看的时候,这种非平衡感和陌生感很强烈。我不能说这部影片改编得不好,但是距离我心中的那个影子好像很远,把我的想象也落得太实。

《罗浮宫谜情》(*Ce que mes yeux ont vu*;法国,2007)

急着要补上随笔,因为在回来的火车上看了一部非常震撼的电影《罗浮宫谜情》。回来查询了一下电影信息,发现这是一部自我诠释度很强的作品,我的认识和剧情介绍差异甚大。

在卧铺车上铺,这部电影看得我抑制不住泪水。在我的理解中,这是关于执著和孤独的故事。艺术史研究生露西为了探究华铎画作背后的秘密,不惜典当父亲留下的古董手表,标得一幅名声并不显赫的画家的画作,恳请朋友为画作进行X射线扫描,以孤注一掷的心情揭开了隐藏在画作后的秘密……导师的制止和质疑没有拦住露西几乎有些疯狂的举动,一贫如洗的生活也没有阻碍她探究的热情,最令人喟然的是,露西工作地窗外的聋哑男人汉森,竟然在露西探寻出结果后,在医院里与世长辞。汉森是街头的肢体艺术表演者,每日默默地对着沉思凝望的露西做出固定的雕像表演，甚至在看过露西的卧室后，为她专注凝神的那幅华铎画作做出了肢体的表达。

画家的爱情和事业是孤独的，他默默地承受着不被理解的寂寞和失意，在不断遭遇的拒绝中执著地完成作品，将秘密隐藏在画作中；研究艺术史的露西是孤独的，她的课题不受导师的鼓励，明知自己行走的是一条沧桑冷清的路，却披荆斩棘地前行；失聪的汉森是孤独的，他用心灵洞察了露西，向她默默地发出讯号，却在寂寞中独自离开人世……

火车在京杭线上奔驰，四周的旅客都已睡去，那强烈的存在感不断席卷而来。影片中寂寥的乐声以伤感的断句式节奏把我带入了一个只剩下自我的沉思世界。其实，我几乎是站在犹豫的门外，看着露西和华铎的故事，明白自己目前和他们，只有一道门的距离，这道门槛，就是甘于寂寞，忍受孤独，排除杂念和异见。

后来我才了解到，导演罗宏巴提亚主修艺术史，具有深厚的艺术史功底，这部作品也因此成为法国艺术教学的教材。

我曾经一个人静静地走在巴黎的各个博物馆中，看着面前的画作一一呈现，那种安宁的语境无与伦比，这使我从此对博物馆有一种莫名的执念，觉得行走在其中，周围空气中酝酿和弥漫着超越时空的气息，让我的大脑电波接受超自然的信息。这种奇妙的感觉，我从露西翻阅画册和面对作品的眼神中得到了某种共鸣和验证。其实，沉浸在孤独中的人往往很幸福，因为他自足，因为那个肉眼看不到的世界正敞开大门，只对他一个人开放。

画家华铎生活在娱乐喧嚣和遗世独立的反差与矛盾中，大概那样深刻的无奈和伤感更加深重；汉森站立在喧闹的街头，任人群穿梭而过，默默地、安静地、长久地保持着一个姿势，似乎在永恒的静止中表达着骚动的内心，那样的生存和离世，让人唯有恸哭。

M

《美丽心灵》(*A Beautiful Mind*;美国,1997)

一天没有走出家门,感觉时空有些错乱。下午看了一部电影,好像补课。

依然无法平息自己的情绪,为纳什(John Nash)这样孤独的天才病人。一部影片中,普林斯顿大学、麻省理工、哈佛大学等尽现,学院天才们的生活很少为常人所知,我们常常以为他们遥远不可及,可谁知个人的痛苦。

最感动的情节在于纳什为了维持思维能力和对妻子的性爱需求做出反应,毅然放弃了精神分裂治疗和相关药物服用,试着用自己的意念控制幻觉的产生,即便虚幻出现时,他也逐步学会了摈弃和忽视。

渐渐地,他努力放下尊严,回到了普林斯顿,在图书馆里研习数学,从最初的校园疯子,成为可以和学生进行探讨,甚至重新跨入课堂讲学的教授。一个人的寂寞,对自己的反省,以及对世俗偏见和目光的回避,让他在自我的世界中越走越深,在科学的荒野中不断跋涉。

戏剧性的一幕发生了,当诺贝尔奖委员会派人通知他将获得奖项时,他的反应并不是常人应有的兴奋,他甚至先让学生确认了该陌生人并非幻影。当他被邀请进教授餐厅喝茶时,惯于清苦和独处的纳什居然怯场了,还拿价格太贵抵挡盛情。终于,学生时代所见的场景再现,同事们纷纷走上前来,在纳什的桌前放上钢笔表示祝贺,那样的光荣时刻,仿佛梦境。

胜利时的谦卑,对自我时刻的怀疑,异于常人的谨慎,让站立在诺贝尔奖领奖台上的纳什说出了这样的话:数学的美异乎寻常,我由此从物质世界进入超验世界,进入非逻辑的疯狂,然后绕了一圈归来,谢谢我的妻子,她始终是我成功背后的力量。

守住了寂寞和挫败,坚持沉浸在自己认定的世界中,无论是科学,还是爱情,都让旁观的我羡慕和感动。原本以为超乎常人就是优异,可是这个故事似乎不能那样解释,优异意味着可能有更甚于普通人的痛苦和隐忍,必然要经受更大的挫折。

光荣和梦想,好像并不属于金碧辉煌的殿堂。我忽然想到身边似乎也有许多精神受到打击和挫折的人,有些人最终放弃了努力,成为被人们可怜的对象;也有人走了极端的道路,成为众人避之不及的对象;但是,对于精神疾患不同的接纳程度和反应,并非仅仅在于病人一方,社会的接受和宽容,家人的理解和爱护等,都是维护易感灵魂的重要力量。

纳什的故事虽然在电影最后的字幕中被强调细节和部分人物虚构,但是这个真实人物的经历在这样的一个下午打动了我,让我明白:看与被看、自我和群体的双重视角下,生存价值的不同意义。

对这样的领悟契机,我同样心存感恩。

《米尔克》(*Milk*;美国,2008)

看完了电影《米尔克》。肖恩·潘获得了2008年的奥斯卡最佳男主角奖,确实精彩。从他饰演的角色中,我看到了某种从心底涌出的感受,米尔克的脸部表情能让人莫名地落泪。

四十岁生日时,米尔克说一直没有做过能让自己骄傲的事情,后来他实现了，为了同性恋的人权和平等，他成为首位公开的同性恋官员，在旧金山形成了强大的同盟，为边缘人争取着生存和自由的权利。这样的异类必然会冒着生命的危险，必然会接受 slings and arrows（箭矢，语出莎士比亚《哈姆雷特》），1979 年他遭遇枪杀，却激发了同性恋持久的民主自由运动。

很难想象肖恩·潘如何跨越界限去揣摩这样的角色。但是，勇气、希望和坚持或许正是他所要表达的。那些曾经躲藏在秘密中和阴暗处挣扎的人们，因此而获得鼓舞，只为了他那份无畏的、坚韧的投入。

从此，我不再带偏见地对待这个问题，社会的包容和开放程度，其实正反映了文明的高度。普契尼的《托斯卡》是米尔克热爱的歌剧，他倒下的那个瞬间，面对的也是歌剧的巨幅海报。那个时刻，我觉得悲壮的走有时具有巨大的震撼力，让人灵魂深处产生轰鸣。

正好看到电视里播放汶川地震一周年纪念节目，难以排遣的伤心忽然找到了一个缺口，泪水决堤而出。同样，看到米尔克的倒下，再一次决堤，好像净化似的，现在平静许多。

依然决定要心怀希望地坚持，不为自我和排他，不为讨要肯定和赞扬，也不排斥批评和指责，为的是自己内心的坚信，一定！

《密谋》（*Conspiracy*；英国、美国，2001）

窗外下雨，气温偏低，今晚恰又是晚间的第一次课，真是不巧。脑海里依然盘旋着之前看的电影《密谋》，影片主题是“二战”时期纳粹德国的一次万塞会议，在此会议上，关于如何处置犹太人的最后决定被通过，由此改变了世界人类的命运。之所以到现在都念念不忘，实在因为影片的精彩和微妙。历史上万塞会议的长度为一个半小时，而影片的节奏实时推进，也放映了九十多分钟，这种处理，已经有许多类似的影视作品采用,如著名的反恐电视剧《二十四小时》,就是将二十四小时中发生的故事,分成二十四集,实时展开紧张的反恐行动。据说最近国内的一部电视连续剧《风声》就试图采用这样的手法,结果网上有评论说前半部尚可,后面比较走样。

影片中,饰演海德里希的布拉纳(Branagh)为此获得当年的艾美奖,万塞会议的主办人饰演者图奇(Stanley Tucci)则获得金球奖最佳配角,而那个争辩犹太人智慧和善于操控人思想的法律专家的饰演者费斯(Colin Firth)在十年后因出演《国王的演讲》获得了奥斯卡最佳男主角,如此顶级的戏骨们聚到了一起,他们的较量,在观众看来,实在是一场视听盛宴。

最感慨还是尾声,海德里希转述的那个故事,对父亲恨之入骨的儿子,在父亲去世后,仇恨和弑父的欲望成了内心的空洞,人生再无意义。这个隐喻其实是无声、潜在的反讽,多少人在欲望、野心、权势的盲目和变态的追逐下,最后只剩下内心的空洞。

片尾舒伯特的音乐也是反讽,与那么罪恶的、令人发指的、惨绝人寰的决策,与那早已拟定的阴谋,成为最大的反差。

影片结束,我十分感慨,很赞许美国大学里的教学编排:一个学期,即便是公选课,学生都有几百页甚至上千页的资料需要阅读,每部影片都要写至少五百字的观后感,批评论述的论文也要在学期中写上若干篇。这样的强度和自主思考的力度,想必能让学生从中获得远远大于历史事实的意义和反思。

《明亮的星》(*Bright Star*;英国,2009)

对于二十五岁就离世的英国浪漫主义诗人济慈,我在这部电影中有了更深的了解。

太早离世的济慈，在芬尼（Fanny Brawne）的心中留下了永恒的回忆，在影片结束时，字幕推上，说明芬尼一直带着这份爱在原野上漫步，长久地孤身一人行走，而当时济慈送她的戒指从未摘下。

这部围绕着诗人爱情的电影让这个利欲熏心的现实世界突然有了强烈的比照。芬尼爱上济慈，因为他的诗歌，因为他忧郁瘦削令人怜爱的身影，也因为他的才华和脱俗。当时济慈为照顾病重的弟弟，创作和生活都异常艰难。他身边有布朗先生，后者爱惜诗人的才华，资助他创作。贫穷似乎总是和诗人相伴，从世俗的角度看，济慈没有养家的能力，也就没有享受爱情的自由。可是，房东的女儿芬尼却顾不了这一切，她执意地追随济慈，为他带来温暖和关爱。更可贵的是，芬尼的母亲最后也接受了这样的爱情，甚至鼓励济慈好好养病，争取从意大利归来和女儿成婚。

年轻的济慈最终病死在意大利，芬妮得知消息后，哭倒在母亲怀中。影片最终，美丽的姑娘穿上了黑色衣袍，走在雪地里，念着济慈的诗作《明亮的星》，走向两人曾经漫步的树林深处。

一看演职员名单，我就叹息，果然编剧兼导演是位女性，毕竟是如此细腻感性的视角和叙述。而且，女人被诗人爱恋，成为催生灵感和诗篇的缪斯，这样的愿望原本就是女性的一种强烈诉求。

故事中，芬妮的妹妹 Toots（小土豆）带着孩提女性的纯真和热忱，她少有台词，却在画面中成为女性童年的代言。于是，小土豆、芬尼、芬尼母亲成为善良女性的各个时期的代表，我相信，那样的女人，即便白发苍苍，依然会有被爱的温柔和迷人魅力。

忽然联想起某天下午在住宅区看到的一幕，一位阿姨抱着牙牙学语的小女孩，旁边年长的女性拉着小孩的手在逗弄她，口中念叨：“长大要嫁个有钱人家哦。”我忽然对 D 说，原来不少女人对于钱财的兴奋是根植于童年生活的，周围所有的人都在讲到金钱、房产、工资时眉飞色舞，夸奖小囡漂亮时，总不忘加上“长大要为你姆妈找个有钱人哦”。语言构筑了认知的世界，小姑娘成长中，无意识世界里就被人搅得世态炎凉、势利现实。

对比之下，更觉得两百多年前的诗人和爱情带有无与伦比的动人魅力。如果真是这样爱过，感叹过，忘我过，那么，即便从漫长无尽的历史来看，短暂的一生仍旧成为永恒。

《墨水心》(*Inkheart*;美国,2008)

《墨水心》是一部极具想象力的魔幻科幻电影：通过朗读可以将虚构的故事变成现实的人（Silvertongue）经历了一次巨大的历险，最终一家人化险为夷，团聚在一起。不过这类电影的改编是近来电影最大、最时尚的挑战，这与电影的主题也颇为呼应：将想象变成现实。

造梦事业如火如荼地进行，甚至故事中的作家最后愿意走入小说世界，告别现实。团聚分离、邪恶高尚都在创造者的想象中出现，那么近的距离，那么轻松的转变，这样的事情，化为现实，就是梦里不知身是谁的绝妙境界。

海伦·米勒在其中饰演一位老书痴，我尤其喜欢她那句："我到过那里无数次，通过阅读。在这个纷繁复杂、不尽如人意的现实世界中，阅读成为我们为自己造梦的捷径，翻阅书籍，岁月和天地瞬间转换，这是多么高效便捷的忘忧灵药。"

文艺批评的叙事学研究或许会轻描淡写地将这类虚构视为落入俗套的结构，不过，人类故事就是这样在反复变奏中衍生，也在类似中推陈出新，我并不期待一蹴而就、翻天覆地的创新。作为芸芸众生中渺小平凡的一个人，我们的情感、向往、梦境何其相似，可它们又在这些雷同中悠悠地散发着独特而个人的魅力。

对于爱阅读、爱虚构的读书人，这是一部像在对自己低声絮语的电影作品；对孤独的读书人而言，这是一次飞奔而潇洒的出逃。

《暮光之城》(*Twilight*;美国,2008)

前日晚间看了最近年轻人痴迷的吸血鬼电影《暮光之城》。据报纸说,现在众多影迷自称为"暮光族"(Twilighters),整日看着相关图片,盼着下一部作品的问世,梦见其中美轮美奂的爱情故事,听着电影音乐,哪怕英文不好,也努力啃着原版书籍。年轻女粉丝但凡看到肤色苍白的男性,就联想起故事中的美男子爱德华,甚至用他的经典话语,对着一桌子美食,不吃光聊,还要解释为"I'm having a special diet"。

故事源于英语文学专业出身的美国女作家的小说,成形于女性导演的改编,她们把女性天赋的幻想编织能力推波助澜到极致,也把女性因现实的浪漫匮乏而产生的弥补自疗发挥到了无以复加的地步。影片人物秀美脱尘,景色迷幻绝伦,悲情指数居高不下,连不吃人血只尝动物血液的吸血鬼都被冠以纯净的"素食者"的称号。女主人公是十七岁的美女贝拉,被一位貌似十七岁(实则百岁)的吸血鬼爱德华吸引,两者的对话就是罗密欧与朱丽叶十四行诗对话的变奏,相互的吸引力用爱德华的原话就是"you are my personal brand of heroin"。我曾经问专攻莎剧研究的D,罗朱恋如果抽离了家族世仇的语境,爱情能否深刻到几百年来长盛不衰? 他说不能。诚然,人鬼恋也具有明知不可为却执意为之的勇敢和决然,戏剧张力不亚于罗朱的世仇干扰。

戏剧中的爱情,或换言之为虚构中的爱情,才能让耽于想象、仇视现实的人们沉溺。很好奇"暮光族"中的性别比例,我相信女性一定占绝大多数。也在几日前,读到一篇颇为麻辣的文章,大意是女人想象中男人对爱情的态度决定了爱情注定是悲剧,因为科学日益昌明,人种学、生物学和社会学等不断论证,爱情中迷乱的激情拜生理反应所赐,无法长期高位运行,而痴情、专一也只是我们固执的想象。姑且不论科学和虚构的高低真伪,不过现实的无趣和乏味也确实需要虚构的幻想和想象来调味。

只是调味不能喧宾夺主，虚构不能取代现实。日本系列剧《世界奇妙物语》中有一则故事，说有一位年轻白领女性，中偶像爱情连续剧的毒很深，渴望平凡生活中遇到一段戏剧爱情。可是当她突然遭遇跌宕的戏剧情节后，忽然感喟到平凡感情的珍贵，忙着给平淡无奇的男友致电，却见球赛看台上男友正与自己的闺蜜亲密无间，刚想发作，突然想到这一出情节符合了戏剧爱情的基本元素，赶紧振臂高呼："噢，我要的就是戏剧爱情！"

"暮光族"们成长或脱胎于"哈利·波特迷"，青涩岁月的爱情体验还没有与现实生活的柴米油盐交锋论战，他们可以坚持用戏剧主人公爱用的香波洗头，可以花痴到只迷恋潮湿阴冷的天气，盼着邂逅苍白忧郁的王子，或者在暴力危机前突然有人英雄救美，可是，戏剧之外的人们依旧要如厕，要喝水吃饭、打嗝放屁、剔牙吐痰，能省略这些的是唯美的虚构，不能省略的才是正常而必要的凡人生活。

幻化现实的作家是伟大而阴险的，他们常让不知道深浅的粉丝们舍本逐末，令他们不明白真正的爱情需要柴米油盐，像美丽的花朵和新鲜的蔬菜瓜果一样，永远根植于大地，需要一点都不浪漫的肥料和大粪。

看着有机肥料，依然觉得浪漫和生机勃勃，那才是更高一层境界的诗意。

N

《南京！南京!》(中国,2009);《穿条纹睡衣的男孩》(*The Boy in the Striped Pyjamas*;英国,2008)

这个周末,看了两部关于大屠杀的电影,一部是国产电影《南京！南京!》,另一部是《穿条纹睡衣的男孩》。前者直接以黑白色彩处理血腥屠杀场景,用现实主义的手法再现南京大屠杀的历史;后者通过天真孩童的错位视角,揭示德国纳粹集中营惨绝人寰的生活,以孩子误穿了集中营犹太人的囚衣(他一直以为这是条纹睡衣),进入焚烧炉为结束。

同样的痛苦揭示和历史反思,但是前者始终让我无法感受抵达灵魂的震撼,画面的杀戮和残酷只是像在硬性地用刀子刺激人的感觉,而后者两个孩子的天真对话,以及始终不触及真相的叙述展现,却让人陷入了深深的痛楚。

几年前,我曾经翻译过一部关于大屠杀创伤的作品,人作为国家机器极其渺小的一个元素,活在这样的历史中,只是大悲剧中飘摇的那颗尘埃。拿着屠刀的杀人者和手无寸铁的被杀戮者,两端的悲哀同样深重;只是,如果延续生命的话,生确实比死更为艰难,除非成为麻木不仁的动物。

创伤作品在历史上有无数部成功的典范,不同视角,不同叙述,不同场景,却带来同样令人深思的痛苦。瑰丽跌宕的故事也好,平淡冗长的揭示也罢，长短不一的故事中，创作介入者的角度一直成为批评的热点。

有人曾批评陆川在作品中对日本军人宽厚的态度，以及带有敌我不分之嫌的结尾，也有人评论这部黑白电影过于沉痛。可是，这些似乎都不再是症结，跨越历史时空后，最重要的是今天的视角和思索。陆川作品中，值得称道的是出现了以往少有的人性反思，可遗憾的是挖掘得还是不够深入，那事件背后深入不下去的思考，也是政治面前人性无力的证明。我们要讨伐和讨回的已然不是日本的承认和历史的真实，而是我们如何面对当下和未来的思索。

或许我更加偏爱《穿条纹睡衣的男孩》，因为它表达了真实面前的屏障，个人被洗脑的悲哀，以及孩童们永恒的天真失落。作为纳粹军官的父亲和同事们一起观看显然是谎言的“集中营快乐生活”纪录片，而一旁偷窥的孩子却信以为真，直到生命结束都没有弄明白那道生死的鸿沟究竟在哪里。这样的揭示，比真相更加具有未来的干预性。烟囱里焚烧活体的黑烟，堪比《南京！南京！》中赤裸裸的慰安妇尸体，但是，艺术的隐喻却更加强烈。同样，人类互为参照的结局（We are the one big lesson）也把主题深化到了言语无法表达的深度。

两部作品都是对创伤和屠杀的反思，《南京！南京！》中以逃生者获得生命的笑容为死难旁注了强烈的生死对比和反讽，而后者以纳粹孩子与犹太孩子共同的死亡来打破痛苦的疆界，让我们意识到“丧钟为谁而鸣”中每个生命都非孤岛的巨大深思。

陆川是一位将思考和痛苦反思放入作品的导演，这一点必须承认。不过，不知他如何看待现实和未来的干预性和影射性。这样的要求，是否苛刻?

《逆光飞翔》（中国台湾，2013）

和儿子一起看了较受好评的台湾电影《逆光飞翔》，其中的盲人音乐家就由黄裕翔本人扮演，但我尤其喜欢影片中同样是本人出演的舞蹈家许芳宜，非常优雅，长得天真脱俗，实在赏心悦目。她柔软的四肢充满了表达的欲望，正如影片中所言：我总是跟着别人飞翔的方向，这次我想用自己的方式飞翔。此外，如果你真心爱一样东西，那就去坚持，别人是无法限制你的。

美好的作品会带来非常美好的感受。其实，在生活中我很渴望有这样的感觉，曾经也出现过若干次，但是真的很少。当我阅读了很好的作品，或者看了一部很好的影视作品，或是听了非常动听的音乐，会觉得周围突然不一样了，生活的意义不同了，而我的生活态度也发生了突然的改变，忽然有了重新来过的新鲜感。这种感觉，弥足珍贵。

《纽约，我爱你》（*New York，I Love You*；法国，2008）

梦想之外的自己，一个平凡到有些笨拙的，却早已不年轻的自己。我只能在虚构中编织潇洒与艺术的浪漫，就如那部电影《纽约，我爱你》。

我清楚地记得，自己仿佛仪式般地对待这一系列的电影作品，2007 年春节我在巴黎的时候，实地看了电影《巴黎，我爱你》，这一由多位导演多角度、多层次、多文化地解读和展现一个城市的电影合作模式深得我心，让当时身处巴黎的我充满了做梦般的喜悦。此模式出现了第二部作品《纽约，我爱你》，十一位导演合作揭示纽约。虽然我此刻并不身处纽约，可是刚刚从那个城市离开，它是我抵达美国的第一站，印象深刻，记忆犹新，如今又再次重温。纽约的演员、画家、音乐工作者、歌唱家、单亲爸爸、耄耋夫妇、亚裔群体、摄影爱好者……他们从自己的生活中折射了这个无法穷尽视线和视角的万花筒城市。我喜欢那昏黄的灯火下寂寞的人们，街边的谈话与滚烫的调情，也喜欢华裔女性无助而神秘的眼神，那么多的故事，都由这个城市承载着，浓度仿佛无法稀释，越是诠释，越是复杂。海滩边那对八旬夫妇喋喋不休的争执印证了他们朴实、自然、凡俗的婚姻，而行走在中央公园里的人们又在城市间投射着他们的喜怒哀乐。我最喜欢躺在中央公园草坪上那个小女孩的童言无忌，她透过树影婆娑看着映衬在天际的摩天大厦，说自己可以让城市跳舞，说大楼和大楼的关系就像妈妈的牙齿，然后天真地咯咯笑着……

我感伤于画家恳请中国女人当自己的模特，而当女人去画室时，发现画家已经死去，留下了一张没有双眸的肖像。音乐声漂浮在城市中，让我有种迷离感，仿佛从来不曾了解和走进过这个曾经生活了近一周的城市。距离的远近会产生神奇的作用力，纽约就这样在真实和虚构中成为我生命中的一段旋律。

影片结束了，在缓缓推上的字幕中，我看到了这样一行字："Coming soon：Shanghai，I Love You"，何时？我深深地期待。

P

《贫民窟的百万富翁》(*Slumdog Millionaire*;美国,2008)

用化整为零的时间,断断续续地看完了2009年奥斯卡的大赢家电影。

这是一部让人始终泛着泪花、揪着心观看的影片,实际上,被不少人以为削弱了效果的喜剧结尾,也是让人在笑中带着泪水。主创班底是英国人的这部作品,让我又平添了几分对英国文化的好感,至少,细腻动情处超过美国作品,虽然,绿花花的票子得美国人掏,毕竟电影的发行公司是美国。

金融海啸、经济危机、全球局势动荡等因素,多少让人在观看印度的贫民窟生活时产生一些心理的补偿效应,毕竟还有如此贫穷、暗无天日的生活发生在世界的某个角落,何况那里的人,情感的执著和丰富丝毫不亚于物质富裕的其他人。这种激励,在观众的潜意识中或许起着神奇的催化作用,无形中的振奋和感动,暗涌在其中。

好看是这部电影的第一个重要特点。在如此灰暗的生活中,好好讲故事,巧妙地用叙述结构勾住观众的视线和内心,这比什么都重要。其实,大多数人买票到影院并非是接受教育去的,能让大家笑着、哭着、感动着,顺便再增加点见识,那就成功了一大半。

爱情神话始终贯穿全剧,我不禁感叹影视的绝对魅力离不开爱情,哪怕不可信，哪怕只存在于观看的两个小时之内。难道，我们缺乏与渴望的恰恰就是这种誓死都不变的真情和忠诚吗？Bingo！

贫民窟男孩贾马尔念念不忘童年的玩伴拉提卡。他内心始终有个结无法打开，在三人逃离困境时，贾马尔和哥哥跳上了火车，而哥哥沙里姆却有意放开了拉提卡的手。于是，长大后贾马尔不断寻找依然在火坑中的拉提卡，哪怕冒着生命危险。贾马尔最终参加了收视率极高的电视智力答题节目“谁想成为百万富翁”，也是为了让拉提卡能看到自己。对于男孩贾马尔而言，千万卢比根本抵不上自己对姑娘的爱，而有了爱，没有钱都能生存下去。

金钱和爱情，这个永恒的母题贯穿了全剧。命运的神秘在于，贾马尔在直播节目中，一题一题地回答，许多问题都引发童年生活在贫民窟的回忆，都巧合地让他确定地知道答案，甚至最终警方怀疑他作弊，以严刑拷打逼供，却折服于贾马尔的解释。现在和过去的两条线索并行发展，激动人心的问答和贾马尔在警署的回忆交织在一起，这样的叙述结构，可谓精巧，这让我不禁想起日剧《智力游戏》中的模式，怀疑导演、编剧是否参考了这种结构。

回忆中，印度的泰姬陵成了两个男孩生存的契机，他们冒充导游，偷窃游客的皮鞋，甚至带美国游客去贫民窟看真正的“印度风景”。这些镜头中的景致，真实而残酷，甚至让人惊诧，看来，镜头是有力的叙述者，如何选择，如何省略，才能展现完全不同的故事。

夜深了，我就这样注视着面前的屏幕，看到两个年轻人最终相聚在火车站，看到沙里姆最终在大堆的钞票中被枪杀，看到千辛万苦后，年轻人依然相信金钱并不重要，感动泛滥着，哪怕我的理智告诉我这都是叙述神话。

沉醉、逃避、忘我、醒悟，是电影的真正动人之处。黑夜和白昼不能平行，然而有趣的是，坐在黑暗中观看别人故事的我们，却分明觉得那个过程，比白昼更光明也更有人情。

《苹果》(中国,2013)

前段时间,电影《苹果》被炒作得沸沸扬扬,原因是电影参展前删减了五十处,据说女主角范冰冰还在某处激情戏中露了点。特意看了全片,感觉相当一般。主次颠倒得有些厉害,难怪香港将此片定位为三级片。导演太拿男女这点事当卖点,聚焦上犯了错误,有种喊着卖羊头,却让人尝到了狗肉的错乱。

其实,电影脚本并不坏,故事关注了大都市民工和外来妹的生活,关注了在欲望、尊严、生存面前社会底层人民的某种阴暗无奈的心态。但是,全剧不断将镜头给了那些展现床戏或暗示男欢女爱的部分,真正需要刻画的部分却用肩头扛摄影机的晃动画面一笔带过。范冰冰的表演不能匹配哪怕是那顶有些突兀的哈萨克斯坦影展影后的桂冠,因为不化妆的形象牺牲和邋遢自然的样子不是表演,而是原生态,是放任。

打工妹没有范大小姐脸上的深沉,也没有那种欲言又止的木然,这种诠释,是错位的。现在确实有很多女明星敢于挑战裸戏(或曰没有底线的戏)而成名,但是,脱不脱其实并不重要,用什么方式去脱也并无大碍,关键是戏中你为何而脱才重要。性爱是人的根本,正因为其根本,它在所有学科中都有巨大的生存能力和勇气,但很多脱戏在打破传统的封闭后,并没有担负起解放的责任,也永远逾越不了艺术的高度要求。

因此,脱了,并不表示就战胜了什么,虽然,不断有导演和演员承担着世界欲望代言人的角色,可是,如果它以丑陋和多余来瓦解我们的内心的欲望价值时,而且,如果对它的渲染成为盈利的商业手段,那么,那些脱下来的衣服,就真的穿不回去了。

《破碎的拥抱》(*Broken Embraces*;西班牙,2009)

阿莫多瓦始终是我心目中的叙事高手，他的许多作品，《活色生香》(1997)、《关于我母亲的一切》(2000)等，都让我无比迷恋沉醉。这次的《拥抱》也是一个精彩的故事叙述，使我忽然对导演和他的缪斯女神佩内洛普·克鲁兹(Penelope Cruz)在艺术创作上的合作和共识，感到一丝温暖却忧伤的震颤。

不过，戏里戏外的真假，恐怕只有主创和演员能领会了。佩内洛普饰演的女秘书莱娜因为父亲生病、生活所迫，成了老板的情人。她去导演马提奥的电影试镜，被马提奥相中，并成为《女孩与手提箱》剧组的主角。在拍戏的过程中，马提奥和莱娜相爱，而莱娜也越发感到自己和老板的情人关系终将结束。

为了盯梢，老板让儿子跟拍莱娜在片场的一切活动，并让读唇语的专家破解镜头中两人的对话，得知了一切后，气愤之极，一心想复仇。结果，电影拍完后，马提奥和莱娜出走，影片中各位工作人员被身为制片商的老板收买，其艺术性被有意恶性剪辑，受到了损毁。

马提奥和莱娜在海边过着隐居的生活，然而两人关注影片上映的消息，最终因马提奥想回马德里了解情况，两人在公路上遭遇车祸，莱娜不幸丧生，而马提奥也因此失明。

十几年过去了，当年老板的儿子再次找到马提奥，希望协助完成当年的纪录影片，从此，一段往事被再度揭开，许多情感的纠结就此解开，而影片最后，马提奥和他的女性好友，以及两人已成年的儿子，加上那位因同性恋而遭到父亲冷遇的老板儿子，大家一起再度剪辑了当年的影片，在艺术创作、虚构、真实的交织中，百感交集地注视着浇灌了心血的作品。

阿莫多瓦本人是同性恋，他多年的电影作品屡次起用佩内洛普这位西班牙美女,两人在艺术上擦出的火花在作品的精湛中越发熠熠生辉,我常常感受到影片中佩内洛普所散发出来的令人惊艳的魅力,从而遐想着镜头外那双注视着她的眼睛。

阿莫多瓦擅长用色彩和西班牙吉他来渲染情节,其中好几处色彩明丽的画面悦目迷人,包括房间里的窗帘、十字架、披肩,还有随风飘荡的衣服等。此外,不知从哪个角落里响起的吉他和低吟也常常将观众彻底捕获,沉醉。

这样的作品,是我愿意用整个半天,静静地关上门,暂时隔绝于世而全心投入的。对于阿莫多瓦,电影是他心血的结晶,就像对着挚爱的倾诉,是“疲惫生活的英雄梦想”,确实,再渺小无助的人,似乎都能从阿莫多瓦的时空里,暂时忘却现实,身披灿烂的霞光,在短暂的一百多分钟时间里,实现伟大的个人幻想。

喜欢的东西太少,遇到后弥足珍贵。其实,美丽主题和爱情或许都不会永恒不变,情感的背叛和稀释淡化,甚至厌倦,也不足为怪。重要的是,留下了这样的作品,让人们在凝视中忘却理性的判断,那么,这个瞬间,足够让人称之为永恒。

Q

《倾国之恋》(*W./E.*;英国,2011)

此片的叙述视角十分独特:一个当代女性探究爱德华八世和辛普森夫人的旷世之恋,尤其对国王放弃王位要和这位离婚两次的普通美国妇女联姻的举措感到好奇。电影中,和辛普森夫人有着同样名字瓦利丝(Wallis)的女人在婚姻和爱情中感到失望甚而绝望,她试图从另一个瓦利(Wally)的爱情故事中汲取感悟,从这段震惊了全世界的爱情故事里,看到不同视角下的真实情感,尤其是女性在其中的所感所想。

爱情是个被无数人美化,也被无数人感喟甚至痛恨的词语,究竟有无本尊的存在,也一直是人们不断质询的。时间是公正的,扫过每一段感情,每一张美丽的面孔,曼妙的身姿时,都是冷酷无情却公平无私的。姑且不论那婚姻中两人的爱情、勇气和果断,从此后两人终身的流放,直至瓦利从辛普森夫人的信件中体会到她因此而不被世人所理解的孤独和痛苦,我发现,痛苦和幸福,在时间的侵蚀和洗礼中,都会成为往昔,成为经由或深刻或肤浅的体验所铸就的历史沉淀,究竟能否成为永恒,活着的人是无法决定的,而我们所能竭尽全力的,就是真性情地活一回,认真地对得起自己的内心,无怨无悔。

影片结束字幕推上时,才发现导演居然是麦当娜,而且她也参与了剧本撰写。我猜想，不知她又在这个纽约现代女性和二战时期的温莎公爵夫人的爱情的平行发展中，如何注入了她自己的解读。不过，从贯穿整个故事的“她的视角”，可以看出，麦当娜有目的地揭示了表象之下的真实，就像她自己的生活，也只是冰山之巅的绚烂展现，重要的真实，都在不被人目视的水下。

历史上的瓦利丝并非美女，而她却力求将自己打扮得最出色，活得最精彩。这种认真投入的努力，值得赞美。

《请施予》(*Please Give*；美国，2009)

很安静的一天。最近，我的心情变得很随意，已经不再主动投入这里的生活和社交，好像快到终点，知道结果，就没有了努力的兴趣一样；又好像在阅读破案小说，突然知道了结局，提早揭开了谜底，整本书就有些寡淡了。

幸好有这些很不错的电影、电视剧相伴。傍晚看了一部电影《请施予》。

纽约的生活，贫富差距较大，人们的彷徨多多，时时自省的人自然更加痛苦。于是，在看似平淡的生活里，夫妻问题，两代人的问题，还有老年人问题，都在平常的对话，看似不经意的琐碎中暴露出来。

丈夫和妻子多年来一直合作开店赚钱，以至于男人觉得彼此间除了拍档关系，已经不再有爱情。他和邻居九十一岁老人的外孙女出轨，之后虽然生活回归平静，他也自认为“出轨有时候对婚姻有助”，可是，一切又都不一样了。

妻子富有同情心，常常接济周围的穷人和流浪汉，想多参加义工的活动，可是，她的古董家具店却必须在买卖差价中生存。因此，某种自省的内疚感，以及中年的情感危机，都困扰着她。

故事实在普通，可是，剧本很有意义。人们之间偶尔的摩擦，老人不留情面直来直去的话语，都能够看出电影剧本的用心和推敲。记得前不久刚看过的那部 *Winter's Bone*，说编剧把剧本放了许久，一句句话的琢磨、修改，直到自己觉得满意。那样耗时、费力的修改，虽然并不改变情节，却在实质上增添了艺术生命力。

对了，慢工出细活，不露痕迹的努力，这些工夫，就是等着观众的细心发现。

R

《燃烧的平原》(*The Burning Plain*;美国,2008)

又是一部精彩的片子。我说精彩,可能并非大众的认可,不过,这个故事的叙事结构毫不逊色于《昏睡》。

瑟隆(Charlize Theron)饰演的女主角很美,有着忧郁恍惚的优雅,虽然她对生活失去了信心。影片伊始,零乱的人物、地点,时间不详,确实模糊混杂。渐渐地,细致的观众会在参与中将各条看似散乱的线索串起来,然后与电影叙述慢慢接近,最后恍然大悟,并且沉浸在无法自拔的感动中。

最先,影片呈现三条不同的线索:女主角西尔维娅神情忧郁,她在餐厅担任公关工作,虽然得心应手,却思绪游离,同时,她和周围的男性保持着除了身体外,毫无任何其他交流的冷漠,美丽性感的她穿梭在人群中,对一切置若罔闻。

第二条线索讲述的是一场拖车火灾的事故之后,大男孩圣地亚哥和伙伴们来到火灾事发地,观众得知这是他父亲和情人幽会时双双不幸葬身火海的地方。偷情败露和丧生的双重痛苦降临到两个家庭的头上:女方是四个孩子的母亲,她的大女儿玛丽安娜和圣地亚哥差不多年纪。两个年轻人出于好奇或其他复杂的原因,互相认识,做爱,彼此接近。第二条线索的时间还发生了回溯,不时穿插的细节描绘了出轨的双方在还未丧生时,是如何相互吸引，走到了一起。原来，玛丽安娜的母亲几年前曾患上乳腺癌，从此和丈夫一直很难进行正常的夫妻生活。可是，遇到了圣地亚哥的父亲，她终于对自己的不幸释然，全身心地投入了这段婚外恋。不幸的是，玛丽安娜发现了母亲的秘密，跟随他们来到了幽会的拖车旁。终于，有一天，玛丽安娜出于对母亲的怨恨，为了惩罚出轨的两人，点燃了平原上的干草，却无意引爆了拖车旁的液化气钢瓶。观众这才明白，葬身火海的两个正在做爱的男女，原来是死于玛丽安娜的纵火。

第三条线索讲述的是一对生活在墨西哥的单亲父亲和女儿的故事。父亲开着飞机撒农药，不幸飞机坠地，被送进医院，身陷危机。父亲让朋友带着女儿去美国找她的生母。

终于，线索的汇合点出现了，父亲的墨西哥朋友原来就是影片伊始屡次跟踪西尔维娅，时刻关注她的男子，他居然喊西尔维娅为玛丽安娜。哦，原来，西尔维娅就是成年后的玛丽安娜，当年她和圣地亚哥为了逃避现实，到了墨西哥，生下女儿玛丽亚后不久，玛丽安娜无法面对现实生活，不敢说出事实真相，最后只身离开了父女俩，回到了美国，同时也完全失去了生活的信念和热情。

人物终于一一对上，三个看似不相干的故事原来发生在不同时期，人物重叠对应了，悲剧朝着人性的温暖处发展。西尔维娅求女儿谅解，企图卸下自己灵魂的重负，圣地亚哥的身体也出现了转机……

这样的故事，普通观众恐怕会看得很累，很吃力，可是，我却沉浸在其中难以抽身。共鸣的感觉并不来自爱情，而是母亲对孩子无时无刻的牵挂。我坚信，唤起西尔维娅勇气的，一定是她对女儿的亲情，对母亲的忏悔和最终的理解。

有故事的女人神秘而优美，这个已过中年却依然散发着迷人魅力的西尔维娅让我领悟到，生命的质感来自深层的灵魂感受和体验。茫茫人海中，人人都有不同的故事，可是，不断地自省和思考，哪怕是痛苦，也会让生命的体验来得更有内容，更为震撼。

影片的题目最终完全充实起来，年少的玛丽安娜和圣地亚哥焚烧自己的胳膊,留下疤痕来铭记彼此的相识,女孩燃烧的是自己的罪恶感,男孩的伤疤却见证了他懵懂纯真的爱情。多年后,当西尔维娅遇到女儿,看到墙上依然挂着的自己少女时的照片,听女儿说父亲的伤疤就是为了纪念唯一的爱情,她内心自然波涛翻滚。

烈火从来就是文艺作品的重要元素,燃烧激发的灵感和思绪也无穷无尽。在这样的一个夜晚,为了这个故事,我记下这也烧灼在我心头的感动。转天醒来后,我也要和自己的孩子隔海通话,告诉他母亲每时每刻的牵挂。

《弱点》(*The Blind Side*;美国,2009)

今夜之前,我一直不自觉地感到“虚掷光阴”,好像寒假开始之后,很少有案头“正事”。不过,最喜欢此刻的心情,忽然放松了,不再拘泥于曾经的“努力”。

原因很多,或许是下午看的那部电影《弱点》,看到一个常人眼中笨拙庞大的黑人男孩麦克最终释放了生命的潜能。

故事情节并不复杂,一个无家可归的穷黑人因体育才华被某所中学接受,可是他无法融入学校生活,也处处被视为异类,加之贫穷和无家可归,寒冷冬日只能去学校体育馆取暖。一位事业有成的中产妇女将麦克带回家,并给予他从未享受过的家庭温暖。麦克逐渐开朗,他的体育才华得到承认,文化课也日渐进步,最终进入大学深造,成为著名的橄榄球运动员。那个温暖的家庭里,父母相互理解,孩子善良可爱,尤其是小弟弟,他诙谐逗人,把纯真的信任和友爱给了孤独的麦克。女主角的扮演者 Sandra Bullock 因此而获得金球奖最佳女主角,她在影片中给人的温暖、信任和智慧,确实让屏幕外的我感动。

或者,电影的名字不应该翻译成《弱点》,因为故事要表达的是人们认知的盲点:何谓成功和优秀,什么是怜悯和关爱,信任的限度和适度何在,潜能的突破口呢？这一些，平凡的人们或许粗心到常常忽略，但是影片却在冬日里把观众的心温暖了。相信自己和相信别人已然是这个时代的稀缺品，弥足珍贵。同样，看似笨拙和普通的人，或者说自己和别人都认为是平庸的人，却有不被细察到的才华和天赋，而忽略的原因正是盲点的存在。

于是，我相信自己焦虑的盲点所在，也是因为快节奏的工作和生活让我无法放慢速度品味和欣赏曾经失落的心境。其实，假期恰恰是一个契机。试想，匆忙中的自己总是自以为是地认为充实地过去了一天，孰知闲散的心情才是平衡身心的关键。我们的生活中常常有若干必需或不必的仪式(ritual)，例如我们清晨的现煮咖啡和此后的龙井绿茶，伏案工作的那段时间，以及愿意忙里偷闲看影视的爱好，这些都是再忙都不愿割舍的节目。“碌碌无为”可能是一个富有哲理的词汇，“采菊东篱下，悠然见南山”的风雅恰恰颠覆了匆忙充实的理念，一旦时间真换算成了金钱，那生命就成了真正的荒芜。

深夜有了这样的感悟，记录下来，算是对勤奋的自己的一点释放和慰藉。

S

《色·戒》(*Lust, Caution*;美国,2007)

花了两个半小时看完了李安导演根据张爱玲的同名小说改编的《色·戒》。此片自选角色、拍摄、得奖,至首演、公演,早已经声名鹊起,闹得沸沸扬扬。打开报纸、电视、网站,铺天盖地的新闻都是它,内容耸人听闻,尤其以大陆版本剪掉了性爱暴露场面七分钟为轰动,以及杭州姑娘汤唯为电影献身,很可能再也嫁不出去云云。据称网上以《色·戒》为载体的电脑病毒及黑客侵扰无处不在……我一直等着这些声音慢慢地沉淀下来,希望可以有一个相对安静的距离,客观地对待这部电影。

两个月前,我翻开了这部同名短篇小说,那是一个人在周四回到杭州的夜里,静静地在灯下阅读完的,看了两遍,才读得透彻明了。张爱玲笔下,永远没有爱情,所有的关系都是各取所需的冷酷无情,即使真的不小心动了心,动了情,接下来一定是灭顶之灾。这样的感悟,从一个年轻女性的笔中流露出来,多少令人心惊。

常常怀想张爱玲与胡兰成的故事,想印证这其中一鳞半爪的情感线索或爱情观,但似乎又是无迹可寻。然而,这个被西方媒体归类为 Spy thriller(间谍惊悚片)的故事,在如此短小的文字篇幅中,却被拍成了正式参展时片长为一百五十六分钟的电影,李安的视角和诠释究竟如何呢?

我仔细看了片尾的字幕，发现第一编剧为王蕙玲，她也是《人间四月天》的作者和编剧，这一点关系，恐怕不细致到相当地步并不一定能看出。观众动情、生气、起疑心时，投射的对象大概都是导演，但是此片的处理很女性，那种笔触的把握，李安的内敛似乎还得配上恰当的主创人员，果不其然。

观看电影前，在所有的八卦新闻中，最受影响的一段就是李安在拍摄过程中几次抑郁，几度崩溃，他在威尼斯对着采访话筒所说的“中年危机”也常常让人产生诸多莫名的联想；另外，王力宏在参演期间，也神情低落，写下了一首忧伤的歌，歌曲作者在大碟上赫然显示为邝裕民，俨然一副出不了戏的痴狂；梁朝伟更不用说，为角色甚至差点患上抑郁症。

我一直纳闷其中低落消沉的原因，看完电影后，和D聊了好久，有些感悟。张爱玲从女人的立场反复强调男女之间无真情浪漫可言。那么，电影中汪精卫手下的特务头子易先生呢？他很少言语，眼神犀利，哪怕被美色所动，也只是目光淡淡地一扫，几分警惕，几分狐疑。但是，面对着王佳芝的絮叨(其实这个人物因为年轻，常常入戏太深，真实得让老易失去警觉)，他却深刻到说出了“男人们在指点江山、口若悬河政治局势、高谈阔论国家经济的时候，那张道貌岸然的人皮下面只有相同的两个字——恐惧”。恐惧什么，永远有无法结束和永无止境的回答。

那么，究竟是怎样的一种感同身受的恐惧，让李安也在拍摄中如此崩溃呢？是真情的畏惧和不信？是什么呢？王佳芝入戏了，她的几番动情被那把剪掉性爱镜头的剪刀切去了不少，其实这个部分是相当重要的。为了配合间谍工作，王佳芝在无奈中被只有嫖妓经验的同学填补了性爱空白，在父亲的冷漠和姑妈的嫌弃下，过着行尸走肉的生活。其实，易先生就是她人生的第一个男人，性爱体验，在于双方都是仅存的作为人的某种验证甚至是尊严。所以，两者之间的关系，在审美判断和道德判断上，都是颠倒的。对于易先生，男人之间只有恐惧，夫妻之间琐碎敷衍，唯有不问对错、动物的身体欲望，才是真实可靠的。从佳芝这一方看，性爱中的撕咬和挣扎，就是她对生活渴望的一种宣泄，是紧张情绪的出口，那个瞬间，也没有谎言可言。

由此推测，李安对于这场床上戏的渲染，从仁者见仁的角度看，确实并非炒作，而他的崩溃和中年危机，绝非如此。在我看来，或许是无奈背后的恐惧，是对于身在江湖无人可诉无人可信的一种悲哀，是对人性的某种否定，更是对政治游戏荒诞性的验证。可笑的是，许多人拿王佳芝对于钻石的动心，看出人对物质欲望的某种贪婪，认为这是女性拿金钱来衡量爱情的一种宿命的悲剧。不过，从电影语言上看，王佳芝的那番感动和最终松口让易先生脱身的突兀之举，不是瞬间的，是情绪堆积到了某个程度的必然反应。这个时候，钻石和金钱统统都成了道具，她要赌的，就是自己最不敢相信的真情。

结果，张爱玲的爱情观永远会让这场动情，无论是老易的疏忽，还是佳芝的立场突变，成了两人的灾难。佳芝的结局是郊外矿石场的集体秘密处决，而老易，是彻底断了做人的真实，毅然关闭了人性的缝隙。

所以，真正动心的地方其实发生在日本餐馆，那段王佳芝为老易声情并茂的《天涯歌女》的演唱，让老易竟然潸然泪下。这里，一首歌的价值超越了钻石，那根心弦被拨动后，兽性的残忍瞬间坍塌。

看来，这段缝隙中，能够瞥见李安的中年危机，那个危机，性爱八卦承载不了，那是作为成功男性的一种恐慌，因为你要试图说服别人，还要试图说服自己，你要证明自己岌岌可危的信念是真实的，哪怕捂起眼睛、指鹿为马、颠倒黑白。你明白，一旦有人撕破了这层恐惧，郊外的矿石场就是恐惧之下的暴行。荒谬在于，这个世界的强权政治和经济局势，就是这样一层时刻会被捅破的恐惧。

因此，汤唯放在戏中的情绪只要是人的真实就好，我渐渐相信她在床戏时面对梁朝伟的意乱情迷，因为李安不需要佳芝懂得更深的道理，他要的就是作为人的真实的心理和生理反应。我不知道编剧之一的王蕙玲会如何来适应男性的思维，因为在《人间四月天》中，徐志摩追求一生的就是真善美，他穷其一生都相信真爱。

集体的崩溃，集体的抑郁，程度各不相同，原来，危机在此。巧笑嫣然的汤唯，或许也只是那个拿到了钻石迷失自己的女性。好莱坞规则，片酬计划，宣传途径，渲染力度，拿奖的期待，这都是李安要控制的局面，他的恐惧也是一戳就破，“色”原来就是人生百态中无法卸除的尘世依托，而“戒”谈何容易，如果真是一颗六克拉钻石的价值，那人生的烦恼将会放掉多少？两个寂寞的人，远离了人群，人格的差异就更为清晰。我欣赏王佳芝在处决前看着邝裕民的眼神，没有懊悔，也没有忏悔，输掉了，还拿着毒药再赌，结果，真相面前，百脉俱开，刹那间就觉得认识了人生，而邝裕民是无法理解的。

张爱玲从一个真实故事的原型，让构思缠绕自己几年不去，最终写出了这样一个故事。她的立场，似乎依然是上海女人的审慎和精明，以及看不到真情的哀叹。李安把这个故事扩展了，电影语言丰富了易先生中年男性的内心，让心灵的内界扩展到了爱情达不到的领域，他把文字表述的艰难让影像声音解决了，因此，在观众窥视的满足中，色和戒都逾越了肉欲的界限。看不破的人们，纠结于汤唯嫁不嫁得出去的人们，或许还不知道恐惧和危机。

《杀手没有假期》（*In Bruges*；英国，2008）

人生一世，竟然有些游戏意味，近日我一个人看完了一部有些黑色幽默的电影：《杀手没有假期》，虽然情节不过如此，但是节奏和细节非常有趣。杀手的所谓操守其实就在拷问许多似乎从事正业的人，良心和纪律也早已不属于主流人士。

最有意思的是两个年龄差异较大的杀手在布鲁日小城最后几日的生活，年长者怀旧地流连在古迹和运河畔，年轻人还企图在忏悔痛苦中找到暂时的狂欢迷乱。杀手的头目（Ralph Fiennes）在亲手杀死两个手下后，忽然意识到错杀的偶然性，而面对自己类似的错误，他饮弹自杀，维护规矩的严肃。这样的荒诞，在如此优美宁静的小城，显得尤为刺目，恰恰也突出了悠远历史古城的处变不惊。石格子路，蜿蜒的小巷，温馨的咖啡座，这一切,都勾起了我曾经游历阿姆斯特丹的回忆。但是,似乎布鲁日更加孤寂,更有孤芳自赏的魅力,那阴郁水面游动的白天鹅,让人在观看电影的同时,有做梦的沉浸感,真是应和了头目的那句话,我觉得自己在死前能看看布鲁日就满足了。

这样的假设,放在我心头,倒是成了一个问题,我看到哪一片风景就会含笑闭目呢?所有的美景都在记忆里交错着,难以定夺,所以说,我的尘缘难以了断啊。

《闪电狗》(*Bolt*;美国,2008)

周末的动画之夜,全家一同看《闪电狗》。一只可爱的名叫波尔特的狗,从小成长于好莱坞摄影棚,它的全部生活就是拍电影电视,自己成了明星都不知道。虚构的艺术混淆了波尔特的世界观,它真的以为自己有超能力,错把离奇的情节当成了现实。偶然地,它走出了影棚,渐渐明白自己的真实身份,伤心地知道自己其实很平凡。但是,它依然相信小主人对自己的爱,执意要回到好莱坞见她。最后,当一切在波尔特眼前呈现虚假后,唯有一路上陪伴它的小猫和肥胖的仓鼠给了它真正的友情,还有那个真心爱它的小主人。最后,大家离开了影视城,放弃了演艺生涯,回归平凡而快乐的生活。

我们都很喜欢这样的故事,因为很少有人用心地赞美平凡,颇有新意地让观众热爱自己平淡安静的生活。

逐渐认识人生的儿子已经不能用谎言敷衍,正如波尔特终将明白虚构和现实的距离。影片出现的时期很重要,正是美国金融风暴之后,圣诞节之前。大家需要平心静气地享受平淡的生活,知道一切虚幻美丽的泡沫消失后,真正属于自己的地方,就是符合自己身份,接纳自己本性的地方。当然,这里面有我对创作的几分个人的猜测,毕竟美国人很少推倒瑰丽的美国梦,瓦解超自然神话。

人们依照先见判断事物,正如同样饥饿的狗和猫,狗带着乞讨的表情,就会激发人们的怜悯,而猫却常常被遗弃和漠视。推翻先见可谓浩大工程,点到为止的精神最值得提倡。所以,动画的几分钟画面,润物细无声。

《上海伦巴》(中国,2006)

《上海伦巴》很有老上海旧电影的怀旧味道,关键是,男女主人公的扮演者袁泉和夏雨是一对恋爱了七年的情人,他们竟然首度在银幕上饰演相爱的一对人。夜色里的老上海确实带有一种迷人的风情,那一曲曲老歌也陶醉人心,外白渡桥记录着近百年的沧桑。剧中两个爱演戏的男女各自有着一段不幸福的婚姻,也都在暗淡的日子里心怀着憧憬和想象,日子一天天慢慢地过去,可是夕阳下那段借着台词的表达却说出了彼此的心声。看到近午夜时分,我恍惚间知道自己身在上海,竟然迷惑为何这个城市始终没有让我有种被接纳的亲切。黄浦江边的夕阳或许见证了太多的情感恩怨,而我的那段究竟还是在杭州的。

《社交网络》(*The Social Network*;美国,2010)

晚上,放弃去学校看校友自拍小电影,在住所里看了金球奖影片《社交网络》。

其实,我突然的改变有几个原因。其一,自从到美国后,我在影院看电影的次数很多,平心而论,我确实没有感到大银幕和小电脑的太多区别。我并不太苛求音响效果与影像的大小,心境实在是最重要的。再有,最近在阅读村上春树的《1Q84》,有感于其中人物在私人生活中淡然、平静的态度，确实，内心的安宁和愉悦，以及生活的随意及意义变得越发重要起来。这样的文字，符合那个坚持长跑的作家的生活理念。另外，我觉得如果挑选优秀的影片，独自品味，感受肯定胜过在影院里的孤独。

回到电影，这部两个小时的影片很触动我。故事以“脸书”(Facebook)的创始人，一个80后亿万富翁的创业史为基础，以现实结合虚构，把一个天才事业成功却不断遭遇人际危机的故事展现给世人。与朋友的关系破裂，校友因嫉妒而猛追不放的知识侵权起诉，这一切都向这个原本不善于社交的年轻人提出了挑战。这个哈佛辍学生的教育背景，使得影片中大量的镜头来自校园，许多熟悉的场景再次勾起我旅行的回忆。

不过，向世人证明自己，向成功进发的道路总是意外重重的。天才的故事虽然独特，但是这些错综复杂的人际、人情，我们天天在经历。我很感动的是，故事结束时，马克对着电脑，打开最初无情地拒绝了自己的女生的相片，一次次刷新图像，让它停留在电脑屏幕上，甚至犹豫着是否要加她为好友。我忽然意识到，其实，他关于“脸书”的创业冲动，或许都源于这位女生最初对他的鄙视、嘲讽和指责。

这一点很温暖暧昧，市值50亿美元的“脸书”，却在启动、运作和发展的背后，有着这样的一个柔软点，好像再坚强的人，总是会在孤独时，偷偷地舔舐自己的伤口和弱点。马克注视着照片，几番鼠标叩击，依然将她定格在自己的眼前，他内里的思考无人知晓，但是我已经在叹息，任何的天才、成功、伟大、卓越等，其实都是凡人肉身，喜怒哀乐怎么都无法逃脱这个红尘世界的牵绊。

《生命之树》(*Tree of Life*;美国,2011)

一共分成四次，片段式地看完了电影《生命之树》，该片好像还获得了戛纳电影节的金棕榈奖。不过，全片更像是一首电影诗，以流水一般自由的叙述，表达了生命的节奏，家庭的重要性，以及人与人之间的爱。

一般观众看电影，一定会有探究整个情节的强烈愿望，想知道合理、完整的故事脉络，人物走向，以及结局的意义。然而，面对这样的作品，这些预见和期待都是无法适用的。因此，观影的过程，有时是一种认识落空的茫然。

所以，明白了这一点，我决定放空前见，静下心来，面对电影本质：影像和音乐。全片的音乐优美而忧伤，许多片段的音乐背景是壮烈而激扬的。另外，家庭中儿子对父亲权威的挑战和反叛是电影在心理层面的揭示。语言的作用退到了次要的位置，许多人物的表达是对自己的呢喃和叹息般的感喟，很少有逻辑严谨缜密的交流。

虽然影片的标题为生命之树，但是流水和海岸的景象却占到了主导。不用思索，本能感受到水和生命的自然联系，而屋外的大树，在我心里形成了人与人之间的交缠，以及家庭关系的深入交织。

电影结束，我始终沉浸，或许，梦想在现实的撞击下，纵然是粉身碎骨的结局，而我们依然奋不顾身地做梦，在一次次挫败、后退中，想到曾经爱自己，自己也深爱的那些人，那些回忆，而这一切，就成了人生命中最重要的财富。

上课和学生谈到2012年度金球奖的提名作品，听到有学生提出，看重要的电影作品实则为一项堪比写论文的艰巨任务，两个小时左右的聚精会神，跟不上叙述节奏和步伐时的焦虑，以及查找资源和信息来对照观后感的努力，一点没有轻松的感受。我忽然意识到，在无数次的观影中，我已经练就了敏锐和专注，这是电影的馈赠。

《时间旅行者的妻子》（*The Time Traveler's Wife*；美国，2009）

不知已经看了多少部关于时空穿越的电影，主人公在未来、现实和往昔中往返,看到往事,总是恍然大悟,了解了当时的固执,而未来的生活又让他(她)毫无悬念地预知了本不该凡人知晓的秘密。虽然这部影片落入了穿越时空的俗套,但是主题落实在爱情、亲情、生命之上,总能唤起人的情感波澜。

于是,好莱坞模式基于这样的超自然能力,让时间旅行者在草坪上遇到了幼年的妻子,告诉她自己会不时回来。同样,当两人最终在现实中见面、相恋、结婚后,明白一切的妻子得经受丈夫不时跳跃时空而造成的寂寞。相爱容易相处难,可是电影的虚构却化解了一切生活中的琐碎乏味,让男主人公在四十岁前就结束了生命,把一段爱情和家庭的幸福定格在最感人的时刻。于是,回忆成为妻子情感中最宝贵的部分,而往昔的丈夫依旧会跳跃到未来,让等待着的妻子稍稍化解相思之苦。

电影的戏剧性是妻子在丈夫结扎后,和跳入现实的往日的丈夫做爱,怀上了孩子。于是,这个最终诞生的女孩也具有了时间旅行的特异功能;丈夫也在跳入未来后,提前看到了可爱的女儿。电影中无处不在的催泪元素让全片充满了神话般的感动,当然,也让现实中不再相信爱情的人们暂时忘却了残酷乏味的生存境遇。

为这样的故事,不知落下了多少次泪水,还记得日本电影《借着雨点说爱你》,记得《返老还童》,以及很多颠覆线形时间的故事。不过,等回到真实世界后,我发现这样的特异功能,并非美好的禀赋,预知了未来的我们,就像提前知道了比赛结果的观战,悬念消失,向往耗散,仿佛生活的每个部分都被铁钉钉得纹丝不动。

只不过,电影世界的徜徉和旁观者的释放感,让现实中时时自觉失落的自己忘却了怅惘。我在一段段故事中仿佛看到了自己想要追寻的答案,又好像在别人的戏剧中找到了脱钩的理由。

记得有人评论说,好莱坞模式犹如将美味佳肴磨碎了,压制好,交给没有消化能力的肠胃,因为情节戏剧化,故事虚构巧合,催泪手段雷同浅薄。也想起有位中国才女导演说自己曾经专挑选闷片看,越闷越好,但最近坦言觉得闷片导演都十分丑陋变态,开始喜欢故事精彩甚至俗套的影片。

观看者心态各异，个中滋味自知。不过，再来一部时间穿梭，我肯定拒绝品味。

《时尚》(*Fashion*；印度，2008)

记忆中好像很久没有看过印度电影了，刚好结束一部《时尚》，节奏缓慢不说，情节简单，只有那一张张青春的面孔让我耐着性子看完了近三个小时的故事片。

时装超模的命运总是人前亮丽、人后凄清，年龄和地心引力都与这份光彩的职业作对，这让美丽事业中的女人们常常如履薄冰，甚至痛苦不堪。

生命的最大诱惑在于不通过努力过上奢华的生活，但这种诱惑也最具有腐蚀性。年轻女子一旦跌进去，万劫不复，哪怕修成正果嫁入豪门，内心的寂寞和失落恐怕没有人倾听。

因此，这部电影几乎没有一个清晰的主题，可遗憾的是，它也没有艺术模糊的魅力，总之是非不定，高低难辨，让人很是郁闷。还不如美国的真人秀《天桥风云》来得实在，"Today you are in and maybe tomorrow you are out"("今天你还是台上的胜者，但可能明天你就失败离开了")。这样的总结，让人在投入时尚事业时，抱定了粉身碎骨的决心，即使隐忍退出，也有足够合理的原因。

三十岁不到的时候，我意识到女人的幸福或许在于从事一份不需要被岁月削弱斗志和实力的工作，于是毅然站在了讲台后面。然而，面对这个五光十色的视觉时代，我日益被华衣美服吸引，也不时感伤如水流年。

其实，时尚是最疯狂浅显的象征，表达着时间的无情和人世的俗丽。任何事业和生活，都是不同程度的时尚，淘汰的快慢不同而已。坐定后，我决定阅读川端康成的《雪国》，用心放慢心理节奏，来对抗喧闹浮躁的外部环境。

这样的逃避和协调,进行了多次,调试着我的生存适应力。或许,站在讲台后的日子,其实并不如我当年遐想的那般简单,in 和 out 的方式、节奏、效应不同。那么,这一生呢?

《时尚先锋香奈儿》(*Coco Avant Chanel*;法国,2009)

最近正好在课上教伍尔夫的"The Professions for Women"(女性的职业),早期的女性主义观念鲜明坚决,不过,近百年过去了,当"三八"国际妇女节的一百周年刚刚过去,我们发现,女性主义走到了某种瓶颈状态。甚至,几天前,另一份问卷调查居然显示:四分之一的人认为女性应该回归家庭。

当我们为家庭是否属于女性回归所在进行讨论时,突然另一个问题涌现了,是否这样的讨论,从某种角度看,也同样是对男性的歧视。试问,当女人可以有自由选择家庭和社会,可以根据自身状况选择弹性退休年纪时,那么,男性的选择权又在哪里?

伍尔夫时期,作家将"杀掉房间里的天使"作为最大的挑战向女性提出,然而,当时的"天使"除了在房间里,依靠丈夫之外,并没有其他更多的选择。她们的教育状况、经济能力等,都决定了"天使"的无奈。到了今天,天使们有了各种技能和证书,美色技艺俱佳,回归和挺进似乎都在选择的自由之内。这时候,奢侈品消费的热潮出现在精英女性当中,或许新女性所奋斗的初衷也出现了转向与扭曲。

看完这部传记电影,我发现了一个有趣现象:香奈儿曾经生活在别人的屋檐下,为了自立和自尊,毅然地走向社会,靠制作女性礼帽和服饰打拼。她的设计理念突出独立职业女性的自尊和优雅,而她一生独身的经历也验证了她的美学理念:独立自爱,自强不息,不把幸福寄托在别人身上。

可是，今天的名牌世界中，香奈儿俨然是普通工薪女性不敢问津的奢侈品，而一身品牌的女子，或许恰恰并不靠自己的能力购买名品。反讽的是，飘着香奈儿香水味，穿着香奈儿套装，拎着香奈儿手袋的，大抵都是将幸福寄托在男人身上的非独立女性。

奢侈品是侵扰女性内心的幽灵，当优雅的外壳放不下，尊严的内心逐渐丧失时，徒留品牌的坚硬外表，恐怕内在的实质全无。

电影中，香奈儿对情人说，我不愿意做那样的女人，像我母亲那样无望地等着我父亲归来，我不会把快乐放在这些注定失落的期待上。她最终痛失这位英伦情人，T 台的时尚秀上，她孤独而优雅地起身，笑对掌声和寂寞。

我会把幸福的权利交给自己掌管，同样笑着对香奈儿说：你的美丽王朝，正在走向荒谬的反方向。依稀中，我仿佛听到了她的笑声，Who cares（管它呢）！

《世界》（中国，2005）

每次看电影，总愿意探究导演或编剧如何编织一个故事，把它讲得扣人心弦，即使不那么吊胃口，至少也能把一个故事水到渠成、气韵流通地讲完。

近来看贾樟柯第一部通过审核投入中国市场的电影《世界》，尽管那句“乌兰巴托在下雨，北京阳光灿烂”（大意如此）有些让不知身在何处的我们有一丝心动，可是整部影片近乎自然主义的写实，故事和节奏淡到了乏味的地步，看完后，虽然有些怅然的感受，尤其对于正在城市间漂泊的我来说，还颇多些荡气回肠的遐思，但毕竟每个过着平凡生活的人都希望现实的生活精彩些，渴望一点悬念和未知，更愿意看到美好的人或事，至少是有些意外的故事发生。《世界》给人一种无法满足的感觉，仿佛看了一场时装秀,找不到自己钟情的服饰,却被人教导要看到概念中的信息。

如果仅从生活的概念中去理解现实,或许就会有许多错位的愕然。可是,如若导演只是给人概念,告诉人们他要给的是艺术形式而非鲜活的内容,那么,人们视觉中或许仅仅是"有意味的形式",而失却了事实的意义。能这样看待一切,该是多快乐的一件事!可是,形式、色彩、线条毕竟不是生存的牛奶面包,满足于概念的人一定是超越了平庸的现实,不食人间烟火的精灵。

《赎罪》(*Atonement*;美国,2007)

美丽甚至带点感伤的意境,金球奖影片《赎罪》也有。

无法用专业的圈内人的目光来审视这部影片,但这是一部很美的电影。据说女主人公塞西里娅的那件裙装,成了电影中最美的服饰,连奥黛丽·赫本都要排第二位。但是,故事本身很忧伤。影片的各段联系都充满了打字机键盘的声音。到了最后,才知道所有片断都是回溯,而叙述者就是当年的小姑娘,所有的情节就是她的第二十一部小说,最后才交代说这是她最后一本小说,也是她有生以来第一部构思的小说。

二十世纪三十年代的英国乡村里,生活着富裕的一家人。家中年仅十三岁的妹妹布里奥妮·泰丽斯喜欢在打字机上创作故事。某天,她看到管家的儿子罗比和姐姐塞西里娅在水池边,姐姐居然当着小伙子的面脱光了衣服(窗口看时的错觉,其实后来同一时段不同角度的重现中,观众发现,她并非全裸,而是还有一层衬裙,目的是跳进池水拿跌落的东西)。家中来了客人,要举办晚宴,也邀请了罗比参加,小伙子托布里奥妮捎了一张便笺给塞西里娅,却把之前自己随手写就的情感独白错给了小姑娘,之后,原本就相爱的罗比和塞西里娅在家中图书室里发生了亲密行为,又被小姑娘看见,布里奥妮由此认定罗比风流成性。恰巧当夜表姐劳拉遭人强暴,而布里奥妮在没有看清肇事者的情况下,一口咬定这是罗比所为。这场致命的误会让罗比遭受了牢狱之灾。之后,残酷的“二战”爆发,塞西里娅和罗比这对恋人相互承受了痛苦的折磨,终于未成眷属,被无情的战火吞噬了年轻的生命。在战地医院的布里奥妮也为自己当年的行为后悔不已,尤其当她得知劳拉最后嫁的就是当年强暴她的有钱人。由此,自我救赎成了她毕生的心愿,期待能得到谅解,能将自己的这个错误大白于天下。

其实,《赎罪》2005 年就由译文出版社出版,可惜这本布克奖作品销量平平,并没有赢得普及,结果,电影的成功却促成了图书的再版,或许连作家本人都不得不感慨造梦工业的深入人心。这部电影中,导演反复使用时空回溯,有时候,同样的情节,用不同的角度多次显现,而且,即使回溯也不根据一定次序,完全由人物的思维来决定。不过,场面和叙述节奏非常优雅,难得有这么简练展现作品的好功底。描写敦克尔克的英军大溃退,用人物脸部特写衬托其颓然,有某种电影当中看电影的恍惚感。

救赎的意义似乎到了后半部分才凸显出来。有一个回溯的镜头非常有意义,让我有一种恍然大悟的感觉: 十一岁的布里奥妮看到罗比,扬言要跳到湍急的溪流里,让小伙子救她。她奋力纵身一跳,罗比着急了,立刻跳进水里救小姑娘。救出水后,恼火地大骂,布里奥妮的表情却是一脸幸福:“我说过你会救我。谢谢你救了我。”原来,她后来的误证,有着这样一种复杂的情愫在其中,对于姐姐塞西里娅,她或许心怀着情窦初开的少女的嫉妒和心机。难怪! 多年后,在战地医院,她坐在打字机前,对朋友说起自己喜欢过的男人,淡淡地说: 我十一岁时他曾经救过我。

于是,这段误解又有了别的含义,布里奥妮赎罪的心理中,有着五味杂陈的复杂和错综。原来,小姑娘心底里有这样一个永远不可能企及的秘密和愿望,而正因为这个愿望中途夭折,她才会作如此冲动的伪证。

打字机键盘的嗒嗒声让英国乡村的回忆和战火纷飞的悲怆充满了诗意的叙述节奏。塞西里娅那件飘逸的绿色长裙,衬着她瘦削的身材和脸庞,成了我冬日里很美丽的一个脑海画面。

反倒讨厌起《新民晚报》的那则关于电影带红作品的报道。有些作品,无论是电影还是原作,其实都不需要芸芸大众的接纳。毕竟,这种穿越了世俗的美好,洞察的人会在心底发出共鸣的感慨。附和声音多了,杂音会扰乱作品的生存境遇。

T

《太阳照常升起》(中国,2007)

看完前段时间为众人议论纷纷的电影《太阳照常升起》,意犹未尽,最深体会是:今后不看实际作品,决不妄加断论。因为姜文的这部作品让我看到了一个才华横溢却可能骄纵孤傲的电影人。当年的《阳光灿烂的日子》,绚烂明丽的色彩和丰富的电影语汇已经让当时的我很为折服,但是,这一次的冲击力更大。

这部影片一直被众人评价为"看不懂",可是奇怪的是,它让我感动,让我从头至尾沉浸在艺术所围隔而出的诗意境界中,可是这些年来,这种境界和感受,并不多。我最喜欢的几段表演,其一是陈冲扮演的林大夫向黄秋生扮演的老师示爱,那种滑稽荒诞中,却有着上海女性独有的一种情感悲剧色调,让我在放声大笑的时刻,有种想哭的冲动。原来,人物的层次可以多次细分,那点扭捏和做作之下,却有着悖论式的真实和天真。

另一片段,就是小梁(黄秋生饰)弹着吉他,唱《美丽的梭罗河》,那段旋律一直萦绕在三个故事中,第一次过渡是疯妈的那双绣花鞋和衣裤漂浮在青山绿水中,第二次落到实处,黄秋生确实在弹唱,几个姑娘在揉面团,不时随节奏旋律齐整地抬起大腿,高声唱和。那个荒谬的搭配,却美到了极致,让人惊叹,后来看片尾介绍,才知道该片的音乐指导是日本著名的音乐人久石让。难怪，揪心啊，多少次感觉某些柔软的地方被抚慰和触动。第三次（其实不止三次，我只是写下了自己最觉深刻的部分）是小梁自杀，他莫名其妙而毫无征兆地上吊自尽，在悠扬的琴声和浅吟低唱中，微笑地悬挂在大楼的入门处，有一种对生死的戏谑和讽刺。

还有一处让我觉得从心底里涌上诗情画意：周韵饰演的疯妈在屋顶大声用方言（我觉得是温州话）朗诵孟浩然的“故人已乘黄鹤去，此地空余黄鹤楼，黄鹤一去不复返，白云千载空悠悠”。渐渐地，我明白那是女人在爱恨情愁的等待中，那种因等待而升华的感慨。痴情的爱，从绝望到习惯的等待，从失望到希望的盼，这节奏，其实千万年不会变，正如太阳一次次升起，再落下。不过，既然题名为“升起”，积极的入世意味更重。

所以，必然的，我还喜欢疯妈的奔跑，她跑起步来，真是生命灿烂，天真无邪。只要是她在奔跑，所有看似悲剧的等待和死亡，都成了生命自然的律动，除了自然的美好，别无他物。因此，我当然喜欢那句在第一段故事中不合逻辑，但在最后一段故事中呼之欲出再合逻辑不过的呼喊：“阿辽莎，别担心，火车到下面就停啦，他一笑，天就亮啦！”

喜欢姜文这部作品，喜欢一个人过了中年依然的纯真、好奇和由此而生的沉思与幽默。在这个时刻，我忽然意识到，其实，一个人最大的辩白就是作品和事实。他不是被媒体宠坏的孩子，他不是那个和陈逸飞吵架的坏男孩，他只是一个会思考，会用电影来写诗的人。其他的八卦，突然在作品面前没有了意义。而且，我眼中心中所见的这部作品，展现了生命的某种幽默滑稽和非逻辑的本质，那种可以细细品味，却不能建构形式和意义的微妙。

《天堂电影院》（*Cinema Paradiso*；意大利，1988）

下午，看完了一直想找时间静静欣赏的《天堂电影院》。一个意大利少年，从小在海边小镇生活，酷爱电影，整日围绕在影院的放映员身旁。他由此经历了童年，青少年，痴迷懵懂的初恋，以及爱情的幻灭，直到离开家乡，到罗马寻找未来。

人到中年的他，在某日得知当年的放映员去世了，这才回忆起点滴往事，自己迷恋电影的过往。从他的故事里，我看到了自己的童年，露天电影放映日早早地搬了凳子，一个小小的我坚持扛两把竹椅子，为占有利位置常常连晚饭都吃得心猿意马。

父亲的工厂建造了室内影院，电影票价从此上涨，家中拮据，我看电影的机会越来越少，于是会趴在人家房门口，看电视里的电影，会因为工厂福利给工人的赠票而欢欣雀跃。母亲单位是文化厅直属，常常发电影票，可影院都很远。为了省公车票，我会步行去延安路的胜利剧院，而看电影的日子，就是节日。

电影放映员根据牧师的要求，将所有接吻的胶片都剪辑掉，电影中的意大利男孩多多幼小天真的眼睛望着这一切，似乎懂，似乎不懂。直到自己真心爱上了一个蓝眼睛的姑娘，心里的那点感情涌动时，他或许明白，爱情是世间如此无以言表的感受。

多多终于在放映员阿尔弗雷多的建议和劝说下离开了家乡，也最终功成名就。在阿尔弗雷多的葬礼前，多多回到故乡，也从阿尔弗雷多的妻子手里得到了忘年之交临终留给他的一盒电影胶片。

多多始终没有结婚，无法从年轻时那个美好的初恋中真正解脱。回到罗马，他在自己豪华的小剧场里放映阿尔弗雷多留给他的胶片，竟然发现，所有当年被剪掉的接吻镜头都被阿尔弗雷多衔接起来，一并放入了这盘胶片中。

这个瞬间，只有不停流淌的泪水能够表达自己感动不已的情绪。回忆永远是背叛不停向前的时光的，在我们的记忆里，爱与往事永远因为珍藏而越发珍贵清晰。几日来，一个人默默流下的眼泪太多，即刻的情绪无法存放在有限的身体里。我明白，美国这独处的一年，一定有着它特别奇特的意义。

《铁娘子》(*The Iron Lady*;英国,2013)

很感慨斯特里普的精湛技艺,她演活了那个曾经在历史上叱咤风云的撒切尔夫人。电影伊始,患上老年痴呆症的撒切尔夫人从家里溜出来,在超市购买牛奶,居然收银员和其他顾客毫无知觉:这个年迈的老妇,曾经是英国首相。她如同任何一个普通的老人,询问牛奶的价格,衣着普通,或许唯一的特殊之处在于,她盯着收银员台上的那份关于酒店爆炸案的报纸,神情与普通市民显然不同,那是一种有牵涉的关注,是一种有干预意识的态度。

另一点令我十分感动,即女首相和丈夫相濡以沫的深情,撒切尔夫人无法从丈夫患癌症去世的事实中释然,一直有见到丈夫的幻觉,甚至与之对话、交流。最终,她从现实中意识到丈夫已经不在人世,在整理他当年的衣服用具时,她不断回忆、伤怀,但是从未对过往感到过后悔。

敬佩这样的女性,爱恨分明,明确自己究竟需要什么,把一切化作行动。这在现实中,几乎很难在女性身上发现。我一直记着那个独特的求婚场面,年轻的撒切尔夫人在答应求婚的同时,告知恋人,自己并不是一个归属于家庭和丈夫的传统女性,而对方深情作答:这正是我喜欢的你。

电影的虚构建立于事实,毕竟这是一部传记电影。叙述手法已然不同于我所认识的传记体裁,时间的来回穿梭和跳跃都不小。不过,我欣赏主创所关注的各个典型事例和环节。

人生的长途中,值得重拾的回忆如同沙滩上最美的贝壳,我知道,在我反复地弯腰捡拾中,我也在判断着,哪一枚,是最富有魅力最动人的。

《投名状》(中国,2007)

认真看完电影《投名状》。字幕标明编剧有八位，因此，我对故事的缜密和完整，没有丝毫的意见，人多力量大，团队作业虽说众说纷纭中难觅个性，但是，结构上的漏洞在那么多双眼睛下，毕竟少了许多。

投名状类似于歃血为盟的江湖义气，突出了男人之间的盟约、忠诚和情谊。我很诧异，在这样的打斗场面中，居然能够有如此的文艺气息：三弟姜午阳（金城武）的野性、纯真和浪漫（我个人最喜欢这个人物），二嫂（徐静蕾）的率性、忧郁和矛盾，大哥庞青云（李连杰）的隐忍、野心和无奈，还有赵二虎（刘德华）的勇猛、冲动和义气，各人的人生追求交杂在一起，就成了对盟约和誓言的某种必然的反叛，唯有冲突，造就了一个巨大的隐喻和恒久的矛盾。

这个比喻实在耐人寻味，就像我们在科学教材中的公式推论，其前提必然要有理想状态，否则，真理就像盟约一样，无法真正存在并经受验证。庞青云让累累白骨和自相矛盾的痛苦成为自己迈向成功和政治理想的垫脚石，可最终也成了别人政治道路上的一名小卒；二嫂明知丈夫二虎是条汉子，知道三个血性男子立下了彼此忠诚肝胆相照的誓言，却无法回避自己对庞青云一往无前的感情；二虎虽然在故事中死得很惨，但是他个人良心的煎熬其实最少，忠于信念、爱憎分明的他，毕竟政治智慧不足，至死都不知道被兄弟所害；更具有理想主义色彩的午阳，时刻为维护投名状而果敢地行动，甚至不惜杀掉了两位兄长都爱的女人。

居然，现实中也有了更大的挑衅。某日某娱记捅出了一条新闻，说李连杰拿到了该片总投资3亿元中三分之一的片酬，而其他明星加在一起也不够这个数字。消息一出，现实中的情谊或许也被捅出了一个大洞。不过，后来在某次采访中，我们又看到他们一起联手粉碎八卦，虽然闭口不谈分配的比例。有一个或许有趣的细节我注意到了,当问及徐静蕾为何愿意出演这个戏份很少的角色时,她坦言,有如此知名如此有魅力的三位男士的演出,自己就算白干也是心甘情愿的。这时,刘德华似乎很认真地对媒体说:徐静蕾就是他找老婆的标准。大家哈哈笑过,潜台词就是“娱乐界嘛,谁能当真”。这时,好事的记者再追问李连杰对徐静蕾的感觉,原本这个问题很无聊,可是,看完电影,我醒悟了,这个互文性其实很重要。因为,李连杰左右看看,有些犹豫,但最后的回答是:红颜知己。李连杰,这位在好莱坞也很有盛名的功夫明星,家中还有一位前亚姐相伴,据说夫人曾倾国倾城。他的回答,和剧中庞青云居然很配合,都是那种时刻要运筹帷幄,有着抱负和顾忌。当然,金城武也脱不了午阳的影子,他必然被追问这个问题,而且也是很认真地回答:总是觉得像大嫂。

戏里戏外,其实都一样,要违心的,终归无法真正面对内心,要超越这种江湖义气的,终归会被青山外和楼外的高手遏制,而那位天真而执著地守着盟约的人,即使理想破灭,要洒着一腔热血,至少是无所畏惧,无欲则刚;还有那遵守约定、有胆有勇的人,虽然不够圆滑,刚直有加,却死得壮烈,似乎也无怨无悔了。

理想状态下的诚信和忠贞,越来越偏离了真实。如果,不相信海誓山盟的人们看到了这个过程,知道了这就是虽然不理想却多少真实的背叛,或许,就少了那份嗟叹和蹉跎。其实,这部不聚焦爱情的电影,还是逃不过陈可辛“如果爱”的那个命题。

《吐司》(*Toast*;英国,2010)

看了根据英国著名美食家的成长故事改编的电影《吐司》。

童年的他失去了母亲,生活变得无比寂寞。父亲脾气暴躁,和儿子一直相处不好。后来家中来了一位清洁员,竟然慢慢地和父亲发展出了一段感情,并成了男孩的后母。生母一直厨艺不佳,在男孩的记忆中,只有土司是带着母爱的温暖的食品。母亲去世后,有一段场景让我十分感动,男孩从母亲的衣橱里拿到了母亲曾穿过的裙子,再次闻着妈妈的味道,抱着裙子,想象和妈妈共舞。后母有精湛的厨艺,而男孩也在努力学习烹饪,两人争着要获得父亲的赞同,关系日益恶化。

父亲突然去世,男孩终于走出家门,到远方的餐厅去打工,希望实现自己的厨师梦想。英国电影里常有一些难于言表的情调,电影音乐随时都能挑动我敏感的神经。在观看过程中,不时流泪,我明白这是我最近郁闷的宣泄。

孤独的男孩,在成长中自然有无法解除的困惑,可是他始终保持着淡淡的微笑,即便一位男芭蕾舞蹈演员启蒙式地吻了他,激发了他对于同性爱恋的感情(影片此处较为隐晦),而后父亲的死讯依然没有改变他表面的淡然。

最感动的还是他和母亲的感情,那与生俱来的、温暖的母子情感,更为孤独添上了令人心疼的感觉。

吐司是记忆中抚慰人心的食品,对于我们每个人,在我们味蕾的秘密中,一定也有某种东西,能够在慰藉和温暖我们的同时,让我们品尝后更加寂寞吧。

《兔穴》(*Rabbit Hole*;美国,2010)

这是一部刻画一对夫妻如何面对丧子之痛,如何对周围生活作出反应的电影。年幼的儿子在屋外被一个驾车男孩的汽车撞死,从此夫妻陷入了痛苦。事故是出于孩童的不慎,那个男孩并不付任何法律责任。

女方在此后与这个男孩的交流中得知所谓的“平行宇宙”的概念,也看了男孩子画的漫画,关于那个兔子洞,即人们从此洞进入不同的平行时空,发现不同的自己。(或许此典出自《爱丽丝漫游仙境》中小姑娘跟着兔子入洞,进入了截然不同的世界。)两个人在公园长椅上的交谈很有意思,女的说:“也许现在的我就是那个痛苦的自我版本,而在另外的时空中,我正过着幸福安静的生活。”男孩说:“对,你要相信,这是基本的科学定律。”

生活依然要继续,两夫妻面对的一切依然会不时触及内心的痛苦,但是,这就是生活。

电影情节非常平淡,可是基德曼(Nicole Kidman)的演绎精彩深刻,很多时候,她的痛苦感染到我,让我想到自己也和儿子有那么久的分离,心里不由难过。我的手机的服务期限与我回国的日子基本接近,于是,每日的倒数,让我对团聚有了很强烈的期盼。

生活要继续,盼着见到家人,盼着很多平行时空的自己都能够快乐。作为人,痛苦、快乐、欣喜、失落总是伴随着我们,这些平淡却微妙的感应,我在电影中感受到,也体会到了。

W

《瓦力》(*Wall-E*;美国,2008)

元旦在杭州,为了小朋友考虑,共同观看了一部动画片《瓦力》。据说2008年12月,美国洛杉矶影评人协会打破了三十年惯例,首次把最佳影片殊荣颁发给了这部动画片。

看了此片,儿子和我的反应不尽相同。他兴奋不已,觉得精彩极了;我则有些困惑。之后,我无比感慨,觉得至少这部电影算是试金石,测出了我落伍的程度,或者说是我审美视域中的某种壁垒。

电影完全是高科技合成,展现的是人类的未来,因为高速的现代化发展摧毁了地球,人类只能坐上宇宙飞船,在外太空遨游。地球上,瓦力机器人孤独而机械地重复着垃圾处理工作,每日的快乐就是播放昔日人类的录像带,从人们的歌舞升平中体会群居的快乐。孤独的瓦力终于遇到了飞船使者,也就是机器人Eva。惯于独处的两个机器人,似乎渴望交流,却连握手的动作都很难操作完成。在瓦力的帮助下,Eva采集到了地球仅存的一棵幼苗,返回了飞船。不甘寂寞的瓦力经历千辛万苦,跟随而去。于是,我们看到了宇宙飞船里的人类,他们因为长期缺乏锻炼和重力原因,一个个臃肿蠢笨。可是,看到幼苗的船长执意相信地球发出了友好的邀请,排除众议,带领全船返回了荒芜的地球。结局是美好的,受伤的瓦力得到了

Eva 的救助,重新回到家园,能够和朋友生活在一起。

影片中,几乎没有对白话语,没有任何真实可依的现实物品,一切都是高科技的想象,各种设备、机器、程序充斥着银幕,对于习惯了现实主义的我,不啻为剧烈的颠覆。可是,儿子是新时代的孩子,他们接受各种高科技的事物,从奥特曼、宇宙战士、星球大战、忍者神龟等,他们对于超现实的认识可谓宽广多样。只听"哔"一声,就能启动那些神奇的程序,这是当今小孩的兴奋公式,在淡化情感和现实的生活中,他们的渴望,似乎也进入了科幻的编程秩序。

因此,这样的反应差异,应该是历史的必然。不过,回头想,某种温暖和感喟依然被激发了。孤独的瓦力,他如此坚决地、不顾一切地要寻找同伴,他如此乐观地在寂寞中观看往日的人类电影,这种场景,暗合了今天许多现代人的生存境遇,也共鸣着无数人对未来的忧虑和期许。

值得肯定的是,那个无法让生命存在的地球终于在影片结束时成了绿色荡漾的美好世界。D 在一旁感叹:"人类的地球情结是永远坚固的。"儿子于兴奋中上床睡觉,闭上双眼前还不忘说一声"真好看"。

在某种困惑中,我反复回想当时的剧情和画面,多少有些释然,这种孤独中的执著和乐观,大人小孩都喜欢。

《挽歌》(*Elegy*;美国,2008)

我居然很应景地看了一部根据罗斯(Philip Roth)小说《濒死的动物》(*The Dying Animal*)改编的电影《挽歌》。故事很符合作家迟暮的心情,当一个男人年华老去,他依然自诩睿智深沉,依然会对美人动心,会将占有珍宝视为自我价值的一部分。可是,他也明白,自己和珍宝之间日益增长的差距。我不禁感叹,生命的流逝,不仅在女人身心上留下烙印,原来男人的悲伤和惆怅丝毫不亚于女性。

时光流转，老友病逝，早已走出婚姻牢笼的文学教授戴维日益沉沦，他曾经爱上了一个比他小三十岁的美丽女学生，内心明白这样的拥有只是暂时，一旦觊觎美色，就成为自己在访谈节目所说的，不是人收藏珍品，而是珍品收藏了人。于是，在参不透的爱情和虚荣心面前，戴维举步艰难，犹豫不定，不敢担负起情感的责任，直到美女身患乳癌，再次找到他。

戴维还有一位和自己维持了二十年性关系的女友，那位独立的女性也感叹生命的无情，明白日益衰老的自己不再有保持魅力的信心。不过，影片始终没有把任何道德评判和价值标准交给观众，无论是和戴维始终难以和平相处的儿子，还是最终戴维和小美女的关系走向。我们无须知道这一切，我们品味的是生命溜走带来的思索，以及反思自己对时间的态度。

在《纽约时报》上读到一则新闻，说经过多方调查，在富裕的英国人当中，有七成以上都表示将终身不退休，或者说，不愿意进入退休状态。这一趋势在整个欧洲都类似。年华老去对任何人都公平，可是，用“富裕”来界定调查群体，《时报》似乎有政治不正确之嫌。不过，我认可人们（尤其是社会主流人群）的这种心态，即当支撑我们生命价值的表征，如外表的魅力、自身的能力、家庭和社会的责任与角色等都在随衰老而日趋退化时，我们唯有靠这样的自我勉励和工作斗志来维持生活的热情，以及自我价值的期许。

前段时间，我也从各种媒体的报道中知道国内正在探讨改变退休年龄的问题。不过，这些政策的变化只是表面的举措，对于银发人群，以及即将踏入银发一族的人们，心态和自我定位才是最重要的。时间面前人人平等，占有和自妄只会加重时间的惩罚。可是，恬淡忘我的境界十分难以企及。不少人通过登山来征服自我，却鲜有人想到过如何征服内心的樊篱和沟壑。

如若绝望，那么，一定是人生的价值标准出现了错误。在我看来，生命的诱惑始终存在，懂得欣赏，放弃占有和征服欲，承认距离，可能，这样的前提下，戴维的困惑会少许多。可悲的是，总以为自己居高临下的人，最难从容地走下来。

《伟大的辩手》(*The Great Debater*;美国,2009)

一下子从颓丧的低迷状态被振奋到高昂的程度,电影的功绩不可抹杀。《伟大的辩手》就是这样一部励志的电影。其中精彩到令人兴奋的辩论,加之二十世纪三十年代黑人的实际境遇,把语言和情感的魅力表达到了极限。最后字幕推上时,我才发现除了华盛顿(Denzel Washington)在剧中是导演兼主演外,奥普拉原来竟也是制片人之一。看来,这部黑人电影将斗志发挥到了力所能及的程度,也把辩论作为战斗武器的道理诠释到了家。

维莱学院(Wiley College)这个名不见经传的小学校,居然在辩论上战胜了哈佛大学,当辩手抵达坎布里奇,他们的兴奋和骄傲恰恰揭示了小人物见大世界的狂喜,但是,关键是,能让人信服的只有自身的能力和价值,这一点在电影最后得到了解答。虽然结局的安排走了叙述的俗套,但是,我依然为他们的胜利喜极而泣,为自己站在讲台后的状态而感到羞愧。

影片中有这样一幕,辩论队的指导托尔森老师在水边让队员们口含食物,大声地重复这样几句话,而他的小船则离开岸边越来越远,队员们的声音则越来越响亮。“谁是裁判?”“上帝!”“为什么?”“因为他评判对错,而不是我的对手。”“那么谁是你的对手?”“他并不存在,因为对我说出的真实,那人只能沉默。”

辩题到了哈佛,围绕“公民的不合作”,十四岁的法默用亲身经历的事实叙述,在最后赢得了全队的胜利,全场轰动,而远方的家人则通过电台的转播而起立欢呼。语言确实是武器,锋利无比地长驱直入人的灵魂,每个转折、停顿、低吟、高唱……都传达了来自心灵深处的切身感受。我被震住了,为这一场场从未见过的语言盛宴和交锋。

其间,有队员因为老师的政治立场,为了自己的安全考虑而退出,但是，坚持下来的必然是胜利者。这似乎是颠扑不破的真理。我顿时意识到，我们的课堂，正因为缺乏了真诚、激情，以及坚定的自信和理念，把学生的热情给消耗了。

这样的电影，让我突然爆发了回到讲台好好上课和发言的期待，因为，我明白了这也是一场场自己与自己的较量，是一个将对手抛却的战斗。没有信念和激情，没有崇高的目的，就是一次次的损耗和自毁。

《文雀》(中国香港，2008)

杜琪峰的电影《文雀》给人总的感觉不错，至少画质音响效果很好，叙述语言简练干净，毫不拖泥带水。或许有些费解的文化障碍是“文雀”一词在香港有扒手的意思，不过在我看来，这个词着实有一定的艺术模糊性，神秘女子跳入扒手老大镜头的瞬间，与影片开头雀鸟飞入家中，执著不去有某种异曲同工的妙趣，同样魅惑，同样令人心驰神往，不断有探求下去的欲望。

黑帮片一直是杜琪峰得心应手的领域，而“恶人”的人性，在“常人”观众看来，也有着几分感动和共鸣。黑与白原本就没有泾渭分明的界线。不过，导演让电影独特的语言说话，节奏上把握得很漂亮，至少那条线索一直牵动着看客的悬念破解欲望，也算是近年来华语电影中较少的佳作之一了，据说影片入围了第 58 届柏林电影节主竞赛单元。

有趣的是，最后的黑帮老大，竟然因为在偷回女人护照时稍有“盗艺”的瑕疵，一阵英雄迟暮的自怨自艾后，竟然放了女人一条生路。这一幕颇有黑色幽默之感，尤其当傅老大在轿车内孩子般号啕痛哭时，女人那点如释重负的自由，倒显得不那么令人感喟了。

香港也确实适合这样的故事上演，幽暗的街角、迷离的街灯、曲折的街道、起伏不定的地形，还有若有若无的那点乐音，配合女人的高跟鞋踩踏声，气场全出来了。难怪杜琪峰坦言，这部作品诠释了他的香港情怀，所有的景致、道路都没有常人所见的香港那样繁华整洁，但是谁又能否认这种杂乱背后的底蕴呢？记得曾经读到过关于城市建筑布局的文章，说上海浦东的整齐划一、干净利落的线条就像电脑上的模拟画，令人有一种莫名的不安，因为看不到底下的生命力和历史感。确实，渐渐地，许多场合下的观感在发生改变，许多景物，整齐到规则后，就失去了原始的生命力。或许杜琪峰的香港，就是要留住那些即将不复存在的景象，表达出一些更加微妙的意蕴。我很赞同导演在柏林的一段话：对我来说，电影一直是记录特别时空的媒介。对于观众，这种感受何尝不是如此。

《我叫刘跃进》（中国，2008）

曾在新华书店里看到刘震云的同名小说和这部电影的 DVD 捆绑式销售，或许是因为广告的视觉刺激比较厉害，加之对刘作家前面一部搬上银幕的作品《手机》印象深刻，《刘跃进》对我的诱惑自然十分了得。

故事十分有趣。刘跃进是个在北京的建筑工地里当厨子的河南人。某日，他丢了个包，包里除了现金三千多，还有一张六万元的欠条。于是，这个看似愚蠢无聊，实则精明机灵的男人开始了寻包的经历。其间，他又捡到了一只小偷在逃跑中丢弃的限量版女包。女包中有一个 U 盘，可是这个小小的数码玩意却牵连了一系列的丑恶，有房地产开发商对机要高官的贿赂、情色金钱的交易……为此，社会从高到低的各个层次人物，为了各自的贪欲，进入了尔虞我诈的 U 盘追索。倒霉的刘跃进差点连命都搭进去了，可是，阴差阳错地，平凡小人物最终有惊无险，几个关键人物却步入绝境。

刘跃进这个人物或许挑战了观众的判断，他在网吧里看过 U 盘内容后，哆哆嗦嗦地把它藏到了未完工的大楼的墙壁中，能够在各种威逼和诱惑下,始终没有交出这个性命攸关的东西,还机智地买了一个一模一样的U盘,真可谓小人物有大决断。不过,虚构中的精巧设计往往没法经受现实的考验,毕竟,儿子的安危最后成了刘跃进的唯一软肋。作为小人物,开一家小餐馆的愿望是如此普通,或许这就是这个物欲横流的社会中能让人觉得温暖,并在心底感到一丝苦涩的诙谐。

剧中有个好笑的一幕:刘跃进喜欢美发屋的东北女人,可是当她也被牵连进U盘事件时,暴徒们要在刘跃进面前猥亵她,逼迫刘妥协松口,可是,衣服被扒光的过程中,胸罩里啪啪地掉下了好几片胸垫,然后是刘跃进愕然的表情,"假的?"

这是刘震云式的幽默和隐喻:这个浮华世界中,很多东西都是假的,如果你在乎,你看重,你就会沮丧,可是,如果胸罩下面的那颗心更重要,那么,刘跃进或许就给了大家一个答案,因为,在电影尾声,他真的在河南开了一家餐馆,在其中忙活张罗的,就是这个东北女人。

呵呵,敢这么吆喝自己名字的人,就是因为心底里没有罪恶的阴影。

《无耻混蛋》(*A Band Apart*;美国,2009)

果然是昆汀的特色,叙述节奏上仍旧保留着他那种嘲弄般促狭的味道:人物平静有节制地聊着天,话题没有任何重要性,突然间那人就会站起身,突发暴力,吓人一跳的同时,观众的感官刺激达到高潮。我蓦然想起《低俗小说》中的扭扭舞,好几次在紧张即将开始的时候,就控制不住想笑出声来。

这个向纳粹复仇的故事,整个的悲剧性被昆汀的电影语言解构了,漫不经心又带点生理节奏感的伴奏让观众恍惚间落入了历史的错位状态,以为大家都在努力玩某种惊险的游戏,历史退位,严肃消失。德国军官猛扑上去掐女明星脖子的那个瞬间,还有枪火突发,机关枪齐鸣的时刻,视听的撩动都太过强烈,好像被搔了胳肢窝,人都会突兀地从椅子上倏地坐直。

个人特色的强烈,昆汀和蒂姆都是鲜明的个案。难得有点情感处理,如片中德国的战斗英雄爱上了电影院女经理,偏要把自己的电影首映放在那家小影院,还一厢情愿地离席去探望放映间里的姑娘,孰知犹太姑娘当年被纳粹追杀,早已恨透了德军,已经策划了在放映的尾声改变镜头,还要引爆剧院。于是,这场不合时宜的感情戏成了彼此的枪杀,两人倒在血泊中,四周不断的枪声,有影片中的,也有真实剧院里发生的,在一片血雨腥风的交响中,爱情成为最易破碎的奢侈品。

血腥和暴力的如此运用,却成就了昆汀在电影事业上的成功,或许,他也成了暴力美学的典范。不知道,人性中被激发的那些涌动而后退潮,退潮后再次涌动的感受,竟然有这样一个无可归纳的阴暗属性。看完电影,不禁吓了一跳,不为导演和演员的暴力展现,而是因为自己竟然有享受的快乐。

这种矛盾,在意识到一切都是虚构中得到释放,曾经读过这样的论述,即艺术虚构消解了人的暴力和紧张,大约昆汀·塔伦蒂诺就是斩钉截铁地切开这个缓释口的能手。

《无穷动》(中国,2005)

偶然想起了自己有爱尔兰风笛的 CD,放着碟,戴上了耳机。突然,意识到自己久已封存麻木的灵魂受到了震撼,许久没有的感动出现了……

生活中没有感动已经很久,常常觉得自己教着文学,实则是在磨灭自己敏感的心灵。鸡蛋煎饼充当完午餐,就开始看那部和众多名人扯上了干系的电影《无穷动》。据 DVD 的封套,那是洪晃隐喻性地讲述前夫陈凯歌的故事,而且,四合院里那个杀鸡的张妈妈就是章含之饰演。章含之这个名字带有许多诉说不尽的意义,仿佛在光阴的沉淀中她具有优雅、含蓄、文化、感性、悠远的所有美好含义。剧中的拉拉,即刘索拉扮演的艺术家也是本色的出演。当年,我也不知何故,坚持买下了刘索拉的《行走的刘索拉》,因为她那张忧郁美丽的脸,那副桀骜不驯的样子,还有就是她追寻演唱艺术的执著,总之,当年的我就是因为她那种行走天涯的乡愁气质,一下就决定要阅读她的文字。

电影故事很简单,老婆妞妞怀疑老公与她的女朋友们有染,大年三十邀请三个女友到家中一聚,四个上流社会的名流女性就这样在肆无忌惮中不断暴露着对人世的厌倦和玩世不恭态度,在大笑和流泪中流露着女性之间才有的放松和放肆。女模特琴琴讲述着死去的日本丈夫不断在她梦中出现的情形,而那句"你该去他坟前,向他告别"的劝解终于让琴琴意识到,因为没有割舍的情缘才会使男人不断来困扰自己,而这种如梦初醒般的认识让拉拉和琴琴都不禁流泪。

故事以老公的车祸身亡和琴琴的哭泣,以及拉拉的突然疯狂告终。其实内容情节已经不重要了,关键是,那个常常困惑女人的问题却依然留了下来。在一旁的怎么可能懂呢?

我是否也要去某个地方与某个人告别呢?这么些年来,常常从或好或坏的梦中唏嘘着醒来,困扰我的又是怎样的人和事呢?

音乐依旧,我忽然觉得很多年前那个很喜欢的自己,有一大部分消逝了。在这样的旋律中,多少能找点回来,但更多的是惆怅。

《午夜巴塞罗那》(*Vicky Cristina Barcelona*;美国,2008)

曾经多次和学生交流,说尝试着离开自己的安全区域(comfort zone)会激发人的潜能,超越陈旧的思维框架。这种颠覆,在生活中并不多见,不过,在旅途中,在颠沛流离的境遇中,倒是常见。可是,轻松惬意地待在家中，如此的解构居然发生，这却是因为这部电影：《午夜巴塞罗那》。

电影的叙述节奏和语言都相当优美轻快，以至于观后难以入睡，盼着能去欧洲游历，走遍那里的长巷、街市、自然，阅尽五彩缤纷的风土人情。不过，更大的冲击力来自两个美国女孩维奇和克里斯蒂娜的情感体验。理智而现实的维奇和纽约成功男士达翁早有婚约，而热爱摄影和艺术的克里斯蒂娜却以更为开放的态度看待男女情爱。两个女孩一同去巴塞罗那过暑假，却结识了风流倜傥的西班牙画家安东尼奥。后者竟然大胆邀请两位女子去小镇奥维多共度周末，率性做爱。

维奇对这样直接的邀约感到费解和愤怒，当场拒绝，可是好友克里斯蒂娜却愿意尝试。于是，三个人一起乘坐安东尼奥驾驶的飞机前往奥维多。结果，克里斯蒂娜因病只能静养，而维奇竟然在和安东尼奥的独处中意乱情迷，和他发生了关系。这场情爱席卷了维奇，甚至颠覆了她历来牢固建立的情感和道德原则。维奇甚至对未婚夫(影片中两人最终在西班牙成婚)产生了冷淡的情绪，始终迷惑于自己的情感需求，逐渐无法自拔。

回到巴塞罗那后，克里斯蒂娜和安东尼奥开始了热烈的同居生活，同时，安东尼奥的前妻艾莲娜又出现了。这位有着非凡魅力的女人富有才华，却歇斯底里，常常做出极端的自残行为，甚至会威胁他人的生命。她和安东尼奥各自都有强烈的个性和不羁的生活态度，既相互吸引，又水火不容。克里斯蒂娜的加入，竟然使三人形成了和谐的平衡，而克里斯蒂娜在摄影上灵感不断，竟然泰然地和新婚的维奇夫妇谈起了她的双性恋爱体验。

随着时间的推移，克里斯蒂娜忽然意识到自己需要走出“三人行”，再仔细思考自己的感情归属，同时，维奇的困惑也日益严重。在离开巴塞罗那之前，维奇又和安东尼奥见面，却被艾莲娜撞见，差点发生枪杀意外。影片的结尾是开放的，两个姑娘离开了西班牙，却都在思考这段“轨外”的经历，重新看待生活。

这种结构性颠覆，从电影故事散播到电影之外，也令我惊诧不已。安东尼奥是竭力挣脱框架和体制的人，他带着维奇去拜见自己的父亲，对她说父亲是位伟大的诗人,却从来不向外发表作品。他的爱情观和创作态度,无不反映了个人企图摆脱群体和社会束缚的努力。当然,他无意中流露的对于情感既怕又爱的情绪,其实也揭示了个人身在结构之中的绝望和无奈。

我喜欢电影中的许多细节,包括片中人物谈到美国是物质的,而欧洲是思想的。这种判断,必然带有强烈的主观色彩,或许会招来许多人的抨击指责,但是,却让我不可遏制地生发出投入欧洲的渴望。其实,感官体验是本能的,走在欧洲,我确实能体会到那种"豁然开朗"、"倏忽释然"的感受。

"非道德"(Amoral)的创作理念由来已久,包括奥斯卡·王尔德和纳博科夫等,他们都将审美狂喜视为文学创作的主旨。所以,我根本不打算也不愿意对故事进行体制或规范内的评判。相比较而言,福克纳在获得诺贝尔文学奖时的讲话倒是适用于此,伟大的文学要写 love(爱),而不是 gland(腺体)。

抛却道德判断,这部影片,在男欢女爱上陷入腺体的漩涡,爱的超然略有逊色。但是,困惑凸显,成果斐然,尤其对于那些常有内疚和自责的观众,没准观后还飘飘然带了点"艺术"的气息。

看来,西班牙的热情和浪漫消融了冷静,让荷尔蒙肆意,宛若唇印盖满了王尔德的石棺,连盖棺定论都成了枉然。

X

《西西里的美丽传说》(*Der Zauber von Malena*；美国，2000)

曾经在一档电视节目中，看到过这部电影的一个片段：一位女神般的妙龄女郎从古老的城镇街道走过，所有的男性都对她行注目礼，为她的美丽痴迷，每个人心中都有不同的思绪……即便在战争年代，人们对美(无论美以哪一种形式出现)依然有一种难以泯灭的向往。

电影中，十三岁的少年迷上了这个女人，常常痴痴地从各个角度、各种场合，悄悄地注视着这个名叫玛德莲的女人。年少的生理骚动和心理向往，让他在废墟一般的小镇中，时时能看到幻想和现实交织在一起的美好。玛德莲独自一人在房间里倾听的唱片，少年会想方设法地买到，同样在夜里放给自己听，他甚至偷了玛德莲的内衣，在深夜里辗转反侧，幻想着与女人做爱的各种场景。孰料，女人的美丽，加之周遭人们的流言蜚语，丈夫在战场上阵亡的消息，女人生身父亲的怀疑，生活的窘迫等，给玛德莲带来了无比的痛苦和灾难。走投无路中，她终于沦落为娼妓。少年第一次走进妓院，和她发生了真正的关系，可是理想却在幻灭。战争结束了，当玛德莲的丈夫奇迹般地出现时，他向众人询问自己妻子的下落。少年偷偷地写信告诉他：玛德莲是个贞洁的女人，她对丈夫忠贞不渝……少年就这样捍卫着自己内心的美好形象,与其说他在保护着这位苦命的女人,毋宁说他在努力保护着自己对女性美丽的最初向往。

电影弥漫着意大利人不羁的浪漫和诙谐特点,不过,从电影配乐逐渐的演变(轻快的情歌小调到感伤的乐曲),我们体会到了导演的用意。这或许又是一个少年时期懵懂暧昧的梦,导演自己大概也悄悄地珍藏着当年生活在西西里小镇上的这份骚动和困惑。女性的美丽对男人、女人、社会究竟意味着什么,我们如何看待这份仅仅是审美客体的美好?全片中,玛德莲几乎没有任何话语权利,表现她的大多画面揭示了她对自身美丽的沉醉,对生活的慵懒,对不公和诬蔑的愤怒与无奈,可是完全没有自己真正的思索。她永远活在男人的痴迷和女人的嫉妒怀疑中,无法说出心中的真意。

最后一幕发生在海边的沙滩,少年和玛德莲相遇,依然没有话语交流,或许就这样结束了两个梦想。少年最终要成长,玛德莲回到了自己丈夫的身边,依然勇敢地在人们的目光中款款走过。

这段故事,就发生在世界大战期间,可是,哪怕在非常时期,人性基本的欲望和梦想依然是不变的。镜头就这样铺陈了人们跨越时空的不变的感受。我唯一难受的就是那个好奇而懵懂的少年,不知道看到了自己心目中的女神如此地走向衰落,他还会坚持怎样一种生活?还会认真地爱,执著地追随美好吗?人世间那么多过早展现的丑陋,会给他的灵魂带来怎样的影响呢?

答案或许是乐观的,不知为什么,我始终坚信那双摄影机后的导演的眼睛,就是长大后的少年的,他交给人们这样的故事,已经给了我们很好的答复。性爱成长不需要正式的辅导,其实,生活就是很好的老师,让我们在失落和痛苦中得到美的提炼。

《像鸡毛一样飞》(中国,2002)

《像鸡毛一样飞》应该算是一部实验电影,情节和表演上多少有些荒诞夸张,比较突出孟京辉的个人创作风格。鉴于2001年似乎离当下已经有一段时间,当时的彷徨,尤其是市场经济大潮下诗人(文人)的焦虑,在今天看来,多少带点矫情的味道。不过,那幅马雅可夫斯基的黑白照片却透出了最大的张力,毕竟主人公欧阳云飞(陈建斌饰)最终选择了坚持,选择了虽然当不了诗人,却执意坚守信念的诗人精神。他行走在胡同里,身边的景物都像布景一般逐渐向后退去,留下的就是他要往前走的决心。这或许也是导演最想诠释的主题,虽然他用大量黑色幽默和生活细节去渲染,花了一个半小时的时间去烘托这种无奈、绝望中还是要说出、喊出的毅然决心。

电影中,诗歌创作软件的盗版是很诙谐反讽的象征:选择诗歌年代、体裁、主题,输入题目,就能自动出现一篇绝佳的作品。艺术创作的神圣被无情地揶揄了,欧阳借此成名,结交的"圈子"中充斥着大量名不副实的"艺术家",恍惚间,他觉得厕所门后面,那个当时向他竭力推销软件的小贩也在向众"名家"兜售产品……其实,这样的生态环境,许多圈子和行业都存在,程度深浅不同而已。

选择做什么,怎么做,有时候恰恰是与目的背道而驰。芳芳(秦海璐饰)因为色盲当不了空姐,于是一路沮丧颓废,可她坚持说诗人给了自己颜色,固执地支持欧阳创作,为他的放弃(尤其是精神上的游移不定)感到痛心。最后,芳芳离开了禁锢自己的小旅店,坐上了飞机,虽然她永远成不了空姐;而欧阳也放弃了想要写出名篇的渴望,大步坚定地往前走。

二者虽然都没有真正抵达目的地,但是他们获得了朝着目标前行的信念,更重要的是,两人心里都明白:目标最终很可能是到达不了的。这样的结局,好过背道而驰,因为他们都坚持朝着目标的方向走,没有在精神上背叛自己。端坐在银幕前的我们,心念一动,逐渐明白并接受了诗人马雅可夫斯基那两束具有穿透力的目光,长长地舒了口气。

《肖申克的救赎》(*The Shawshank Redemption*；美国，1994)

脱离过去制度化的生活，十分自由。下午，终于看了一直想看却找不出完整时间观看的电影《肖申克的救赎》，近两个半小时。

影片和小说名声赫赫，不需要我做更多的叙述。不过，我关注的依然是 institutionalized(制度化)这个词，影片里使用了若干次。当一个人被判终身监狱，时间长了，日子过得习惯了，就很难改变，几点起床，大小便要申请，每日的基本劳作是哪几样，几点熄灯入睡。监狱生活如此，这个隐喻用得广泛些，其实我们的 routine life(常规生活)也是一种自我的监禁。学院生活尤其如此，几年要评什么职称了，不管有无想法、灵感、视角，一年要发几篇核心，学生要在网络上给你评分，几个月或几周开一次学院或系里的例会，科研经费怎么用，学术会议一年几次，而后，我们的生命就会被这些条条框框限制，职称评不上，学生评价低，世界仿佛就要塌了，职位上不去，自我好像就被否定了，末日就要来临了，难道这些不是磨灭自由和个性的 Institutionalization？

影片中，始终有一句话让我感慨，a person should have something to occupy his mind，这句话是监狱中罪犯的大白话，在体制下，没有让自己精神和思想得以解脱和升华的活动，就会把自己闷死，折磨死。其实，弥尔顿有过一句更经典的："人的内心世界可以把天堂变成地狱，把地狱变成天堂。"

我曾经读到过一本小说，里面说到一位画家坐牢的时候，就画壁画，他在监狱墙上画各种想象中的风景和窗外的四季。然而，他的牢房连窗子都没有，可是他画了一扇扇窗子，每天让自己看到窗外的风景和四季的变化。现实生活中，很多作家和哲学家都有坐牢的经历，李敖在牢房里心无旁骛地读书，而另一位学者（名字我忘了）的《狱中笔记》也是西方文艺理论的重要之作。许多人遇到过“假如你被放逐到一个孤岛，只能带一本书，你会带上什么书”的问题，布鲁姆说带惠特曼的诗集，因为他的世界积极乐观自足，他还说，要了解美国精神，三位作家最基本，爱默生、惠特曼，还有亨利·詹姆斯；其实，孤岛也是牢狱的一种形式，内心丰富了，牢房哪里还有束缚力。

因此，Institutionalized 一词根据字典解释，最适用的地方就是监狱，而细想，我们谁能逃脱它，社会人都有无奈的妥协和自我的约束。关键是，跳出了一个制度，你还能生存否？影片中，在监狱里被关了五十年的老布尔被假释，他面对外面的世界，毫无适应能力，在超市里帮人装食品，每日紧张，新信息、新事物、新世界的压力超出了他的承受限度，最终在房间里上吊自杀。监狱的另一位则公然挑战体制，用扩音器播送了美妙的意大利咏叹调，被罚单独禁闭一周，出来后，他还很满足地告诉狱友，说这一周是他最开心的，因为始终有莫扎特相伴。他改造监狱图书馆，雕刻石头，帮狱友们脱离文盲状态，进入阅读的深邃内境。

此刻，我好像暂时跳出了这个 institution，许多原来的焦虑真空了，消失了，看似我的周围没有亲朋好友，可是我还从来没有如此不惧怕寂寞过。在上海或杭州的生活里，我担心惧怕的事情太多，每个体制中的细节都让我产生若有所失的忧虑，以及惊弓之鸟的恐惧。真正的生命一定是跳脱出这些条框的，如若被这些奴役，那么，很可能，我们就是那位无法真正走出监牢，获得自由的老布尔了。

《小布什传》（*W.*；美国，2008）

化整为零地看完了《小布什传》。不可否认的一点是，在前总统依然健在时，能够出这样的电影作品，实属难能可贵。导演奥利弗·斯通就是布什大学的同班同学，导演甚至坦言两人当时都不是读书的料。

从人物传记叙述来讲，这部电影也有不少可圈可点之处，时空的前后转换，包括重要的时间节点，如老布什竞选总统、发动海湾战争、小布什大学时期的彷徨，以及他在家族石油工业上的心猿意马，包括竞选佛罗里达州州长，一直到总统竞选成功，每个关键时期都有涉及，尤其是布什当任后以核武器为由，发动伊拉克战争，之后负面影响重重，承受舆论压力等，这些事件的发展在电影特有的语言中都得以言简意赅的体现。

但是，故事的精彩在于观众视线中的布什有缺点，冲动刚愎，然而他在酒醉后都要坚持每日三英里跑步，以及叙述前后贯穿始终的棒球场，都在告诉大家，总统先生也是凡人，甚至是个很不完美的普通人。最后一个镜头印象最深刻，布什站在棒球场上，想要抓住抛来的球，人声鼎沸中，他忽然发现，那颗注定要落下的球不知去向，那个茫然惊讶的表情，为电影画上了一个句点。这种开放性处理，也让面对屏幕的观众忽然意识到，用对错来判定占据如此重要位置的人，或许永远是不够的。

在跌宕起伏、波澜壮阔的历史面前，人是如此渺小，哪怕有着悠久政治名声的布什家族，也只能在历史大洋中成为沧海一粟。不久前，班上有两个男生，不约而同地以小布什为主题，做了演讲，其中一个专门挑选了布什的雷人语录，指出其中的语法错误，逻辑混乱，口无遮拦，但总结时依然觉得这位总统给人民带来了欢乐和平等的实现。另一个男生拿布什的总统告别演说，尤其感慨于布什说自己人生最骄傲之事并不在于曾经站在总统的位置，而是作为一名美国公民。当然，政客的演说自有智囊团在其后推波助澜，可是，这个男生依然认为，布什强硬的鹰派作风和他被众人唾骂时的坚定，毕竟深入人心。从电影中，我们看到了导演潜在的目的，其实政治人物往往身不由己，他的成功并非专属个人，失败亦是，可是，这个位置让成败放大了无数倍，站在巅峰的时刻，往往要想到粉身碎骨的那天。

可能我们有一种固定的期待，即传记就是评判是非功过，可是，放掉这种等待，我们既不会惊讶于总统年轻时的放荡不羁，也不会憎恶于他妄加论断后的举措，叙述过程是关键，结束并不代表盖棺定论。这种铺陈，抑或是艺术加工，很难让普通人对照现实进行核对。不过，虚构映衬事实，引发人们所需要的认识，大概这就是这部电影的尝试。

《心太羁》（*Wilde*；英国，1997）

看了有关奥斯卡·王尔德故事的影片《心太羁》，我心情很难平静。

这位宣称“为艺术而艺术”的唯美主义作家有着桀骜不驯的个性，他敏锐地感知人性和生活，却往往不被常人所容。他最受人争议的同性恋经历，也在影片中得到了某种角度的诠释，真实合理与否，就看各人的理解了。

裘德·洛（Jude Law）扮演道格拉斯，这位俊美、纤细、神经质的年轻男人，确实有我见犹怜的气质。王尔德不由自主地沉浸在他设想的柏拉图意义的爱情中，直至迷失。

王尔德的世界是他用内心来构筑的，因为独特的视角和非凡的体验，呈现出特别的色彩。在最后的法庭上，他坦陈那种不可言说的爱，就是年长男性对年轻男人的迷恋和关爱，前者向往怀念青春的新鲜，后者需要前者的指引，虽然两者会有争执，但是那种启智性的冲突，就是柏拉图师长型的爱，这样的情感，也在莎士比亚的作品中早有描述。更令人折服的是，当法庭指责他结交平民百姓，败坏贵族风气，他淡然地陈述着社会阶层和傲慢刻板的可怕，以及自己不带偏见的认真。

王尔德注定是为了精神而生存的人，物质、肉欲都是外物，仅仅是提供感悟的载体。他看似正常的家庭生活，一双可爱的儿子，温存体贴的妻子，都让他在平和中体会到灵魂另一个角落的不满足和渴望。他甚至挥金如土，看轻物质，可是最终却在巴黎的廉价旅馆中结束生命。

两年的监狱生活和苦役让靠写作为生的王尔德元气大伤，他依然构筑着超乎现实的爱情，孰知此后他与这位美男子只有三个月的交情。生命结束后，只有另一位男子将自己的骨灰放在了王尔德墓地。由此看，那些誓言和掏心的表白都是云烟,生命之谜似乎永远无法参透。

影片结束时王尔德的那段话让我凝神：人生有两种悲剧,一种是你渴望却得不到,一种是你渴望而得到了。这样的睿智和反讽,似乎在验证着生命体验的真谛,只有过程才美好凝练,结果左右都是悲哀。

画面中多次出现戏中戏,王尔德在观众的欢呼中鞠躬,而他的戏剧在舞台上引起阵阵的欢笑,让我非常怀念环球剧院中莎剧演出时观众的投入和朗朗的笑声,同时,我也联想起亨利·詹姆斯曾梦寐以求却始终无法企及的舞台胜利,但是,亨利较之王尔德,并不失意悲哀,两个天才都只能独自品尝寂寞,并且陷入那个悲剧的悖论。这样看来,对于今天事事想得的贪婪之人,不得不称之为对睿智的嘲弄。

成功与否,似乎连盖棺定论都无法解答,那一个个盖在王尔德墓上的唇印,在戏谑中有着无数的不确定。但是,翻开一页页作品,那些谴责和谩骂,似乎变得落叶纷飞,毫无意义。不禁再次想起王尔德看书的姿态,一页页翻飞,仿佛中国旧文人在阳光下晒书般迅速,惊讶之余,听到王尔德夫人在问他:“你看得那么快,能记住什么吗?”王尔德微笑着将书本递向妻子,淡淡地说“Try me”。

爱书有多种,成痴的蛀虫,先锋的实验者,还有恬然的享受者,这些王尔德都不是,他超越了价值观念和伦理,挑衅社会的庸常平静,只好早早地绝尘而去。

我想,尊重事实和历史,尊重作家,最好的途径就是返回他的作品。

《小鼠大厨》(*Ratatouille*;美国,2007)

与儿子一起观看电影《小鼠大厨》。

最近时常和儿子一同看动画电影,我仿佛回到了某种幼时的心情,同时也想到大学时,我们的外教曾经多次强调,迪斯尼动画片的真正受众远远不是孩子。看完电影，我感慨万千，梦想的自由在迪斯尼是一个真真切切的词。敢于梦想，甚至颠覆传统，就是“梦工厂”给观众带来的惊喜。让一群老鼠在巴黎的五星级餐厅给名流们烹饪美食，这是多么不靠谱的想象，可是，电影让它成真了。我羡慕美国人对待一部动画片的严肃认真，无论音响，画面，配音，情节的刺激程度，都毫不亚于一部真正的大片，更何况，动画片质量的优劣就是科技水准的标杆，精良的制作和科技的渗透，让如此美好的视听盛宴就此呈现，今天的孩子们是如此幸福！瑰丽的想象，跌宕起伏的情节，逼真的巴黎城市再现，加之看来谐趣生动，实则哲理深邃的话语，都让人赞叹。我一直好奇，如此丰富的脸部表情如何从动画制作中表现出来，看到这样美好生动的画面，我除了惊讶，真的失去了任何的挑剔意识，我甚至觉得，就是那个片刻，影片告诉我一个谬论，我也会毫无保留心甘情愿地全盘接受。

我坚定了要和儿子一同看所有动画电影的心愿，因为，我们大笑，在我笑后对他讲美食的道理时，所有的教诲都长驱直入孩子的心灵，我能感受到儿子敞开的、愿意倾听的良好态度，我也希望此后一段关于迪斯尼将梦想当作人类荣耀的对话，也能进入孩子的灵魂。在故事最后，品尝到美食的挑剔评论家，得知那顿让他回到记忆深处的快乐童年的美食竟然出自一只老鼠的创意后，在点评中如此写道：“不是人人都能当艺术家，但是艺术家却是真的可以从我们意料不到的一群中产生……我们需要的不是标准的评判，而是创新和接受全新的、特别的东西，别让因循守旧困惑了我们真实的感受。”

这段话一定就是动画工业的座右铭，在说给大家听的时候，制作人员在自勉，而我们观众在观看聆听的同时，也会一遍遍说给自己和周围的人听。

《寻找糖人》(*Searching for Sugar Man*；瑞典，2012)

纪录片《寻找糖人》讲述了一位名叫罗德里格斯的歌手的传奇故事。

他的真实故事让我不禁落泪。他才华横溢，二十世纪六十年代末，就在底特律的各家酒吧弹吉他唱歌。他在大学里主修哲学，自己创作的歌词带着强烈的质疑和反叛精神。当时不少音乐制作者和唱片公司老板去听他唱歌，都觉得音乐感人，歌声有特质，是不可多得的人才。直至近日回忆，当年的一位音乐人还谈及他的多首作品，说到其中一首忧伤的歌，拿出唱片来播放，眼圈发红，声音哽咽。甚至，在很多年后，一家唱片公司的前任总裁还坚持认为，在美国流行音乐史上，罗是比迪伦(Bob Dylan)好作品更多的歌手，绝对可入选有史以来的 Top 5。可是，1971 年后，罗销声匿迹，坊间流传着他的诸多版本的故事，有人说他在一次演唱会上，在自己的歌声结束后，在台上浇汽油烧死了自己，也有人说他唱完歌用手枪结束了生命。

同期，在种族隔离、与世隔绝的南非，一位美国游客带去了罗的唱片，他石破天惊的歌声让政治高压下痛苦不堪、压抑窒息的南非人找到了可以呼吸的自由。于是，罗的歌声响彻南非，甚至那些启人思索和反抗的歌词鼓动了无数年轻人，政府都不得不出面禁播。在远离美国的这个国家，罗成了巨星，而且是个神秘的、无人一睹真容的音乐巨星。南非的音乐人和唱片公司在很多年后联系美国同业中人，希望知道罗究竟是谁，可是得知美国人也失去了他的任何消息。

互联网时代，寻找罗的信息被网络这个超级平台传播，一位女士联系了发起寻找罗的记者，告知对方自己就是罗的长女，罗竟然还活着。兴奋的记者终于在底特律一所普通人家里找到了罗。罗全然不知自己如此成功，他在 1971 年专辑销售萧条后，就不再唱歌。他从事体力劳动，为建筑商干活，甚至是又脏又累的活，可是泰然淡定，得知自己在南非的盛名，他也没有特别兴奋。当他接受南非邀请，要去当地巡回演唱时，他的女儿们和公司同事都以为是天方夜谭。可是，他真的来到南非，带着他的吉他。因为没有乐队，南非的一支乐队配合他排练歌曲，歌声一出，大家都疯狂了，正是这个声音，这个无法仿制的、独一无二的声音。罗的演唱会场场爆满，人们为他疯狂。

可是，罗又回来了，他的生活并没有大的变化，当时的几百万唱片销量都是盗版制作,无从获取版税,演唱会的收入他全部给了女儿们。他依然是自己,银幕上被采访时,没有大喜,没有傲慢,只是不习惯镜头的他依然戴着墨镜,很淡淡地说,我还是我,生活依然继续。

我惊讶地看着他的脸,简直不相信他是这个时代的人,才华横溢却默默无闻到如此地步,而经历辉煌后,又能重新回归平静。画面上,罗寂寞的身影踩过底特律生活区的积雪,他默默地走着,只剩下剪影。

一个人面对着这样的故事,忽然觉得周围安静了,风扇的声音也显得如此不想干扰人,这种静,是一种敬畏和震撼。我总想探寻镜头后面主创的企图和对于画面或拍摄的操纵和干涉,可是,无论我怎么怀疑真伪,我无法不相信那个行走中的身影,那个对着疯狂歌迷依然淡然的笑容,还有目光中的镇定。

安静的力量竟然排山倒海。

Y

《亚瑟与他的迷你王国》(*Arthur*;法国,2009)

能想象在大影院看吕克·贝松的《亚瑟与他的迷你王国》的震撼感受。不过,在儿子身边看电影,多少会有另一层特殊的意义。吕克·贝松确实是一位极富想象力,兼具浪漫气质的导演,不知道他曾预言的拍完十部电影后就退休是否真实,因为这部人物和动画结合的影片就是他的第十部作品。如果真由此停手了,多少有些可惜,不过,以这样一部充满童趣和幻想色彩的作品结尾,多少也让我感到羡慕,如此美好的余音,让人浮想联翩,就像挥动想象的翅膀,真正在宇宙尽情遨游了一番。

动画的情节是可以预想与把握的,毕竟给孩子们的礼物不能太难消化,因此,对于成年人,我们的欣赏角度就不是故事,而是每一个制作细节和过程。我特别喜欢麦当娜给迷你王国公主的配音,据说这还是她的处女配音秀,充满质感,个性十足,初次尝试就如此成功,实在难能可贵。我相信亚瑟在迷你王国的三十六个小时也很可能是吕克·贝松自己幼年的一个梦。在第十个月圆日的子夜时分,可以到达迷你王国,这似乎很像童年时期每个孩子的梦想。我记得自己曾经在建筑工地上,用红砖搭建过自己的一个家园,幻想着每个大厅都充满了迷你客人,楼上楼下的,希望自己的体型也能缩小到可以尽情享受这个建筑王国……

当然，这样一个草丛下的世界，放大了无数倍后，就像一个浩渺的森林，能容纳无数的故事和奇妙的想象。花朵可以成为夜晚对着星空敞开的卧室，花蕊就是柔软的床铺，这样的设计，让大人们对孩童的世界充满了眷恋，对英雄崇拜的童年也再次思恋。

《严肃的男人》(*A Serious Man*；美国，2009)

看了科恩兄弟的新片，其中关于当代美国犹太人的生活境遇的描写，不失科恩兄弟作品的隐含幽默，但观看下来更加深了我的焦虑情绪。

其实，这个“严肃”有些反讽，当我们恪守着某些常规、“健康”的生活理念，自我克制和律己地过着一种严肃的生活，那么，人到中年，事实往往会反扑报复，让我们无所适从。

影片中的这位大学老师正处于这样的中年危机期，终身教授的审定正在进行，家庭事故频发：妻子爱上了两人共同的朋友，提出离婚，并要求他搬离住所；自己的兄弟遭遇个人危机，正从他那里寻求庇护；儿女进入叛逆期，无论是精神还是物质上，都无端地给父亲增加压力；学校的亚裔学生又通过不正常手段要挟自己，损毁自己的名誉；糟糕的是，身体每况愈下，似乎也要进入罢工的消极阶段。

这样的生活，似乎对应了不少中年人的低落，爱情早已成为历史，事业压力始终隐隐潜伏，而身体正拉响警报。总之，到了这样的一个关口，似乎一切都会“屋漏偏逢连阴雨”，雪上加霜地折磨自己。

这样的电影，有点“人人都是犹太人”的隐喻，这个男人多次想从拉比那里找到精神的抚慰，可是每次交流总是云里雾里，不知所云，所谓的传统道德和精神导师，似乎也是中年时期失落的重要东西。身边最亲爱的人都无法信任，当一切都看似背叛自己时，这种失落感可想而知。

难以想象，历来有些动作暴力和强调节奏张力的科恩兄弟居然推出了如此作品，难道他们也进入了瓶颈期？但是，这种不可言状的痛苦好像被许多人默默承受着。看这样的电影，好像发现了许多人原来都挤在这样狭窄的空间中，都在寻求出口。当然，这些痛苦底下的笑声，以及颇有黑色幽默的细节处理，都让人觉得影片开始的那句警言太有哲理，即用平常和简单的心理接受生活中发生的一切。英文原文大概是：Simplicity is the best way we go through all the things in our life。

真的，或许我把简单的硬是想复杂了。

《与玛格丽特共度的午后》（*La Tete en Friche*；法国，2010）

一个人的电影时间，好像是前一夜尚未翻篇，紧接着的这部法国电影《与玛格丽特共度的午后》更进一步地为爱情做出了深入的诠释。

臃肿的下层社会打工者杰拉尔在公园的长凳上邂逅了一位年逾九旬的老妇玛格丽特。老人喜欢坐在长凳上阅读，她瘦削而优雅。两人从长凳前的鸽子说开了。杰拉尔是单亲家庭的孩子，他不知生父是谁，母亲脾气火暴怪异，从他小时候记事起，他就是母亲生命中的累赘，而且在学校里被老师和同学嘲笑。然而，杰拉尔本质上是个热心善良的人，他有一群和自己来自同一阶层的朋友，甚至有一个漂亮的开大巴的司机女友。杰拉尔与玛格丽特从此常常在公园的长凳上见面，老妇为他读了不少书，甚至包括加缪的《瘟疫》、《陌生人》等经典书籍，朗读开拓了杰拉尔的视野，让他对生活有了新的认识。玛格丽特甚至送了杰拉尔一本字典，希望他能好好补上文字的缺陷，也喜欢阅读。杰拉尔还去了玛格丽特的老人院和她一起喝下午茶，并得知玛格丽特曾经是科学工作者，现在的养老院费用由侄子支付，而且老人的眼睛衰老得很快，不久就将失明。杰拉尔很伤心，用心为玛格丽特制作拐杖，并且努力朗读书籍，希望能弥补玛格丽特将来无法阅读的缺憾。

杰拉尔的母亲突然去世，杰拉尔从母亲给他留下的房产和遗物中，得知原来母亲一直深爱自己，多年来努力工作，就是希望能为自己多留下一些生活的保障，他也由此知道自己是母亲在与生父相爱的情况下孕育的。这一点改变了杰拉尔的生活态度，尤其当他得知女友怀孕后，欣喜若狂，不再像过去那样逃避父亲的角色。杰拉尔跑到养老院，想把自己的好消息告诉玛格丽特，这才得知她侄子因为无力支付费用，已经将她转到了其他机构。最终，杰拉尔开车找到了玛格丽特，决定带老妇人回自己的家，一起生活。

故事结束时，那段独白美极了——“超越爱情，我们深深相爱。”那是一种如此美好的感情，不是爱情，无法界定，却超越了所有。这种感觉，让我感到无比的暖意，深深折服。是的，很多世俗的情感，尤其是其中的诸多束缚和庸俗，常常阻碍着人们的思维和幸福，真正超越它们，就能抵达广袤深沉的新世界。

这种美好的感觉，希望能再久一些地徜徉停留。

《雨果》(*Hugo*;美国,2012)

看电影可以诊疗焦虑。午后的影片是《雨果》，生活在巴黎火车站里的小男孩雨果帮着叔父调校车站的大钟，一个人孤独地生活，甚至靠偷面包和牛奶维生。雨果的父亲是个钟表匠，曾供职于一家博物馆，在大火中丧生。当时，父亲正在修理一个上发条的机器人。雨果继续修理着机器人，希望修好后，能够从这个写字机器人那里得到父亲留下的信息。

车站修理店的老板乔治看到了雨果手中的笔记本，勃然大怒，训斥他为小偷。乔治的养女和雨果结识后，两人在图书馆里看到了一本关于电影史的书籍，惊讶地发现，乔治居然曾经是一位电影大师，造就了多部梦幻影片，诠释着人类早期的电影梦工厂创新。原来，放弃电影梦想的乔治一直在绝望和沮丧中度日。终于，雨果将修好的机器人送到了乔治的手里，而大家瑰丽的梦想能够继续。

马丁·斯科塞斯2011年似乎爱上了巴黎，他的《午夜巴黎》也是以梦幻巴黎为故事的发生地，此片亦如此。我发现，好的电影，无论其故事欢乐还是忧伤，总能让人动容落泪。梦工厂里的故事动人，可我更感动的是斯科塞斯坚持自我的做梦勇气。

坚持自我，相信努力，不在乎周遭的一切，这样的梦想过程，是大写意的。看到雨果幽蓝的双眸，我感动非凡，看到他独自行走在蒸汽腾腾的车站，为他的孤独，我感动。不过，最感动的还是他游离于周围的那种坚持与固执。

从电影里，我也得到了无价的信息。记得，在巴黎，人们在街头喝咖啡，喜欢面向人群和大街，在众目睽睽下怡然自得，悠然地看着城市和人群。当时我曾经写到过这样的自信和笃定，现在想来，这么多年过去了，我还没有练就这样的自我肯定。

加油！

Z

《真爱效应》(*Personal Effects*;美国,2009)

对于这部电影,我似乎很难有明确的感受。若说是一个中年女性与年轻男子在共同的痛苦等待中相互抚慰,好像又嫌分量不够。

两个家庭都遭受了亲人被谋杀的痛苦,在法庭上等待着案件的落实。其中,琳达的丈夫酒后被人枪杀,她带着耳聋的儿子克莱,孤独生活,并在社区担任婚礼筹划工作。二十四岁的沃特家中也遭遇不幸,他的孪生姐姐被人杀害并焚尸,母亲与他共同承担着无法释怀的痛苦。琳达和沃特在寂寞中彼此寻求到了一些身体的安慰和情感上的沟通,沃特也帮助克莱参加摔跤训练,让失聪的克莱找到了生活的乐趣。

然而,沃特姐姐的案子在法庭上被宣布嫌疑者无罪,沃特伤心失望,决定不再等待,离开家乡。在走之前,琳达对着他一番倾诉,让沃特突然改变了主意。可是,当他再去找琳达时,两人发现克莱带着枪去找那位被宣判无罪的嫌疑犯报仇。

最终,克莱因持枪误伤沃特而入狱。故事最后,琳达在窗旁叠衣服,而窗外是脚缠着绷带和支架的沃特,两人对视而笑。

叙事多少令人有些费解,大意是生活必然要继续,有些我们以为再也过不去的坎,最终会在生命中淡去。然而,选择了等待,有时候就是选择了寂寞和失望。

我不相信两个彼此年龄差距这么大的人走到了一起,暂时的温暖就可以了,大团圆的结局并不理智。不过,Michelle Pfeiffer 依然那么美丽,而且越发有了成熟淡然的魅力,喜欢她在《纯真年代》中的出色表演,也欣赏她在《仲夏夜之梦》里的美轮美奂。

这样的故事,淡淡的,没有起伏,却让人心怀温馨。

《制造伍德斯托克》(*Taking Woodstock*;美国,2009)

登上过奥斯卡巅峰的李安,之后的作品越来越遵从他的个性,表达的程度十分畅达自由。我时常觉得李安早已过了取悦别人的阶段,电影创作就是他的自我诊疗。《色·戒》如此,此片也是。

伍德斯托克音乐节发生在 1969 年,时值李安的青春骚动阶段,这种白描历史的视角,加入了个人的诠释和视角,就成了释放自我的途径。纽约附近的伍德斯托克曾于 1969 年 8 月 15、16、17 日举办过一次空前绝后的音乐盛会,它成了二十世纪六十年代美国反文化的象征,也标志着摇滚乐的一次重要发展。今天的我们反观历史,知道那是越战和嬉皮文化的产物,也是年轻人在物质至上的社会中产生排斥、逆反心理的一次爆发。和平、反战、反权威充斥着年轻美国人的心,而循规蹈矩则成为死水泥潭。当然,这样的数十万人聚会中,吸毒、性解放等成为显性特征。

这样的历史背景,通过当地开汽车旅馆的一家人展开:儿子艾略特成为音乐会的协办者和负责人,而贪婪的母亲在金钱的利益驱动下也投入了服务行列,习惯了乏味生活的父亲则惊愕地体验了全然不同的生活。结果,远远超出预计的年轻人涌向小镇,造成绵延数英里的交通堵塞。艾略特在组织协调的同时,也被动地体会了吸毒和三人性爱,在摇滚乐和万人狂欢中突然释放了自我。

那样一个集体狂欢的场面，短时间、小范围地抽离了主流权威的价值标准，却带来了生命的癫狂和自由，而在这样似乎是灾难的混乱中，人们竟然能自主地解决困难，供应食宿，甚至安排医务和药物。在音乐和狂欢的海洋中，被压抑的人性在欢呼，而那个时代也确实造就了许多杰出的摇滚乐巨匠。意外的是，艾略特感受到和平、平等和欢欣，他在被不少邻居指责谩骂的同时，也得到了另一些邻居的赞扬，这一切，让艾略特意识到坚持自我的重要。

有趣的是，艾略特一家在音乐节上获得了超值的赢利，可是母亲在极度狂欢后，却泄漏了多年的秘密：原来她一直私藏了大笔钞票，却在平日里始终抱怨贫穷。清醒后的艾略特问颓然的父亲，"你怎么和妈妈一起生活了那么久？"父亲的回答出乎意料："因为我爱她。"

父子的相互理解在狂欢后达成，但是父亲最终的这句回答却让儿子愕然。记得B曾经也疑惑自己父亲怎么能默默地忍受如此跋扈的母亲，而答案也是因为爱。

影片中，人性从来没有被涂抹上高尚的光彩，人们呈现着自然的自我，在沉醉和放肆中获得释放，在高潮结束后回归平静。镜头多处渲染了裸体狂舞的景象，甚至让一个剧团的人在台上当众集体脱光衣服，并托出了表演的宗旨：让演员和观众换位，把评头论足的权利交给台上的演员。台下的反应十分有趣，有不少人掩住孩子的眼睛即刻退场，也有人在大笑鼓掌，有人起哄，甚至有人跳上了舞台，脱掉了自己的衣服。

这个时刻，李安是否在镜头后面偷笑，这个看似温文尔雅的中年男人，其实藏着一颗如此反叛、促狭的心，他屡次超越了人们的期待，走过了安全的防线，而这时，他或许用作品在反击那些永远不停的批评，大声地叫着：瞧，如果评头论足的双方颠倒后，你们也并不儒雅沉静。

电影作品是导演的情感释放，我如此认为。那段压抑的青春期，忍辱负重的事业开拓期，以及成功带来的重负，都借着摇滚音乐节和嬉皮文化颠覆权威的骇世之举得到了解脱。电影的最后，伍德斯托克音乐节的主办人之一骑在马上，问艾略特之后有何打算，在后者不知所云的回答后，他骄傲地说,自己要再接再厉地搞音乐,要创办 rolling stone(滚石)。

有梦想,有激情,永远不会迟暮,对吧,李安导演?

《中央车站》(*Central Station*;法国,1998)

最近我时常觉得孤独,这种情绪,倒是十分适合看《中央车站》。我的观看动机原来是个美丽的错误,因为不久前刚到过纽约的中央车站,那里的拱形圆顶,遍布四周的交通线,拥挤的人群,匆匆掠过的面孔,城市飞快的节奏扑面而来。

然而,这里的中央车站却是在巴西的里约热内卢,车站里有各异的人群,有位叫朵拉的中老年妇女每日以替人写信维生。因为幼年的家庭遭遇,朵拉从来不相信真心,也几乎不抱有任何生活的信念。她曾为一对母子给远方的男人写过信,之后她认为那男人是个不负责任的酒鬼,毫无同情心地将写好的信偷偷撕毁。

再次见到这对母子,母亲希望重新写信,将曾经抱怨和责骂男人的心情整个改变,在信中希望能与对方白头偕老,表达了思念,也告诉男人说儿子很想他。随后,这位母亲在街上惨遭车祸,撒手人寰,留下了孤苦伶仃的九岁男孩约书亚。

约书亚一个人在街上流浪,也曾跑到朵拉处要求给父亲写信,并大声责骂朵拉不负责任,没有将信寄出。朵拉将男孩接回家,随后又将他卖给了一个地下贩卖儿童的组织。不久,她良心发现,带着约书亚逃离了里约。

一路上,两人矛盾百出,却在磕磕碰碰中渐渐理解对方。约书亚看到孤独的朵拉因为早年遭遇,从未结婚,孤身一人,也看到朵拉萌发了希望得到爱情却落空的寂寞。约书亚始终坚信父亲是好人,不会丢下自己。最后,两人终于找到了约书亚父亲曾经住过的地方,两位同父异母的哥哥热情接待他们,并让朵拉朗读父亲留下的信。信中,父亲表达了希望找到约书亚母亲安娜的心愿,渴望一家人能团聚。

深夜,朵拉悄悄地走了,穿上了约书亚为她买的衣服,抹上了约书亚曾经建议她用的口红。在远去的汽车上,她给约书亚写信,表达了自己重新获得信念的感动。

电影始终采用白描手法,城市乡村都写实地展现,人物的心理也刻画得十分到位。我不禁想到福克纳的《八月之光》,怀孕的女子一路寻找孩子的父亲,怀着美好善良的信念,得到了众人的帮助;而平行时空的另一个人物却在身份质疑、厌世、自我放弃和放逐的绝望中走上了绝路。其实,这些故事都关乎内心的信念。信念成为人温暖自己和他人的力量。

巴西的人物风情十分独特,虽然尘土飞扬,却有种令人向往和探寻的质感。我忽然想起那天日本老师洋子说她曾在1986年到过中国,那些是她喜欢的中国城市,而现在一切都变了,变得不再像中国了。电影里,汽车开过茫茫的土地,人们或睡或沉思,或笑或蹙眉,人物和环境都具有独特的风格和色彩,喜怒哀乐的表现与我们寻常生活中的大相径庭。

我喜欢朵拉的女友,她把自己打扮得美美的,表情夸张,却富有爱心。朵拉的心情我多少能体会,一个毫无魅力的女人,从小被父亲遗弃,没有爱情和孩子,却在和约书亚的相处中,渐渐找回了善良的本性和生活的信心。

不知为何,看这部电影,常常想流泪,或许因为那种茫然的寂寞孤独,那种觉得无人可以信任的颓然感觉。能够抚慰我心的两位家人飞走了,留下我一个人,面对着几日来常萦绕不去的疑虑。

《朱莉和茱莉亚》(*Julie & Julia*;美国,2009)

我被这部电影征服了。

喜欢得不得了,耽于细节并沉湎不已。很佩服艾弗伦(Nora Ephron)将两本小说统一起来编成电影的能力,朱莉和茱莉亚在影片中从未见面,但是前者受到后者料理作品的影响,感受着活色生香的生活,并且焕发了生命的热情。

政府部门工作的文秘朱莉很少有善始善终干成大事的经历,喜好写作,却往往半途而废。终于,在丈夫的鼓励下,三十岁的她凭着自己喜爱的料理女王茱莉亚的法国料理书,用一年三百六十五天时间做了五百多道美食,并将体验和经历写在博客上。终于,在自己设定的这项任务中,朱莉更深地认识了自己,也更喜欢茱莉亚通过美食所诠释的爱、乐观和坚持。

很多出版商纷纷向朱莉递橄榄枝,而年届九旬的茱莉亚也通过编辑传达了她的看法,大意是觉得年轻人不尊重自己云云。不过,朱莉最后放下了心中的压力,她面对的、念想的那个料理女王,就在心中,完美无缺有时就是人心底的一种感受,何必强求。

喜欢两个女演员细腻畅达的演绎,斯特里普(Meryl Streep)是个在角色中忘记自我的优秀演员,而她对于法国料理的入迷,她神经质却又乐观的笑声,甚至是面对挫折倔强不服输的气势,都让我着迷。

我去过的巴黎,重现在影片中,仿佛梦境,好几次我都不能想象自己曾经漫步在那里,东张西望,充满好奇和想象。纽约女王区的朱莉在某个角度很像我的朋友C,总想着要给自己一个交代,其实是好强。为了在正常工作之外继续自己要贯穿始终的任务,她日日把闹钟设在早晨五点半。屡次失败让她偶尔歇斯底里,可好消息来了又破涕为笑。

生活就是这样平凡,关键是平凡中看到所爱,并且坚持,这就是可贵。茱莉亚四十岁才初婚,学习烹饪已是半百年纪,生命中的喜爱或许永远不问迟早,享受这样的过程,就是永恒。

我开玩笑地对D说,下辈子要找老公,一定要像茱莉亚那样找一位大使,这样就可以跟随丈夫云游四海。说完,我很认真地确认了一遍,没错。现在写着这些时,有些好笑,既然生命是流动的每一瞬间构成,成熟需要代价。那个年轻的我,轻易就坠入爱河,几日前还愤愤然有要忘却、删除的决绝。

其实,面包上的黄油,呼吸中的空气,在必需的时刻都会被更绚烂的追求代替。然而,回到原点,才发现:小小的快乐和向往,才是最重要的部分。

《最后一站》(*The Last Station*;德国,2010)

影片导演曾执导《仲夏夜之梦》,这次的作品讲述的是晚年至临终前的托尔斯泰。影片开始的一句话引自托尔斯泰的作品《战争与和平》:“Everything that I know... I know only because I love.”(“我所知道的一切,皆因爱而起。”)然而,故事的叙述却搁置了道德和对错的判断,把一个真实的文学和思想巨匠呈现在观众面前。

托尔斯泰有众多狂热的信徒,他的“消极抵抗”(passive resistance)及对物质生活的拒斥都让许多革命青年为之狂热。可是,生活的矛盾在于,托尔斯泰有位十分物质世故的妻子,两个人相爱终生,却在生活理念和思想上大相径庭,争吵不断。托尔斯泰的反政府组织反对爱欲,可是托尔斯泰本人却倡导爱的激情,只是,这位大师在组织的造神运动中日益成为偶像,越来越感到束缚。

妻子的世故和贵族习气使两人整日剑拔弩张,可是,他们却无法停止相爱。在遗嘱一事上,托尔斯泰最终坚持要把所有的版权交给人民,而妻子却认为这是泯灭亲情。在最后的冲突中,愤怒绝望的托尔斯泰只能离开妻子,远离故居。为此,妻子差点自尽,而大师也在远去的途中劳顿生病,在一个偏远小镇的火车站永别人世。临终前,夫妻见面,依然是深深相爱的彼此,却最终天各一方。

有意思的是,影片结束时,一行字幕告知,托尔斯泰的版权最终由议会决定交付到他妻子手中,而这位深爱丈夫的女人也在三年后去世。

整部电影似乎主题涣散,不过难能可贵的是其中毫无说教和判断,海伦·米勒的演绎让一个势利、任性、骄傲、急躁的女人真实地出现，她最动人的地方在于情感的直接而真实，对爱情执著甚至狂热。因此，影片的另一条主线是作为旁观者的秘书瓦伦丁的情感故事，瓦伦丁从见到大师激动流泪，对自己的爱情压抑羞怯，逐渐变得不惧世俗条规，真诚地对待情感，勇敢地追求生活，在故事结束后的字幕中观众得知他前往布拉格，成了著名的作家。

人物传记常常以褒扬为宗旨，搁置判断，把审美交给受众好像成了近来此类作品的常态，其实我很赞同这样的立场，因为从来没有绝对的价值，伟人走近了，也就是平常人。落差就是判断差异所造成的。被人崇拜，却能坚守自我的人有多少？坚持理念，却无法身体力行的人又有多少？我们需要的是扯下面具、走下神坛的真人，可这世界上，把自己当神的人实在太多，自欺欺人的生活一定很乏味痛苦，我相信。

由此看来，爱情也没有理由可言，道德标兵并不一定能赢得爱情，有恶习的人却依旧令人爱恋，世界就是不容易理出条规秩序的，好在托尔斯泰自己也说，我知道的一切，皆因爱而起。爱情被歌颂了千万年，终于有导演敢于在爱情上涂抹不和谐和阴影。

近日读到最近畅销的一本书 *Eat*，*Pray*，*Love* 中提到这样一个词组"the art of making something out of nothing"，作家领悟到这是快乐的根本，而她也自省自己在快乐的追求上的最大障碍就是清教徒式的罪恶感。当时，我突然感到这种不工作、不努力就愧疚的罪恶感自己也十分深重，那种自问自责的态度我也常有。这样看，作家放弃离婚时的财产，放弃安逸的生活，到意大利、印度等地游手好闲，体验什么都不做的生活，并等待 nothing 中产生 something 的心情，实在是我应该学习的。

因此，越是把道德伦理的价值条规放掉，就越能让简单的故事引发无穷的思索；而越是轻松地放下，摆脱愧疚和自我鞭策，或许就越能体会生命和快乐的意义。这样的视点，让条规、戒律和不懂得停歇的奋斗都成了蒙蔽人心灵的虚幻迷影。

《左右》(中国,2007)

《左右》的故事取材于真实事件,一对离异的夫妇,孩子抚养权归女方所有,男女双方都再婚。孩子五岁的时候,被诊断为急性白血病。骨髓移植难度很大,找不到合适的骨髓配对。结果,母亲想到了用脐带血救孩子的办法,前提是必须和前夫再生一个孩子。两人采取人工授精的办法,结果屡次失败;时间紧迫,最后两人只能上床性交……其间,双方各自配偶的反应,对将来的考虑,等等因素,都纠结在一起。可是,拯救一条生命,对于母亲而言,似乎在片中成为高于一切的准则。

全片的叙述完全遵循线形时间的发展,没有任何闪回与倒叙,节奏比较沉缓,沿袭了《青红》的风格,色彩也较凝重。导演的目的是让缓慢的节奏来延宕人性的思索。床戏也拍得较多,但镜头很干净,含蓄。这种触碰人道德和情感底线的决定,在这样缓缓的铺陈中,让人很压抑。虽然这个故事曾经在以前的电视剧题材中也出现过,编剧和主创或许都想凸显母爱的本能,以及极端自私之下的极端无私。

可是,刘威威的诠释让人除了感到压抑,并没有太多的感动。母亲和孩子的亲情,在影片中也没有较多侧重,倒是前夫的现任妻子董帆让人觉得有内容,余男的表演还是比较到位的。颇为巧合的是,前一日看《求精心切》,里面的女子为了要孩子,疯狂地寻找能提供精子的那一方,这一日的《左右》,中国母亲为了救孩子,恳求前夫答应一起再生一个孩子。都是“求精”的故事,风格截然不同,前者是爱情喜剧,后者是社会伦理剧,心情反差很大。

前夫与前妻,这是很尴尬的一种关系,就像我和Y走到陌路,连普通朋友都做不得。既然双方曾经做出了离婚的决定,那一定是缘分殆尽,甚至彼此有难解的仇恨。还要躺在一张床上,这其中的感受,确实无法用具象的镜头来解释。个中滋味,比五味杂陈还要复杂。

如此压抑的故事,导演最终也没有给出结果,是否孩子得救了,是否女方如愿以偿怀孕了？这些都已经隐去,唯有那一次决定,被无限扩大,成为整部电影的主题。

据说电影的票房不容乐观。不过,王小帅在浮华的都市背后,把某种思考放大,呈现给大家,这样的严肃值得肯定。只是,在引导观众进行严肃思考的同时,节奏和电影语言把握上还不够成熟,就像一堂内容充实的课,教授很认真,可是学生很压抑。双方互动的激越,少了一些。

图书在版编目(CIP)数据

十分远,非常近/末之 著.—桂林:广西师范大学出版社,2015.3

ISBN 978-7-5495-6335-7

Ⅰ.①十… Ⅱ.①末… Ⅲ.①散文集-中国-当代 Ⅳ.①I267

中国版本图书馆CIP数据核字(2015)第025645号

出 品 人:刘广汉
责任编辑:刘冬雪
装帧设计:孙豫苏

广西师范大学出版社出版发行
(广西桂林市中华路22号　　邮政编码:541001
网址:http://www.bbtpress.com)
出版人:何林夏
全国新华书店经销
销售热线:021-31260822-882/883
北京东君印刷有限公司印刷
(北京市大兴区黄村镇三间房工业区　邮政编码:102600)
开本:690mm×960mm　1/16
印张:19.25　字数:230千字
2015年3月第1版　2015年3月第1次印刷
定价:59.00元